MARKUS LESHEM

Wien blutet

Buch

Hundert Jahre lang hat der Dämon Phiomet auf seine Befreiung im dunklen Nichts gewartet, nun scheint es, als ob er das richtige Werkzeug dafür gefunden hätte. Rossoit Tessier ist ein mächtiger Vampir, dem es nur Recht kommt, dass Phiomet ihn mit dunklen Mächten ausstattet. In seinem Größenwahn übersieht er allerdings, dass er für den Dämon eigentlich nur ein Mittel zum Zweck ist.
Ralph Desgardes muss indes feststellen, dass die Vergangenheit seines Vaters ihn einholt, als er unfreiwillig das Geschenk des ewigen Lebens von der blonden, lebenslustigen Julie bekommt und in eine Welt hineingestoßen wird, in der Vampire, Werwölfe und Geister wirklich existieren. Cedric DeMornay und seine Freunde nehmen sich seiner an und bereiten ihn auf die Schlacht um das Schicksal der gesamten Menschheit vor….
Hier verbinden sich die Schicksale eines jungen Studenten und seiner Freundin, eines uralten, gutmütigen Vampirs, zwei verfluchten Mönchen, eines Schattengängers und einer Gesellschaft von Vampiren, die eigentlich gar nichts mit der ganzen Sache zu tun haben wollen. Sie alle sind jedoch nur Zahnräder in einem großen Uhrwerk, das auf ein Ende zielt, mit dem keiner rechnen konnte….

Autor

Markus Leshem, geboren am 4. November 1977 in der Umgebung Wiens, faszinierte die hohe Kunst der Literatur schon immer. Seine erste Kurzgeschichte schrieb er im Alter von 6 Jahren, damals beschränkten sich seine Werke jedoch noch auf Schulaufgaben. Nachdem er eine Lehre als Werkzeugmacher abgeschlossen und seinen Wehrdienst geleistet hatte, sammelte er Berufserfahrung in verschiedenen Branchen, wobei seine Leidenschaft für das Schreiben jedoch nie verloren ging. Derzeit ist er hauptberuflich im Kundendienst tätig. Die Idee zu seinem ersten Roman „Wien blutet“, entstand schon früh, doch fertig gestellt wurde er erst, als Markus Leshem dem Rollenspielverein „Donauchronik“ beitrat. Er lebt mit seiner Verlobten und drei Katzen am Rande Wiens und wartet wohl jede Nacht darauf, dass die Vampire ihn besuchen und ihm ihre Sicht eines blutenden Wiens erzählen….

MARKUS LESHEM

Wien blutet

Roman

Selbstverlag

IMPRESSUM:
2. Auflage
Erstausgabe Juli 2007

Herausgegeben im Selbstverlag Markus Leshem
Lektorat und Korrektur: Victoria Vitecek
Cover, Grafiken, Websitegestaltung und
Illustrationen: Marc Listmayr
Text und Layout: Markus Leshem
Druck: digiDruck Ges.m.b.H., 1100 Wien
Made in Austria
ISBN 978-3-200-00997-4
www.wien-blutet.at

Danksagung

Zu allererst möchte ich mich bei all denen bedanken, die mich in der Entstehungsphase dieses Buchs unterstützt und immer wieder vorangetrieben haben.
Im Speziellen bei meinem Schatz Vicky für ihre Liebe und ihren unerschütterlichen Glauben an mich, Stunden des Korrekturlesens und ihre engelsgleiche Geduld.
Meiner Mutter Edith für einfach Alles. Meiner Familie und Vickys Familie. Weiters danke ich Uschi fürs unermüdliche Probelesen. Doris, Ebru, Dani und allen Anderen im CC für ihre Geduld mit mir und ein angenehmes Arbeitsklima.
Marc für eine tolle Freundschaft, ein geiles Cover und das Wiederfinden des ganz furchtbaren Urmanuskripts.
Matthäus und Booklife für tolle Infos, Hilfe und gute Tips.
Natascha Stankovic fürs Gewinnen der Ausschreibung.
Monika, für die Aufbewahrung der Idee über den Zeitraum von fast 10 Jahren. Der kompletten Rollenspielrunde „Donauchroniken". Besonders Franz und Natascha, Michael und Paul für tolle Charaktere, die ihren Platz gefunden haben. Und allen Anderen, die hier nicht stehen, aber ganz genau wissen, dass sie gemeint sind.

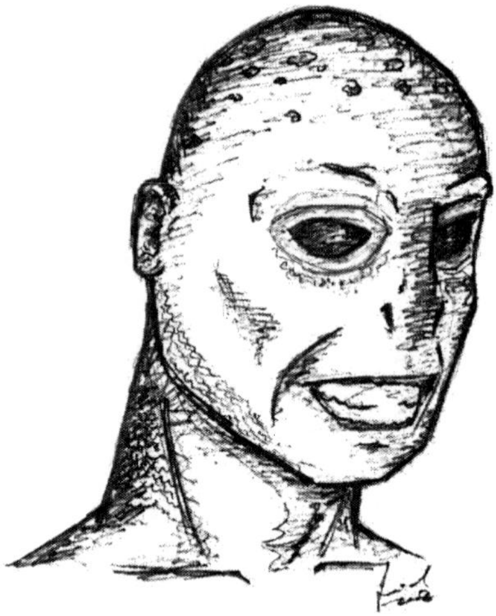

„Dann mal losss. Lassst unsss spielen …“

Lucian (1907 - 2010)

PROLOG

MONSTER UND MARIONETTEN

Im Jahre 1429, als alles begann, war Frankreich ein Reich des Todes. Die Engländer waren ins Land eingefallen und taten sich daran gütlich. In den großen Städten, sowie den kleinen Dörfern, wimmelte es von Denunzianten, Verbrechern und den schlimmsten und neuartigsten Seuchen, die das Land je gesehen hatte. Zu dieser Zeit begab es sich, dass in den Wäldern um Paris merkwürdige Dinge vor sich gingen. Immer häufiger erzählte man sich in den spärlich besuchten Tavernen von Erscheinungen und seltsamen Wesen, die sich zwischen den Bäumen aufzuhalten schienen. Wesen die nur des Nachts bis vor die Tore der Stadt kamen. Manchmal verschwand eine der Stadtwachen oder eines der leichten Mädchen, doch nur um in den darauf folgenden Nächten selbst als eine dieser Gestalten auf die Jagd zu gehen und den nächsten armen Sünder zu einem von ihnen zu machen. Zu etwas Verdammtem. Etwas Bösem.

Die Franzosen hatten in jenen Tagen keine Ahnung, dass sich die schlimmste aller Seuchen bereits unter ihnen auszubreiten im Begriff war. Weder die Pest, noch die Cholera, oder irgendeine andere dieser modernen Krankheiten, wäre imstande gewesen, das anzurichten, was beinahe zur ewigen Verdammnis Frankreichs, und am Ende der ganzen Menschheit, geführt hätte. Eine Stadt mit Namen Orleans war seit wenigen Tagen wieder in den Händen der Franzosen, was der Verdienst eines tapferen Bauernmädchens namens Johanna war. Johanna, die im Namen Gottes ausgezogen war, um ihr geliebtes Frankreich aus den Klauen der englischen Besatzer zu befreien. „Dauphin“, der Mann, der ihr Waffen und Männer für diese

Mission zur Verfügung stellte ... und sie wenig später verraten würde ... sollte bald König von Frankreich sein. Die Menschen waren verzweifelt und sahen in Johanna so etwas wie eine Lichtgestalt, die dem Himmel entstiegen war, um das Land zu befreien.
Doch es kam wie vorausgesagt. Der falsche Freund kam an die Macht, Johanna wurde von Dauphin verraten und in die Gefangenschaft der Engländer übergeben. Nach einem Schauprozess, dessen Ausgang lange zuvor bekannt war, wurde sie als Ketzerin auf dem Scheiterhaufen verbrannt. Er, der das Land erneut ins Dunkel stürzte und den Menschen die letzte Hoffnung nehmen wollte, war nun an der Macht. Sein Name war jedoch nicht Dauphin, oder wie er jetzt hieß, Karl VII., König von Frankreich. Sein Name war Phiomet.

Karl VII. war schon vor Beginn des Krieges nur noch eine Marionette. Geführt und verleitet durch die unendliche Macht des Bösen. Der Dämon Phiomet wusste schon damals, wie man sich die Untertan macht, die bereit sind Großes zu vollbringen und Menschen zu unterwerfen. Wie Phiomet damals besiegt wurde und warum er zurückkehren konnte, soll an anderer Stelle erzählt werden. Diese kleine Geschichtsstunde ist eigentlich nur eine Hilfe. Eine Hilfe zu verstehen ... zu verstehen wozu er imstande ist. Welches Unheil er schon verursacht hat. In jeder Epoche gab es ihn und in jeder Epoche gab es einen wie Dauphin. Einen Menschen der dazu bereit ist, alles zu opfern. Sein Volk, sein Leben ... seine Seele. Doch es gab bisher nicht viele die so waren wie Rossoit. Und seine Geschichte soll hier erzählt werden. Sie beginnt in Wien ... Heute.

KAPITEL 1

DIE ANKUNFT

1

Als der Zug aus Frankreich kurz vor Mitternacht am Bahnhof in Wien eintraf, hatte es schon leicht zu schneien begonnen. Seit Tagen war es neblig und für November eigentlich viel zu kalt. Die Temperaturen waren weit unter dem Gefrierpunkt, doch der Mann, der als Einziger auf dem Bahngleis stand und zufrieden den ankommenden Zug betrachtete, schien nicht zu frieren. Aus seinem Mund stieg kein Dampf auf wenn er atmete und auch seine Finger, die er um einen edlen Gehstock gelegt hatte, zitterten trotz der extremen Kälte nicht. Sein Gesicht war aschfahl und zeigte keine roten Flecken auf den Wangen oder bläulich gefärbte Lippen. Er wirkte wie eine Statue und man hätte ihn wohl auch dafür halte können, hätte nicht sein weiter, dunkler Mantel im Wind geweht und sein Mund nicht dieses zufriedene Lächeln gezeigt. Sein langes, schwarzes Haar war zu einem schönen Zopf gebunden und ein dünner Bart umrandete seine Züge.

Der Zug hatte angehalten und eine kleine Gruppe von ungefähr 15 Männern und Frauen stieg gemeinsam aus dem ersten Waggon. Sie standen alle gegenüber des düster wirkenden Mannes auf dem Bahnsteig, nickten ihm kurz zu und gingen dann geschlossen zu den Gepäckwägen. Alle, bis auf einen großen, drahtigen, jungen Mann mit kurz geschnittenem Haar, das ebenso schwarz war wie das des anderen. Er kam auf den Wartenden zu und verneigte sich kurz vor ihm. Er lächelte gütig und legte dem Jungen eine Hand auf die Schulter, worauf dieser den Kopf hob und seine stahlblauen Augen den Anderen gespannt ansahen.

Der Meister begann mit ruhiger, sehr tiefer Stimme zu sprechen: „Nun wie sieht es aus, Luc? Wieso steigt außer euch niemand aus dem Zug? War die Fahrt schlecht gebucht?“ Luc schien ein wenig unsicher zu werden. War der Meister etwa ungehalten, wegen dem Vorfall, der passiert war? „Es tut mir Leid, Herr. Mirelle und die anderen … Die Fahrt war sehr lang und wir waren einen großen Teil der Reise tagsüber unterwegs. Im Gepäckraum. Ihr wisst wie es ist, wenn man aufsteht und das Essen einem direkt vor der Nase herumtanzt?“

„Luc, mein lieber Luc. Das weiß ich nur zu gut. Du brauchst dich nicht zu entschuldigen. All das ist verständlich.“ Lucs Gesichtszüge entspannten sich ein wenig. „Doch sorge dich nicht. In ein paar Tagen, wenn alles geregelt ist, könnt ihr hier ein Blutbad anrichten, gegen das die russische Revolution wie ein Kindergeburtstag aussehen wird.“ Der Meister lächelte grimmig und sein tiefes, leises Lachen ließ Luc frösteln, obwohl auch er keine Kälte zu verspüren schien. „Und glaub mir, ich weiß wovon ich spreche … ich war dabei.“

2

Im Hintergrund war die Gruppe dabei, schwere Holzkisten und Koffer aus dem Gepäckwagen zu entladen, als ein Angestellter des Bahnhofs den Bahnsteig betrat und auf den Zug zukam. Der Meister betrachtete ihn amüsiert und nickte Luc zu. Dieser nickte in Richtung des Triebwagens, woraufhin jemand im Inneren den Motor des Zuges abstellte.

„Was ist hier los? Wo sind die anderen Passagiere und das Personal? Wer zum Teufel sind Sie?“ Luc legte einen Arm um die Schulter des in die Jahre gekommenen Beamten, der zuerst Lucs Hand, und dann den Vampir selbst misstrauisch musterte. Der Beamte hatte eine Frau und drei Kinder. Am Nachmittag desselben Tages hatte er sich von ihnen zum Spätdienst verabschiedet und ihnen gesagt, dass er sie liebte. Es war das letzte Mal, dass er seine Familie gesehen hatte. Keine fünf Meter vom Zug entfernt, fiel er tot zu Boden, nachdem Luc ihm mit einer kurzen Handbewegung das Genick gebrochen hatte.
Er kniete sich neben dem Beamten hin und schien an seinem Hals zu riechen. Der Meister wandte sich, wieder zufrieden lächelnd, ab und beobachtete weiter wie seine Kinder den Zug entluden. Alles lief wie geplant. Die Ankunft in der neuen Stadt war geschafft und in wenigen Stunden würden sie auch jemand haben um ihnen diese zu zeigen. Das Konzert war schon vorbei. Zeit aufzubrechen.

3

„Rossoit!“ Der Meister blickte gedankenverloren auf und sah ein Mädchen aus dem Führerhaus des Zuges springen und auf ihn zulaufen. Sie war kaum mehr als 16 oder 17 Jahre alt und hatte langes, blondes Haar, das sie offen trug. „Julie, mein Schatz! Na, wie war die Fahrt?“ Das Mädchen umarmte Rossoit und drückte ihr Gesicht an seine breite Brust. „Es war toll! Gutes Essen!“ Rossoit lächelte und strich Julie über den Kopf. „Ich weiß, Luc hat mir davon erzählt. Aber jetzt geh zu den Anderen, Kleines, ich habe noch etwas zu erledigen, das keinen Aufschub duldet.“

Das Lachen auf Julies Gesicht verstarb augenblicklich. Ihr eisiger Blick ließ die kalten Wintertemperaturen plötzlich wohlig warm erscheinen. „Du holst sie jetzt, nicht wahr?“ Rossoit betrachtete sie mit mitleidigem Blick. „Worüber machst du dir Sorgen, Schatz? Wir brauchen jemanden, der hier zu Hause ist. Einen Einheimischen in jeder neuen Stadt. Du weißt, dass es so vereinbart war. In Paris war es Mirelle. In London nahmen wir Gordon zu uns. Und hier wird sie es sein. Außerdem kennst du sie gar nicht. Vielleicht werdet ihr euch gut verstehen?!“
Julie wandte sich von Rossoit ab. Ihre Stimme war jetzt leise und so kalt wie ihr Blick. „Du hast natürlich Recht, Vater. Ich gehe zu den Anderen und hole meine Sachen. Wir sehen uns in der Unterkunft.“ „Julie … ich …“ Rossoit berührte ihren Arm, doch sie ging schnellen Schrittes und mit gesenktem Kopf in Richtung des Gepäckwagens davon.

4

Rossoit schüttelte den Kopf und winkte Luc zu sich, der noch immer über dem toten Beamten kniete. Luc erhob sich und wischte sich mit dem Handrücken das Blut vom Mund. „Luc, auf dem Parkplatz stehen drei gemietete Lieferwägen für euch und euer Gepäck. Du hast die Adresse der Unterkunft die ich dir geschickt habe. Wirst du sie finden?“ Luc nickte „Ich habe den Plan dieser Stadt während der Fahrt ausgiebig studiert. Wir werden keine Probleme haben.“ „Das hatte ich auch nicht erwartet. Wer Hunger hat soll sich hier am Bahnhof etwas besorgen. Es gibt noch genug zu Essen in der Wartehalle. Wenn ihr in der

Unterkunft seid, wünsche ich, dass niemand sie mehr verlässt bis ich eintreffe. Ist das klar? Du weißt, was die Konsequenz ist und du weißt, dass ich sie umsetzen werde, sollte es notwendig sein. Wer ohne meine Erlaubnis geht, bleibt nach Sonnenaufgang draußen. Keine Ausnahmen! Auch nicht für Julie.“ Luc sah einen Moment zu den Anderen und dann wieder in Rossoits schwarze Augen. Dann nickte er. „Keine Ausnahmen. Wer geht, bleibt draußen.“

Rossoit nickte ebenfalls zufrieden und sah noch einmal zu den Anderen. Er musterte Julie, die sich gerade damit abmühte ihre Kiste aus dem Waggon zu bekommen. Er wandte sich wieder Luc zu und sah ihm scharf in die Augen. Luc hatte Mühe dem Blick standzuhalten, aber er versuchte es „Und wirf einen Blick auf Julie. Ich bin mir nicht sicher, aber ich glaube sie wird Dummheiten anstellen, wenn sie unser neues Mitglied sieht. Das Mädchen, das ich gleich abholen werde, ist sehr hübsch und überaus begabt. Du weißt, wie Julie auf hübsche, junge, begabte Mädchen reagiert.“ Luc hielt dem Blick noch immer stand und nickte. „Ich passe auf sie auf.“ Rossoit sah ein letztes Mal zu Julie und drehte dann auf dem Absatz um. Er ging mit großen Schritten über den Bahnsteig und durch die beinah leere Wartehalle. Sein Blick fiel dabei auf ein paar Obdachlose, die auf den Bänken und in den Telefonzellen schliefen. Er lächelte in dem Wissen, seinen Kindern nicht zuviel versprochen zu haben ... es gab tatsächlich noch genug zu Essen in der Wartehalle.

5

Es war kalt als Ralph aufwachte. Seit Wochen hatte er keine Nacht mehr durchgeschlafen und in dieser Nacht war es nicht anders. Seit er vor über einem Jahr in die Stadt gezogen war, um hier zu studieren, war nicht alles so gelaufen, wie er es sich vorgestellt hatte. Die einzige Wohnung, die er sich leisten konnte, war klein und kalt. Wenn die Heizung einmal nicht ausfiel, und er wegen der Kälte nicht schlafen konnte, träumte er. Doch es waren keine angenehmen Träume. Sie waren tief und dunkel. Als er ein Junge gewesen war und noch zur Schule ging, war ihm das nicht so deutlich aufgefallen. Er wachte morgens auf und erinnerte sich nur an Manches, was er im Schlaf, in dieser anderen Welt erlebt hatte. Wie nannte seine Mutter diese Sphäre immer? „Pays des rêves“ … das Land der Träume.

Ralph erinnerte sich nur noch selten an seine Mutter. Sie war gestorben, als er gerade mal 10 Jahre alt gewesen war. Seinen Vater hatte er nie kennen gelernt. Seine Mutter hatte ihm irgendwann einmal erzählt, dass sie Ralphs Vater als junges Mädchen in Paris getroffen hatte und er sie vom ersten Moment an verzaubert hatte. Als sie schwanger wurde, veränderte er sich jedoch und ließ schon bald Frau und Kind im Stich. Sie hatte ihn nie wieder gesehen. Ralph hatte nie ein Bild seines Vaters gesehen und doch wusste er genau wie er aussah. Er hatte ihn getroffen … jede Nacht im Schlaf. Im „Pays des rêves“.

Als er größer wurde veränderten sich seine Träume. In jeder einzelnen Nacht traf er auf seinen Vater. Er versuchte

Ralph etwas zu sagen. Seine Stimme klang angenehm und tief in seinen Ohren „Mein Junge, mon petit, du musst vorsichtig sein. Wenn du das Alter erreicht hast, ihm zu dienen, wird er dich jagen und versuchen dich zu brechen, wie er es bei mir versucht hat. Denke immer daran, wer du bist und woher du kommst. Mein Blut fließt durch deine Adern, mein Sohn, und das macht dich für ihn interessant. Vergiss niemals wer du bist und vergiss niemals wer ich bin. Laurent. Dein Vater …“
Wenn Ralph jedoch versuchte seinem Vater zu antworten, nahm der Traum immer die gleiche Wendung. Etwas erschien und verdrängte das Bild von Laurent. Ein unmenschlich großes Wesen, in einem Gewand aus Furcht und mit fahlen Augen. Dieses Geschöpf schien nur aus Flammen zu bestehen. Sie loderten rund um seinen massiven Körper, um seinen Kopf und aus seinen Nasenlöchern. Nur seine Augen … seine Augen waren immer leer, ausdruckslos und tödlich kalt gewesen. Als wären sie gar nicht da und würden nur aus zwei schwarzen Löchern bestehen. Dennoch spürte man ihren Blick und dieser ließ einem die Seele gefrieren.

6

Ralph drehte seinen Kopf etwas zur Seite und blickte aus dem Fenster auf das dichte Schneetreiben vor dem dunklen Himmel, der in dieser Nacht besonders schwarz zu sein schien. Auf dem Glas waren Eisblumen zu sehen, die die schönsten Muster und Kristalle bildeten. Sie erinnerten Ralph an kunstvoll gezogene Spinnweben. Von der Straße hörte er einen Betrunkenen ziemlich lautstark mit sich selbst sprechen. Oder mit den Dämonen die ihn durch seinen vom Alkohol vernebelten Geist hindurch verfolgten. Ein dünner, eiskalter Windhauch blies durch das undichte Fenster und ließ Ralph frösteln. Er zog seine Decke hoch bis zum Hals und drehte sich wieder auf den Rücken. Seine Gedanken kreisten um Silvia. Das Mädchen, welches er auf der Universität kennen gelernt hatte. Das Mädchen mit den schönen blonden Locken und den verführerischen, blauen Augen. Das Mädchen, das so wunderbar Geige spielen konnte. Das Mädchen das er liebte. Heute hatte sie ihren ersten großen Auftritt und er konnte nicht dabei sein. Silvias Vater, ein alter Doktor mit aristokratischen Wurzeln, würde dort sein und Ralph war aufgrund des ersten Zusammentreffens nicht die erste Wahl des Schwiegersohns gewesen. Daher hielten er und Silvia es für besser, ihrem Vater heute eine Verschnaufpause zu gönnen. Wenn Ralph nicht zum Konzert kam, hatte er noch Gelegenheit ein bisschen für die ersten, bevorstehenden Prüfungen zu lernen und Silvias Vater hätte keinen Grund für eine neuerliche Szene. Trotzdem ärgerte sich Ralph darüber, bei ihrem großen Abend nicht dabei sein zu können. Er fühlte wie seine Augen langsam wieder schwer wurden und gähnte herzhaft. Die dicke Decke ließ seine Füße und Hände wieder wärmer werden und eine angenehme Ruhe durchströmte Ralph.

„Warum tue ich mir das alles eigentlich an ...?" sagte er leise zu sich selbst, während er spürte wie die Müdigkeit ihn wieder ins Land der dunklen Träume fallen ließ. „Warum tue ich mir das an ..." Ein schwarzer, großer Schatten huschte geräuschlos durch die verschneite Nacht und an Ralphs Fenster im zweiten Stock vorbei. Ralph war wieder eingeschlafen.

7

Rossoit huschte schnell und lautlos durch die dunklen Gassen der Stadt. Er bewegte sich elegant, doch sehr zügig und erinnerte etwaige Beobachter dabei an eine Raubkatze. Diese Beobachter existierten jedoch nicht, denn das alles spielte sich etwa zwei Stockwerke über der Straße ab. Einem leichtfertigen Spiel mit der Schwerkraft gleich, lief, glitt und sprang er über Dächer und Häuserfluchten, wobei er manchmal schon fast zu schweben schien. Zwischen den weißen, reinen Schneeflocken wirkte seine massive Gestalt mit dem langen, wehenden Mantel wie ein schmutziger Schatten, der sich den Weg zu seinem Ziel bahnte. Rossoits Gedanken waren, seit er den Bahnhof verlassen hatte, bei Julie gewesen. Sie reagierte immer wütend wenn er ein neues Kind zu sich holte. Dabei machte sie keinen Unterschied zwischen Mann oder Frau. Genau so wenig wie Rossoit das tat.

Er stellte sich seine Familie seit vielen Jahrzehnten nach seinen persönlichen Vorlieben zusammen. Sie alle waren überaus hübsch, intelligent und jeder auf seine eigene Art und Weise mit einem einmaligen Talent gesegnet. Ob das nun Mirelles Kaltblütigkeit, Lucs unbändige Mordlust und sein Scharfsinn oder Julies Fähigkeit war, Dinge zu sehen bevor sie passierten. Sie alle hatten ihre ganz besondere Fähigkeit. Auch seine neueste Tochter war etwas ganz Besonderes und würde seine Familie mit einem weiteren

Talent bereichern. Musikalität. Rossoit folgte ihr seit dem Abend seiner Ankunft in Wien. Sie war sehr schön, mit langem, blondem, lockigem Haar und himmelblauen Augen. Es wäre durchaus verständlich, dass Julie eifersüchtig war, wenn sie Silvia, so hieß das neue Mädchen, schon gesehen hätte, doch … Rossoit stoppte abrupt und schien zwischen zwei Häuserwänden in der Luft zu hängen. Er hatte etwas gefühlt. Es war vertraut und dennoch strahlte es Gefahr aus. Das Gefühl dauerte nur den Bruchteil einer Sekunde, doch es fuhr Rossoit durch Mark und Bein. Er sah sich um und versuchte in der Gasse, die er eben durchquert hatte, etwas zu erkennen. Er zog sich an einem Vorsprung hoch und kletterte bis aufs Dach, wo er sich hockend noch einmal genau umsah. Er musterte den verschneiten Weg und die von Eis befleckten Fenster. Nichts. Auch das seltsame Gefühl stellte sich nicht mehr ein. Etwas stimmte hier ganz und gar nicht, doch er hatte keine Zeit um der Sache jetzt nachzugehen. Er würde sich darum kümmern … später.

8

Silvia trat aus dem stickigen Lokal ins Freie und spürte die kleinen Nadelstiche die, die eisige Kälte in ihrem Gesicht verursachten. Sie atmete tief durch und bemerkte langsam wie viel sie wirklich getrunken hatte. Ihren Mantel um die Schultern geschlungen stand sie einfach nur da und genoss das Glück das sie durchströmte. Der Abend war ein voller Erfolg gewesen. Sie hatte gespielt und die Stadt hatte ihr zugehört. „Na, meine Kleine? Du solltest wieder hineingehen, oder dir schleunigst noch etwas anziehen, sonst holst du dir noch den Tod.“ Silvia drehte sich um und sah ihren Vater aus dem Lokal auf sie zuschlendern. „Ach, Papa. So schnell bekommt mich der alte Knabe nicht. Mir ist nicht kalt und außerdem werde ich mich jetzt auf den Weg machen.“ Silvias Vater sah sie mit zusammen gekniffenen Augen an. „Du gehst also noch zu diesem Jungen. Wie ist sein Name? Deskart?“ „Desgardes. Das ist Französisch. Seine Mutter war Französin. Außerdem hat er einen Vornamen.“ Silvia spürte Zorn in sich aufsteigen und wusste, dass es jetzt an der Zeit war nach Hause zu gehen. „Ja, Ralph, ich weiß. Ralph Desgardes. Ich werde mir den Namen wohl merken müssen. Schließlich scheint es dir mit ihm ernst zu sein. Und auch wenn er bei mir nicht gerade den besten Eindruck hinterlassen hat, bin ich bereit dem Jungen eine zweite Chance zu geben.“ Silvia glaubte ihren Ohren nicht zu trauen. Alles was ihr Vater in den letzten Wochen gesagt und getan hatte, war wie weggeblasen. Ihr stiegen Tränen in die Augen und sie umarmte ihn so heftig, dass er zwei Schritte zurücktaumelte. „Danke. Papa. Danke, du weißt gar nicht wie froh du mich machst. Er wird dich nicht enttäuschen. Vertrau mir. Das wird er nicht.“

Silvias Vater lächelte seine Tochter an. Er liebte sie, sie war sein einziges Kind und er konnte ihr einfach nichts verbieten. Und eigentlich war der Junge auch kein schlechter Kerl. Es fehlte ihm nur ein wenig an Disziplin, aber die würde er lernen wenn es an der Zeit war Verantwortung zu übernehmen. Er lächelte verschmitzt und sah seiner Tochter tief in die schönen, blauen Augen. Sein Blick wurde wieder ernst „Wenn er dir weh tut, dann bringe ich ihn um.“ Silvia stieß ihren Vater in die Seite, woraufhin dieser demonstrativ die Augen verdrehte. „Ich würde jeden töten, der dir etwas antut, mein Kind.“ Er nahm Silvia fest in seine Arme und atmete tief durch. „Das wird er nicht, Papa. Und es wird mir auch sonst niemand jemals wieder wehtun. Das würde Ralph nicht zulassen. Er ist mein Beschützer und ich liebe ihn.“ Silvia spürte wie eine Träne aus ihrem Augenwinkel floss und drückte sich fest an ihren Vater.

„Es ist in Ordnung, mein Schatz, kommt morgen Abend zu mir nach Hause. Wir trinken einen Schluck und werden noch mal über alles reden. Was hältst du davon?“ „Das klingt toll. Ich werde es Ralph morgen Früh sagen. Er schläft in letzter Zeit nicht besonders gut und ich will ihn heute nicht mehr wecken.“ Sie ließ ihren Vater aus und küsste ihn auf die Wange. „Danke, Papa, danke.“ Silvia spürte erneut Tränen aufsteigen, als sie ihn das furchige Gesicht ihres Vaters sah. Er lächelte. Seit ihre Mutter gestorben war, hatte er nur noch sehr selten gelächelt und nie mehr gelacht. Aber jetzt lächelte er und das machte einen guten Abend perfekt.

9

Rossoit beobachtete die ganze Szene aus einer Seitengasse und überlegte sich, ob es klug war den alten Mann vor den Augen des Mädchens zu töten. Er entschied sich aus zwei Gründen dagegen. Zum einen wäre es unvernünftig sie zu sehr zu erschrecken. Wenn sie schreiend durch die Straßen laufen würde, wäre das nicht gerade vorteilhaft. Zum anderen, schien der Alte wichtig für sie zu sein, was ihn auch für Rossoit in gewisser Weise wichtig machte. Als potenzielles Druckmittel. Es war immer ein Risiko ein neues Kind zu erschaffen, da man nie wissen konnte, in welche Richtung sich die dunkle Gabe entwickelte. Es gab schon Massenmörder die, nachdem sie den Kuss erhalten hatten, plötzlich nicht mehr töten konnten oder wollten und regelrecht verhungerten. Andererseits wurden Nonnen oder Priester die verwandelt wurden, zu reißenden Bestien ohne Gnade und Mitgefühl. Besser man hatte etwas in der Hand. Ein Druckmittel eben. Falls man seinen Standpunkt klarmachen musste.

Die beiden schienen sich jetzt zu verabschieden. Eine Minute später war Silvia in einer der vielen, dunklen Gassen dieser wunderschönen Stadt verschwunden. Rossoit setzte sich in Bewegung und ging auf den Mann zu, den Silvia zuvor umarmt hatte. Im Vorbeigehen rempelte er ihn sanft. „Aahhh. Verdammt, passen Sie auf, wohin Sie gehen!" Silvias Vater betrachtete seine Hand. Er hatte einen kleinen Schnitt am Handrücken. Der Typ, der ihn angerempelt hatte, schien ihn gekratzt zu haben. „Veuillez pardonner, monsieur …" Silvias Vater hob den Kopf und sah sich um. Der gesamte Platz um ihn herum war leer. Nur aus einer der Gassen waren kurz Schritte zu hören. Dann war wieder alles ruhig. Er strich etwas Schnee von einem der parkenden Autos und rieb sich damit die kleine Wunde. Es brannte. Kopfschüttelnd ging er wieder in das Lokal zurück. Rossoit folgte Silvia und leckte das bisschen Blut, das am Nagel seines Zeigefingers klebte, ab. „Gar nicht mal schlecht. Doch erst die Arbeit , dann das Vergnügen."

10

Silvia schlenderte ausgelassen durch die engen Gassen der Innenstadt. Nach ein paar Minuten hatte sie das Lokal, in dem sie zuvor ihr Debüt gefeiert hatte, hinter sich gelassen. Alles war perfekt. Sie war jetzt nicht mehr nur eine Studentin auf dem Weg zur erfolgreichen Anwältin. Nein. Jetzt war sie auch noch ein offizielles Mitglied eines der besten Orchester des ganzen Landes. Und dann noch die Sache mit ihrem Vater. Gott weiß, was ihn zu diesem Sinneswandel getrieben hatte. Es war ihr im Augenblick auch egal. Sie konnte es gar nicht erwarten, Ralph die Neuigkeit zu erzählen. Als Silvia weit nach Mitternacht durch die schmale Gasse in Richtung Stadtpark hinunterging, empfand sie eine tiefe Zufriedenheit. Der Mann der sie seit einigen Tagen beobachtete, verspürte ein ähnliches Gefühl. Rossoit folgte Silvia in ungefähr 10 Metern Entfernung und schien nicht mehr zu sein als ein Schatten. In den dunklen Ecken und Hausvorsprüngen der Gasse schien er sich komplett zu verlieren. Bis er plötzlich unter einer Laterne wieder auftauchte, nur um im nächsten dunklen Abschnitt wieder zu verschwinden.

Langsam ließ er aus seinem Mantel den Gehstock gleiten, den er auch schon am Bahnhof hatte. Er war, gleich nach dem Ring, sein wertvollster Besitz. Der Stock war aus edlem Holz gefertigt und hatte am unteren Ende eine Spitze aus reinem Silber. Rossoits Hand ruhte auf dem eigentümlich geformten Griff. Er hatte die Form eines Kopfes, der aus Flammen zu bestehen schien und anstelle der Augen klafften zwei schwarze Löcher. Rossoit drehte den Stock ein paar Mal in seiner Hand und ließ die Spitze dann unsanft auf den kalten Boden auftreffen. Ein grausames Klirren hallte von den Wänden wider und das Geräusch verbreitete sich in der gesamten Gasse. Silvia wurde langsamer und blieb schließlich stehen. Plötzlich war ihr gar nicht mehr so leicht ums Herz. Sie hatte schon vorher das Gefühl gehabt, dass ihr jemand folgte. Doch hatte sie dafür den Alkohol verantwortlich gemacht. Jetzt war sie sich da nicht mehr so sicher. Silvia drehte sich um und suchte mit den Augen die Gasse hinter sich ab. Nichts. Sie ging einen Schritt in die Richtung zurück aus der sie gekommen war und kniff die Augen zusammen. Stand da jemand oder bildete sie sich das ein? Silvia drehte sich wieder um und ging weiter. Knappe 100 Meter vor ihr verlief die Ringstrasse, der stark befahrene Kreis, der sich um das komplette Stadtzentrum zog. Dort war selbst bei diesem Wetter und um diese Uhrzeit noch eine Menge los. Wieder klirrte es hinter ihr. Das Geräusch ging ihr durch Mark und Bein. Doch diesmal drehte Silvia sich nicht mehr um. Sie beschleunigte ihre Schritte und wäre beinahe ausgerutscht. Nur noch ein paar Meter. Sie hörte die vorbeifahrenden Autos und sah bereits das trostspendende Licht der Straßenlaternen. Silvia drehte sich während dem Gehen um und blickte abermals in die Gasse zurück. Der Weg lag leer und ruhig vor ihr und wirkte gar nicht mehr bedrohlich.

Sie blieb stehen, sah in die Dunkelheit hinein und musste leise lachen. „Du hysterische Kuh." sagte sie laut zu sich selbst, während sie aus ihrer Manteltasche ein Päckchen Zigaretten zog. Silvia zündete sich eine an und ließ die anderen wieder in der Tasche verschwinden. Silvia nahm einen tiefen Zug und spürte wie ihr Puls sich wieder normalisierte. Sie stieß den Rauch in die kalte Luft hinaus und beobachtete das weiße Wölkchen. Sie musste über ihre eigene Angst lachen „Ich sollte wirklich weniger trinken.“ Sie spürte einen stechenden Schmerz, als Rossoit seine Zähne von hinten, in ihre Halsschlagader rammte. Kurz danach explodierte ein Feuerwerk aus Blitzen vor ihren Augen. Die Zigarette glitt aus ihren Fingern und fiel auf den gefrorenen Boden. Bevor sie das Bewusstsein verlor, hörte Silvia noch eine tiefe, beruhigende Stimme „Das mit dem Trinken solltest du dir noch einmal überlegen.“

KAPITEL 2

DIENER UND HERREN

1

Leon ging unruhig vor dem Depot auf und ab. Es wurde immer schwieriger an das zu kommen was er wollte. Obwohl das Wort „wollen“ hier vielleicht nicht ganz angebracht war. Er hatte keine Wahl. Sein Herr verließ sich immerhin auf ihn und er hatte seinen Herrn bisher nie enttäuscht. Dies war nicht das erste Krankenhaus in dem er arbeitete … und es würde nicht das Letzte sein. Er hatte in der Vergangenheit ein paar Fehler begangen, doch er konnte sich immer irgendwie aus der Misere retten. Leon zog an seiner Zigarette … wo blieb der Idiot bloß? Er sah aus dem kleinen Fenster, das in die Wand eingelassen war, und sein Blick wanderte nach oben. In knapp einer Woche war Vollmond. Weiß der Teufel, was da wieder los sein würde. Zwar hatte sein Herr mithilfe der Anderen den letzten Wolf vor Jahren aus der Stadt getrieben, doch irgendwie kam immer neues Ungeziefer aus irgendwelchen Löchern gekrochen, sobald die Kugel am Himmel stand. Und eines war klar, es kam nichts Besseres nach. Leon drückte noch einmal den Summer und hörte irgendwo hinter der schweren Stahltür mit dem kleinen Glasfenster leise eine Glocke läuten. Die Gegensprechanlage neben dem Summer gab keinen Ton von sich. Langsam wurde Leon nervös. Eigentlich sollte er gar nicht hier unten sein, sondern an seinem Tisch in der Eingangshalle sitzen. Er spürte wie Unruhe in ihm aufstieg. „Komm schon, Alter, was machst du so lange da drin …?“

2

Als Silvia die Augen aufschlug war das erste das ihr auffiel, der stechende Geruch von Urin und Exkrementen. Sie wusste, dass sie die Augen geöffnet hatte, doch konnte sie nichts sehen. Sie wusste weder wo sie war, noch wie sie dort hingekommen war. Silvia streckte den rechten Arm aus und schlug damit unsanft gegen Holz. Der Schmerz zog sich durch jede Faser ihres Körpers und sammelte sich in ihrem Kopf. Silvia tastete mit der linken Hand vorsichtig nach vorne. Holz. Links und rechts von ihr schien es nicht anders zu sein. Sie lag offenbar in einer Kiste. Der pochende Schmerz hatte überraschend schnell nachgelassen und war bereits zu einem leichten Stechen abgeklungen. Langsam machte sich Panik in ihr breit, die sie jedoch noch zu unterdrücken wusste. Wie lange das noch möglich war, war eine andere Frage.

Irgendwo außerhalb ihres hölzernen Gefängnisses hörte sie jemanden leise lachen. „Hallo?" Silvia erkannte ihre eigene Stimme fast nicht wieder. Sie klang fremd und irgendwie anders als bisher. Außerdem spürte sie ein sehr schmerzhaftes Brennen in ihrer Kehle, gefolgt von einem stechenden Schmerz in der Magengegend, der ihr Tränen in die Augen trieb. Sie wollte sich drehen, doch konnte es nicht. Sie versuchte sich aufzurichten und stieß mit dem Kopf schwer gegen den Deckel der Kiste in der sie lag. Silvia schob eine Hand unter sich um festzustellen worauf sie lag. Erst jetzt wurde ihr klar, woher der schreckliche Geruch kam. Anscheinend hatte ihr Körper in den letzen Stunden alles verloren, was sich darin befand. Sie spürte wie Übelkeit in ihr hochkroch und wieder hörte sie jemanden kichern, allerdings aus entgegengesetzter Richtung. Silvia versuchte zu schreien, doch es kam nur ein Krächzen aus ihrer Kehle. Leise fing sie zu weinen an. Was war hier los? Sie erinnerte sich nicht mehr … doch da war diese Stimme und … Als die Ohnmacht sie wieder umfing, fiel sie in einen unruhigen Schlaf.

Rossoit stand abseits von den Anderen in einer Ecke der Zuflucht und beobachtete die Kiste vor ihm amüsiert. Er erinnerte sich nicht mehr genau an seine erste Nacht, er wusste nur noch, dass es nicht angenehm gewesen war. Seine neue Tochter schien kurz aufgewacht zu sein, doch jetzt war wieder alles ruhig. Die Anderen waren kurz interessiert näher gekommen, hatten sich jedoch mittlerweile wieder in der Zuflucht verteilt. Alles lief genau nach Plan. Rossoit war zufrieden, da er sicher war, diesmal keine noch so geringe Kleinigkeit übersehen zu haben, die seine Aufgabe gefährden könnte. Keine Einzige. Er lehnte sich an eine der vielen Steinsäulen, die diesen alten Keller durchzogen, und betrachtete die Kiste, in der Silvia schlief. Auf der anderen Seite der Zuflucht lehnte noch jemand an so einer Säule. Dieser jemand wirkte nicht so zufrieden und blanke Wut spiegelte sich in zwei schönen, blauen Augen. Julie beobachtete ihren Vater und sein neues Spielzeug mit einer Abscheu, die ihr ins Gesicht geschrieben stand. Sie hatte lange überlegt, ob sie ihm von ihrer seltsamen Begegnung erzählen sollte oder nicht. Sie wusste jetzt was zu tun war … und es würde ihm nicht gefallen.

3

Die Peterskirche stand im Herzen Wiens und genau dort gehörte sie auch hin. An derselben Stelle entstand in der zweiten Hälfte des vierten Jahrhunderts die erste Kirche des römischen Lagers Vindobona. Über die Jahrhunderte hinweg wurde sie immer wieder umgebaut und erweitert. Unter Kaiser Leopold I. wurde die Kirche im Jahre 1701 samt umliegendem Friedhof abgerissen. Nach Plänen von Gabriele Montani wurde die neue, barocke Peterskirche gebaut und nach ihrer Fertigstellung 1733 der Allerheiligsten Dreifaltigkeit und dem heiligen Petrus geweiht. Ungefähr zu dieser Zeit kam er nach Wien. Als er dieses Bauwerk sah, war ihm sofort klar, dass er dort seine Zuflucht errichten wollte.

Cedric war ein alter Vampir. Älter als die meisten und auch dementsprechend mächtig. Seine Kräfte waren in vielerlei Hinsicht ausgeprägt. Genauso wie seine Instinkte und seine Weitsicht. Er war einer der Ersten die herausfanden, dass das Zeichen Christi, das Kreuz, die Haut nicht verkohlen ließ, wie es bei Sonnenlicht der Fall war. Dies war, wie so vieles Andere, das man sich über Vampire erzählte, nichts als eine Legende. Dennoch hingen bis heute viele seiner Art diesem Irrglauben nach. Cedric verstand das bis zu einem gewissen Punkt. Die Rasse der Vampire war von jeher davon überzeugt, dass ihre bloße Existenz nach dem Tode, ein Verstoß gegen die Gesetze Gottes war und so fürchteten sie unterbewusst auch seinen Zorn. Mieden seine Gebetshäuser und hatten Angst vor Weihwasser und dem Kreuz. „Mittelalterliche Ansichten“ nannte er so etwas immer. Nachdem er den damaligen Hüter der Peterskirche „überredet“ hatte ihm Unterschlupf zu gewähren, hatte Cedric durch ihn gesprochen und das Gebäude nach seinen Vorstellungen immer weiter aus – und umbauen lassen. Bis sie im Jahre 2004 endlich voll und ganz seinen Bedürfnissen entsprach. Vater Elias war sein erster Ghoul, doch es sollten noch viele folgen. Wenn ein Mensch in drei Nächten aus freien Stücken das Blut eines Vampirs trank, so verfiel er in absoluter Liebe und Unterwürfigkeit dem Blutgebenden. Diese Menschen alterten nicht und waren durchaus nützlich, da sie fähig waren am Tag zu Werke zu gehen und Dinge zu verrichten, die der Meister selbst nicht erledigen konnte oder wollte. Nach einiger Zeit war es jedoch besser seinem Ghoul die Freiheit zu schenken, da Menschen, die nicht alterten irgendwann zwangsläufig auffielen. Nicht selten wurden sie dadurch ihres Lebenswillens beraubt, begingen Selbstmord oder verfielen dem Wahnsinn.

4

Cedric hatte es immer geschmerzt, wenn einen seiner Ghoule dieses Schicksal ereilte. Doch seine Liebe und sein Mitleid für die Menschen, machten es auch nötig, immer wieder Ghoule zu erschaffen. Er hatte schon vor vielen Jahrzehnten ein Mitgefühl für die Menschen entwickelt, das es ihm immer schwerer und irgendwann unmöglich machte von ihnen zu trinken und ihnen das Leben zu nehmen. Das war auch einer der Gründe warum Cedric sich diese Stadt und die Zuflucht in ihr suchte. Hier konnte er nicht nur mit Hilfe einiger Verbündeter über die Stadt wachen und alles aus ihr vertreiben, was sie bedrohte. Es gab hier auch die vielfältigsten Methoden an Blut zu kommen ohne töten zu müssen. Sein momentaner Diener, der ihm durch nächtelange Gespräche schon mehr Freund als willenloser Sklave war, erwies sich seiner Aufgabe mehr als gewachsen. Immer wieder versorgte er Cedric mit allem was er brauchte. Im Gegenzug dazu sorgte Cedric dafür, dass er jung blieb und schuf ihm einige Probleme menschlicher Art vom Hals. Doch in dieser Nacht war irgendetwas anders. Cedric war in dieser Nacht von einem Gefühl heimgesucht worden, das er fast schon vergessen hatte. Eine neue Macht war in der Stadt. Etwas Altes und teuflisch Böses.

Er hatte seine Boten und Spione bei Sonnenuntergang ausgeschickt um nach ungewöhnlichen Dingen oder neuen „Mitbewohnern" Ausschau zu halten, doch er versprach sich eigentlich nicht viel davon. Cedric hatte viele Verbündete in Wien gewonnen. Außer seinem Ghoul waren auch normale Menschen, Tiere, Schattengänger, einige Vampire und „die Alten" in seinen Diensten. Auf alle konnte er sich verlassen. Das hatte er mehr als einmal überprüft und die Spreu vom Weizen getrennt. So gutmütig Cedric den Menschen gegenüber war, so unnachgiebig und brutal war er gegen alles nicht Menschliche zu Felde gezogen, das sein Vertrauen missbraucht oder nicht verdient hatte. Cedric war ein Vampir, alt und mächtig, und er wachte über Wien. Doch in dieser Nacht, mit der Ankunft Rossoits wurde auch sein Schicksal, wie so viele andere, besiegelt. Cedric hockte auf dem Dach der Peterskirche und sein langes, weißes Haar wehte im kalten

Nachtwind. Er suchte den Himmel ab und spähte in die dunklen, leeren Gassen. Plötzlich wurde sein Blick starr und kalt. Er beobachtete etwas, das er schon lange nicht mehr in seiner Stadt gesehen hatte. Cedric erhob sich und begann den Kirchturm hinab zu steigen. Während er sich dem Boden näherte wuchs in ihm eine Wut, die er lange nicht mehr verspürt hatte. Unten angekommen stand er kurz vor dem Eingangstor des Gotteshauses, das an beiden Seiten von zwei Steinstauen flankiert war, die an alte Männer in Mönchskutten erinnerten. Cedric wandte sich zuerst der einen und dann der anderen zu. „William ... Claudius ... wir haben zu tun."

Der Stein bröckelte von den Statuen ab und gab zwei Menschen frei, die den Steinbildnissen bis aufs Haar glichen. Der Linke, ein alter, gebrechlich wirkender Mann sah zu Cedric und dann zu seinem Gefährten, der wesentlich jünger war und verstohlen unter seiner Kapuze hervor grinste. Der Jüngere sah zu dem Alten hinüber „Endlich mal wieder ein bisschen was los hier. Dachte schon wir wachsen hier fest." Er kicherte. Der Alte schüttelte den immer noch staubigen Kopf „Wann wirst du endlich erwachsen, Claudius?" Cedric drehte sich zu den beiden um und bedachte sie mit einem Nicken, das die zwei Mönche erwiderten. Claudius´ Grinsen erstarb, als er Cedrics Gesichtsausdruck sah „Sagt, mein Herr, ist es so schlimm wie Eure Miene mir verspricht?" Cedric sah ihn scharf an, ging ein paar Schritte zurück und sah Claudius aus der Entfernung einiger Zentimeter in die Augen „Noch viel schlimmer, mein Freund."

5

Der Kerberos rannte durch die verschlungenen Gassen, als wäre der Teufel persönlich hinter ihm her. Sein beschränkter Geist ließ ihn nicht darüber nachdenken, wer oder was ihn gesehen haben könnte. Doch sein Instinkt sorgte dafür, dass er wusste wie viele es waren. Einer von ihnen war ein Vampir, die anderen beiden konnte er nicht einordnen, doch schienen sie menschlich zu sein. Seit er aufgebrochen war, um im Dienste seines Herrn die Kanalisation zu durchforsten und nach passenden Verstecken und Vorratskammern zu suchen, hatte er mehrere Hunde und Katzen gerissen und ihre Überreste quer durch die Katakomben unter der Stadt verteilt. „Niemand vermisst Tiere“, hatte der Herr gesagt. „Lass die Menschen in Ruhe, bis ich dir die Erlaubnis gebe.“ Er hatte sich nichts zu Schulden kommen lassen, davon war er überzeugt. Die Verfolger holten langsam auf.
Der Kerberos stieß im Laufen ein Heulen aus, das einige Fenster über ihm zum Bersten brachte. Die Anderen liefen über das Glas hinweg und schienen immer schneller zu werden. Er sah sich um. Irgendwo musste doch ein Ausweg zu finden sein, ein Schlupfloch. Mit einem Ruck wurde er herumgerissen als ein Pfeil sein Fell und den Rücken durchbohrte. „Silber … sie beschießen mich mit Silber. Was denken die, was ich bin?“ Er rappelte sich hoch. Weitere Pfeile schnitten die Luft und verfehlten seinen wolfsartigen Körper nur um Millimeter. Langsam wurde die Sache gefährlich. Dann sah er den Fluchtweg den er so fieberhaft gesucht hatte.

Der Kerberos schlug einen Haken und drückte sich zwischen zwei Gitterstäben in einen Hinterhof. Er hörte die Verfolger hinter sich näher kommen. Im Laufen wandte er den Kopf nach hinten und sah wie der erste das Gitter erreichte und es nach einer Schwachstelle untersuchte. Es war der Vampir. Der Kerberos schickte ihm ein höllisches Knurren und rannte weiter auf den hinteren Teil des Hofes, in dem er sich nun befand, zu. Als er die Rückwand des Gebäudes vor ihm erreichte stieß er noch einmal sein Heulen aus und im massiven Mauerwerk blitzte ein grün schimmerndes Loch auf, das schnell größer wurde. Er drehte noch einmal seinen Kopf und sah wie der Vampir mithilfe seiner Freunde die Gitterstäbe aus ihrer Halterung riss und den Hinterhof betrat. Der Kerberos nahm all seine Kraft zusammen und hechtete mit einem gewaltigen Sprung in die grün leuchtende Öffnung, die sich direkt hinter ihm schloss. Geschafft. Als der Strudel des Hadestors sich hinter ihm schloss verspürte er eine tiefe Befriedigung.

6

Cedric und „die Alten" rannten hinter dem Wolf her. Der Vampir hatte das Tier von der Spitze seines Kirchenturms aus beobachtet und hatte sofort gewusst, was zu tun war. Mit William und Claudius, der zu diesem Zweck immer eine Armbrust mit Silberpfeilen bei sich trug, welche er tagsüber zusammen mit seinem Körper versteinerte, verfolgte er den Werwolf nun schon einige Minuten, doch das Untier war verdammt schnell. Auch der Pfeil, der ihn getroffen hatte, konnte ihn nur kurz stoppen. Das verwirrte Cedric. Silber war bisher immer nützlich gegen die Wölfe

gewesen. Obendrein war seit Jahren kein Wei
Wien aufgetaucht. Nicht seit der Sache mit
Graurücken zur Jahrtausendwende. Diese Geschic
übel geendet … für beide Seiten. Aber es hatte auc
geführt, dass sich die Werwölfe aus Wien zurückgezog .
und sich bisher nicht wieder hatten blicken lassen. Und jetzt das. Dieser Mistkerl rannte einfach so an Cedrics Kirche vorbei, das geronnene Blut noch zwischen den Zähnen. Claudius lud im Laufen ohne Pause nach und verschoss einen Pfeil nach dem Anderen, doch bis auf den Ersten trafen sie alle nur ins Leere.

Irgendetwas war nicht in Ordnung mit diesem Geschöpf. Es bewegte sich anders als die, die Cedric bisher getroffen hatte. Plötzlich schlug der Wolf einen Haken und verschwand hinter einem massiven Eisengitter. Verdammt, wie war er da durchgekommen? Cedric erreichte das Gitter zuerst und riss mit immenser Kraft an den Stangen. Das schwere Eisen ächzte unter der gewaltigen Belastung. Claudius und William kamen dazu und zerrten gemeinsam mit ihrem Herrn noch einmal an dem Gitter. Krachend lösten sich zwei der Stangen aus ihrer Halterung. Cedric zuckte kurz zusammen, als er den grünen Blitz am Ende des Hinterhofs sah. Ein Hadestor öffnete sich … in seiner Stadt. Wie konnte das sein? Was war hier los und wie war es ihm bis jetzt entgangen? Die drei rannten durch den Hinterhof und sahen gerade noch wie der Wolf durch das Tor hastete, das sich direkt vor ihnen schloss und eine leere Hauswand zurückließ.

Claudius ließ seine Armbrust sinken und sah ratlos zu William, der seinerseits Cedric mit ungläubigem Blick anstarrte. Der Vampir trat nahe an die Wand heran und legte mit geschlossenen Augen die flache Hand darauf. „Nichts. Die Mauer ist kalt. Ich verstehe das nicht. Bei einem Hadestor müsste ein wenig Restwärme zurückbleiben. Mindestens eine Stunde lang. Außerdem sollte ein Werwolf in tausend, blutige Teile zerspringen, wenn er versuchte ein Hadestor zu durchqueren." William trat vor. „Herr. Seid ihr sicher, dass es sich um einen Werwolf handelte? Seine Bewegungen waren viel zu ... nun ja ... kontrolliert, fast instinktiv. Ein Werwolf bleibt trotz allem immer noch ein Mensch ... in den Bewegungen dieses ... Dings ... war nichts Menschliches." Cedric suchte die Mauer mit seinen Augen ab, doch er fand keinerlei Hinweis darauf, wohin der Wolf verschwunden war und wie er es überhaupt geschafft hatte, das Tor zu öffnen und zu benutzen. Er trat ein paar Schritte zurück und fuhr sich mit der rechten Hand durch sein zerzaustes Haar, um es zu glätten.

„Ich habe keine Ahnung, was hier gerade geschehen ist, aber wir werden es herausfinden. Claudius, geh und sag den anderen Bescheid. Erzähl ihnen hiervon und berichte den Schattengängern, dass ein Dämon in der Stadt ist, der Hadestore schaffen kann. Wenn sie..." „Ein Dämon? Ein Dämon würde nie mit einem Werwolf ..." Cedric richtete sich zu seiner vollen Größe auf und ein rötlicher Schimmer blitzte über seine grauen Augen „Unterbrich mich nicht, Claudius, tu was ich dir aufgetragen habe! Wenn die Sonne aufgeht, sollen die Schattengänger zu suchen beginnen! Alle Kanäle müssen abgehört werden und jede noch so geringe Abweichung in den Dimensionen soll mir umgehend berichtet werden. Mein Ghoul wird den ganzen

Tag in der Kammer hinter dem Beichtstuhl warten und mir bei Sonnenuntergang alles berichten, was sie ihm gesagt haben. Geh jetzt Claudius … und enttäusche mich nicht. Unser aller Schicksal könnte davon abhängen."

William betrachtete den Jüngeren der beiden Steinwesen mit sorgenvollem Blick. Er trat an den eingeschüchtert wirkenden Mann heran und legte ihm beide Hände auf die Schultern „Und sieh zu, dass du rechtzeitig zurück bist, Junge. Das Fehlen einer Statue an ihrem Platz fällt auf." Claudius blickte zu William und löste sich aus seinem Griff. Er schulterte seine Armbrust. „Ich werde euch nicht enttäuschen. Keinen von euch." Er nickte den beiden zu und lief über den Hinterhof, durch das beschädigte Gitter in die dunkle Nacht hinaus. Cedric und William sahen ihm nach, bis sein Umriss mit den Schatten verschmolz. „Er ist ein guter Junge. Hitzköpfig aber verlässlich, Cedric." „Ich weiß. Hoffen wir, dass das genügt." Cedric und William sahen sich noch einmal um und begaben sich dann auf den Weg zurück in die Kirche.

7

Ralph blickte in die traurigen Augen seines Vaters. Er öffnete den Mund um mit Laurent zu reden, doch es kam wie es kommen musste. Die Person vor ihm verschwamm und schien in Flammen aufzugehen. Doch es war kein normales Feuer, es loderte irgendwie kontrolliert und hatte einen grünlichen Schimmer. Aus den Flammen erhob sich wieder dieser unmenschlich große Kopf mit den leeren Augen. Doch dieses Mal begnügte sich das Wesen nicht

damit Ralph anzustarren, bis er endlich aus diesem grauenhaften Traum erwachte. Dieses Mal hob es einen brennenden Arm und zeigte auf irgendetwas hinter Ralph. Er sah den ausgestreckten Zeigefinger ungläubig an und drehte langsam den Kopf in die Richtung in die er deutete.
Ralph stand plötzlich in einer engen Gasse, irgendwo mitten in Wien. Es war dunkel und es war kalt … sehr kalt. Schnee fiel sanft auf das Pflaster und bedeckte langsam Ralphs Schultern. Was er da vor sich sah, raubte ihm den Atem und beinahe den Verstand. Silvia lag vor ihm im Schnee und ihr Hals blutete. Ralph war wie gelähmt. Er wollte zu ihr laufen um ihr zu helfen, doch seine Beine versagten ihm den Dienst.
Der Versuch um Hilfe zu rufen, mündete in einem lautlosen Schrei. Seine Stimmbänder schienen ihm nicht mehr zu gehorchen. Wie aus dem Nichts war plötzlich ein Hund aufgetaucht, oder etwas, das wie ein Hund aussah, nur sehr viel größer, und begann an Silvias Hals zu schnüffeln. Das Tier hob ruckartig den Kopf und stieß ein markerschütterndes Geräusch aus, das irgendwie an ein Heulen erinnerte. Dann verbiss es sich im Saum von Silvias Kleid und begann an ihr zu zerren. Eine eisige Hand umfasste plötzlich von hinten Ralphs Kehle und schnürte sie ihm zu. Er wurde herumgerissen und starrte in zwei schwarze Augen, die hinter langen, schwarzen Haaren hervorglühten. Die Stimme war tief und bedrohlich, einem Knurren ähnlich. „Du … was tust du hier … ich kann mich nicht erinnern dich eingeladen zu haben.“ Das Letzte das Ralph sah, war der Griff eines Gehstocks, den der Unbekannte in der Hand hielt und jetzt auf seinen Kopf niederfahren ließ.

Ralph schlug die Augen auf ... es war noch immer dunkel. Er fasste sich an die Stirn. Trotz der Kälte, die in der Wohnung immer noch herrschte, hatte er geschwitzt. Sein Herz raste und fand nur langsam in seinen gewohnten Rhythmus zurück. Ralph setzte sich auf und versuchte, sich daran zu erinnern, was er gerade geträumt hatte. Er wusste nur, dass das Flammenwesen wieder da gewesen war. Aber diesmal war es nicht alleine gewesen. Irgendjemand, irgendetwas war dazugekommen und hatte ihm mehr Angst gemacht, als alles Andere bis jetzt. Er schwang seine Beine aus dem Bett und sah durch sein Fenster auf die Uhr der ein paar Straßen entfernt liegenden Peterskirche. 4:15. Ralphs Gedanken kreisten um Silvia. Er überlegte kurz sie anzurufen, um zu sehen ob es ihr gut ging. Schließlich entschloss er sich das nicht zu tun. Warum sollte sie ihren Schlaf einbüßen, weil er schlecht träumte? Wer wusste ob sie überhaupt schon schlief. Wahrscheinlich war sie noch am Feiern. Ralph stand auf und streckte seinen Rücken durch. Er ging ans Fenster und starrte in die Nacht hinaus. Er schlief bis zum Morgen nicht mehr ein.

Silvia träumte auch. Sie träumte von ihrer Erstkommunion, von ihrem ersten Kuss, dem Tag als sie Ralph kennen lernte, ihrem Vater und ihrer Mutter. Und alles was sie in ihrem Traum sah, sah sie zum letzten Mal. Eine Erinnerung nach der anderen erlosch, bis sie nur noch ein Bild vor sich sah. Rossoit. Sie kannte ihn und sie liebte ihn. Sah Erinnerungsstücke aus seinem Leben und aus dem Leben danach. In dieser Nacht und dem darauf folgenden Tag schlief Silvia ohne Unterbrechung und am folgenden Abend, als der schwere Deckel über ihr abgehoben wurde, kannte sie ihren neuen Vater als hätten sie sich vor Jahrhunderten kennen gelernt.

CEDRIC – Teil 1

Cedric DeMornay wurde im Jahre 1506, als Sohn reicher Eltern, in der Nähe von Cornwall geboren. Es war eine finstere, dunkle und kalte Welt in die der Junge gestoßen wurde. Das wurde ihm wenige Jahre später bewusst. Cedric wuchs behütet und geliebt auf, auch wenn vor den Toren des kleinen Dorfes, die Schlachten zwischen den Engländern und Schotten die Felder und Wiesen mit Blut und Verzweiflung tränkten. Er war ein zufriedenes Kind mit hellblonden Haaren und graublauen Augen, aus denen das pure Leben lachte. Sein Vater war ein angesehener Geschäftsmann und ließ es der Familie an nichts mangeln. Nicht an Liebe und auch nicht an Geld. Es verging keine Woche in der er nicht mit einem Geschenk für Cedric oder seine Mutter nach Hause kam. Bis er eines Abends nicht nach Hause kam. Sowie die Nacht darauf und alle Nächte die folgen sollten. Als man Caleb DeMornay vier Wochen später fand, war er nur noch anhand seiner Kleidung zu erkennen.

Irgendetwas hatte ihn in den Wäldern außerhalb des Dorfes angegriffen und bis zur Unkenntlichkeit zerfleischt. Cedric war zu diesem Zeitpunkt gerade elf Jahre alt. Seine Mutter verstummte an dem Tag, an dem man Caleb fand, und sprach bis zu ihrem Tode, zwei Jahre später, kein Wort mehr. Cedric DeMornay war mit 13 Jahren erwachsen, er wurde nur noch größer. Das Vermögen, welches sein Vater ihm hinterlassen hatte, wurde von Cedrics einzigem Verwandten verwaltet. Sein Onkel, Calebs Bruder, nahm Cedric nach dem Tod seiner Mutter zu sich und zog ihn auf wie seinen eigenen Sohn. Jack DeMornay war ein christlicher Mann, der Zeit seines Lebens alleine lebte. Er

hatte nie eine Frau gehabt, was in dem kleinen Dorf in dem sie Zuhause waren, für allerlei Gesprächsstoff gesorgt hatte. Die Tatsache, dass die einzige Frau die er jemals geliebt hatte, mit seinem Bruder verheiratet und nun tot war, behielt er für sich. Sie hatten sich einige Jahre nach Cedrics Geburt ineinander verliebt und hatten eine kurze Affäre. Cedrics Mutter besann sich jedoch bald eines Besseren und sie beschlossen beide, die Ehe der DeMornays nicht aufs Spiel zu setzen. Noch viele Jahre nach Calebs grausamem Tod, plagten Jack Gewissensbisse ob der heimlichen Liebe zu dessen Frau. Als auch sie viel zu früh starb, wusste er dass es seine Pflicht war auf Cedric zu achten.
Cedric war seit dem Tod seiner Eltern immer stiller und verschlossener geworden. Er verbrachte sehr viel Zeit damit, allein durch die Wälder zu streifen, in denen sein Vater den Tod gefunden hatte. Allen Warnungen seines Onkels zum Trotz befasste er sich mit Okkultismus und Hexerei. Außerdem trainierte er seit seinem vierzehnten Lebensjahr täglich nie weniger als 3 Stunden. Seinen Körper, seine Augen, seine Sinne und das Schießen. Als Cedric das siebzehnte Lebensjahr erreicht hatte, war aus dem kleinen Jungen mit den traurigen Augen ein stattlicher, junger Mann geworden. Einzig die traurigen Augen verlor er nie … auch knapp fünfhundert Jahre später nicht.

An seinem zwanzigsten Geburtstag verlor er den letzten Menschen der ihm noch etwas bedeutet hatte. Jack verließ am Morgen des 23. September 1526 das Haus um in der nahen Stadt Vorräte für die nächste Woche zu holen. Wie sein Vater vor ihm, kam er nicht zurück. Cedric wartete bis nach Mitternacht. Als Jack nicht nach Hause kam, nahm er seine Armbrust an sich und verließ das Haus. Es war eine eiskalte Nacht und der Nebel über den Feldern war fast undurchdringlich. Cedric stapfte mit seinen schweren Stiefeln durch Schlamm und Morast, die Armbrust im Anschlag und die Augen auf die graue Wand vor ihm gerichtet. Als er Jacks Kutsche sah, war es schon fast zu spät. Er wollte gerade darauf zulaufen, als etwas ihn von hinten packte und einige Meter durch die Luft schleuderte.

Er spürte einen brennenden Schmerz als, sein Körper auf dem kalten Boden aufschlug. Sein linker Arm war gebrochen und sein Kopf blutete. Cedric starrte in die Richtung, aus der er gekommen war. Etwas stand im Nebel, er konnte nur einen Umriss sehen, doch wirkte es wie ein immens großer Mann, der irgendwie gebückt ging. Cedric spannte die Armbrust und das Wesen begann auf ihn zuzuhasten. Als es zum Sprung ansetzte, schloss er die Augen und drückte ab …

KAPITEL 3

VERLUST

1

Als Ralph Desgardes am Morgen des vierten November 2006 müde und erschöpft an sein Fenster trat, konnte er nicht ahnen, dass es der letzte Sonnenaufgang sein sollte, den er jemals sehen würde. Seine Augen brannten und er hatte einen kupfrigen Geschmack im Mund. Langsam erwachte die Stadt zum Leben. Er sah die ersten Bäcker ihre Wagen beladen und einige Geschäftsmänner mit hektischen Bewegungen auf die U-Bahn Station zuhasten. Ralph streckte sich und gähnte. Er hatte leichte Kopfschmerzen und das Gefühl wurde bei dem Gedanken an die heutige Klausur nicht besser. Es waren die ersten Prüfungen des neuen Schuljahres und er hatte die halbe Nacht nicht geschlafen. Der Traum und die tiefe Stimme, die er darin gehört hatte, waren immer noch in seinem Kopf, als er unter der Dusche stand und sich die Zähne putzte. Das Wasser blieb heute mal ausnahmsweise warm und Ralph begann, sich Hoffnungen zu machen, dass der Tag besser werden könnte als er vermutet hatte. Seine Erwartungen sollten bitter enttäuscht werden.

Als er die Wohnung verließ und die Tür hinter sich schloss, hörte er das Telefon läuten, das an seiner Wand hing. „Verdammt!" Hektisch kramte er den Schlüssel aus seiner Manteltasche und sperrte wieder auf. Er hastete durch die Wohnung und hob den Hörer ab. „Ha … llo?" keuchte er in die Muschel. Als Antwort bekam er ein schallendes Lachen zu hören. „Alter, was los? Bist du im Stress? Komm gefälligst runter und lass uns loslegen. Heute ist der große Tag um den alten Gerber davon zu überzeugen, dass wir doch kein asozialer Sondermüll sind!" Ralph musste unwillkürlich grinsen. Er hatte Benny vor etwas mehr als zwei Jahren bei der Inskribierung kennen gelernt. Sie hatten gemeinsame Kurse belegt und verstanden sich von Anfang an hervorragend. Auch wenn Benny manchmal eine etwas eigenartige Ansicht mancher Dinge hatte, so gab es nie wirkliche Reibereien zwischen ihnen. Nur manchmal, in seltenen Augenblicken, wenn Ralph mit seinen guten Zensuren und seiner hübschen Freundin ins Rampenlicht trat, dann war Benny irgendwie ruhiger als sonst. Ralph tat das nie absichtlich, doch Benny spürte jedes Mal tief in seiner Brust einen kleinen Stich. Er war nicht neidisch auf Ralphs Erfolg, eher auf seine Begabung. Benny ließ ihn das jedoch nicht spüren. Er war ein Freund, und zwar ein guter Freund.

Ralph ging ans Fenster und blickte hinunter, wo Benny schelmisch grinsend mit seinem Handy stand und zum Fenster hinauf rief „Alter, komm schon, ich will mir vorher noch was zu Beißen holen!" „Ich wäre schon lange unten, wenn so ein Idiot mich nicht angerufen hätte!" Benny musste kichern „Und wieso, Herr Professor, bist du immer noch am Telefon, wenn du ohnehin durchs Fenster die ganze Stadt wach brüllst!?" Ralph zog den Kopf wieder beim Fenster herein, und jetzt war er es, der kicherte „Weil es dein Geld ist, das wir vertelefonieren." Ralph lachte und legte den Hörer auf. Von der Straße hörte er Bennys Stimme: „Big Ben wird das nicht vergessen, Professor!" Ralph grinste und zog die Tür zum zweiten Mal hinter sich zu, als er das Stiegenhaus betrat. Die Sorgen der letzten Nacht waren fast vergessen, als er die Straße betrat und die kalte Morgenluft einatmete. Benny stand noch immer unter seinem Fenster und rauchte eine Zigarette. Er kam grinsend zu Ralph herüber und sagte mit zusammengekniffenen Augen: „Alter … es wird echt Zeit, dass du dir ein Handy zulegst.“ Lachend gingen sie Richtung Universität.

2

Leon konnte kaum seine Augen offen halten, als er die Steinstatuen am Tor der Peterskirche passierte. Er nickte und murmelte „Na Jungs, alles frisch?“ Als er durch das Tor trat, hörte er leise die Stimme von Claudius: „Frischer als du auf jeden Fall. Das rieche ich sogar durch 20 Zentimeter Stein.“ Leon musste grinsen und schüttelte den Kopf. Er ging auf den Beichtstuhl zu und betrat die Kammer, die für den Priester reserviert war. Leon zog den Vorhang zu und setzte sich auf die Holzbank. Ein Teil der Vertäfelung schob sich nach oben und gab eine kleine Metallplatte mit einer Art dünnem Sieb darauf frei. Oberhalb der Platte blinkte eine kleine rote Lampe. Leon beugte sich nach vorn und flüsterte in die Öffnung „Segne mich Vater, denn ich habe gesündigt.“ Die Vertäfelung fuhr wieder herunter und die Wand rechts von Leon öffnete sich. Sie gab einen großen Raum mit steinernen Wänden frei. Leon erhob sich und ging in sein Refugium. Hinter ihm schloss sich die Geheimtür und der Beichtstuhl war wieder nur ein Beichtstuhl. Er streckte sich und gähnte herzhaft. „Scheiß Blutkonserven.“ Er ließ den schweren Rucksack von seinen Schultern zu Boden gleiten. Der Raum, der ihm von Cedric zugeteilt wurde, war geräumig und sehr hoch. Er wirkte wie eine eigene, kleine Kapelle im Inneren der

Kirche. Im hinteren Teil befand sich eine Art Waschabteil mit einer Dusche. Auf der anderen Seite war ein Küchentrakt mit einem großen Kühlschrank und einem bequem anmutendem Bett. Leon schnappte den Rucksack und trug ihn in die Küche. Er ließ ihn wie zuvor vorsichtig zu Boden gleiten und öffnete ihn. Im Inneren befanden sich rund dreißig Päckchen, gefüllt mit einer roten Flüssigkeit, die er sorgfältig in den oberen Teil des Kühlschranks schlichtete. „Ich hoffe damit kommt er ein paar Nächte aus. Es wird mal wieder Zeit für eine Mütze voll Schlaf.“
„Darausss wird wohl nichtsss.“ zischte es hinter Leon.

Er fuhr zusammen und drehte sich ruckartig um, wobei ihm eines der Blutpäckchen aus den Händen fiel. Das Wesen, das ungefähr zwei Meter hinter Leon gestanden hatte, bewegte sich blitzartig auf ihn zu, postierte sich direkt an Leons Schulter zwischen ihm und dem Kühlschrank und fing die Konserve aus der Luft auf, ohne auch nur hinzusehen. Leon drehte sich um und entriss ihm das Päckchen. „Danke, Lucian, ich schaff das schon.“ Er entwand sich dem Wesen und räumte die letzten paar Konserven in den Kühlschrank. Das dunkle Ding bewegte sich wie eine Mischung aus einer Katze und einer Riesenschlange wendig durch den Raum und ließ sich bei dem einzigen Fenster im Raum nieder. Lucian war ein so genannter Schattengänger. Kreaturen zwischen Leben und Tod, die selbst nicht so genau wussten, wer oder was sie waren und woher sie kamen. Sie waren ungemein flink und jeder von ihnen auf seine Art einzigartig. Äußerlich waren sie beinahe einfärbig und immer nackt, wobei sie ihre Farbe an ihre Umgebung anpassen konnten, wie ein

Chamäleon. Die Augen waren schwarz und leer, doch immer voll Wachsamkeit. Man wusste nie genau, auf wessen Seite sie waren, doch war es meistens die Eigene. Cedric hatte sie mit Argusaugen beobachtet, doch sie hatten sich in Wien bis dato nichts zu Schulden kommen lassen, also ließ er sie in Ruhe. Als die Sache mit dem Graurücken passiert war, hatten sich einige der Schattengänger als Verräter erwiesen, die den Werwölfen Informationen zukommen ließen, wodurch der Kampf beinahe gekippt wäre.

Doch einige hatten anders entschieden und Cedric die Verräter ausgeliefert. Dieser machte kurzen Prozess und gewährte denen, die ihm halfen als Gegenleistung Asyl in der Stadt. Lucian war einer davon. Doch das machte ihn für Leon nicht vertrauenswürdiger. Er mochte Lucian nicht sehr und das beruhte sicher auf Gegenseitigkeit. Leon schloss den Kühlschrank und drehte sich mit angewidertem Blick zu ihm um. „Du solltest vorsichtiger sein. Blut ist kostbar.“ Leon ging zum Waschtrakt und begann, sich Hände und Gesicht zu waschen. „Also gut Lucian, wie kommst du hier rein und was willst du?“ Lucian ging vom Fenster weg und schlängelte sich zum Waschbecken, wo er Leon mit aufgesetztem Lächeln angrinste. „Du bissst einfach zu unaufmerksssam, mein Lieber.“

3

Leon drehte sein nasses Gesicht zu Lucian, der immer noch unablässig grinste „Du warst im Beichtstuhl, stimmts? Ich dachte mir schon ich rieche etwas Fauliges.“ Das Grinsen verschwand aus Lucians Gesicht und ein Ausdruck von Abscheu umspielte nun seine Züge. „Weißt du Leon, du bissst ein undankbarer, dummer Mensch. Vergissss niemalsss, dassss du ohne mich und meinesssgleichen wahrscheinlich gar nicht mehr leben würdessst." „Das habe ich nicht vergessen. Aber ich vergesse auch nicht, dass wir wegen deinesgleichen beinahe alle den Löffel abgegeben hätten. Ihr seid was ihr seid und alles worum ihr euch kümmert, seid ihr selbst. Das weiß ich, das weißt du und das weiß auch er. Du und deinesgleichen … ihr seid hier weder erwünscht noch willkommen, Lucian." Leon richtete sich auf und trocknete sich die Hände ab. „Ihr seid nur geduldet."

Lucian setzte eine beleidigte Miene auf und schlängelte sich zum Bett, um sich zu setzen. Mit gespielter Traurigkeit sah er Leon zu, der sich durch den Raum bewegte und irgendetwas zu suchen schien. „Also gut, Lucian, ich frage dich noch mal, was willst du hier? Ist dir wieder langweilig? Ich bin müde und will schlafen." Lucian erhob sich und sah zum ersten Mal, seit er in Leons Zimmer aufgetaucht war, so aus, als wäre es ihm ernst. „Ich habe Informationen für ihn, Informationen auf die er wartet und die ziemlich beunruhigend sssind. Ein Meisssster issst in die Stadt gekommen. Und mit ihm sssein komplettes Pack. Esss sssind ungefähr zwanzig. Vielleicht mehr, vielleicht weniger, dasss kann ich noch nicht genau sssagen. Einesss allerdingsss weiß ich mit Sssicherheit. Den Namen desss Meistersss konnte ich erfahren. Eine von ihnen … die Jüngssste … ich habe mit ihr gesprochen, gleich nach ihrer Ankunft." Leon unterbrach seine Suche und blickte Lucian ungläubig an. „Du hast was getan? Ein fremdes Pack kommt in die Stadt und du redest mit ihnen? Bist du noch zu retten?“ Leon machte ein paar Schritte auf Lucian zu, der sich keinen Deut bewegte und ihn mit seinen schwarzen, glänzenden Augen anstarrte. Er hatte nun kein Grinsen mehr aufgesetzt und man konnte aus seiner momentanen Miene keine Gefühlsregung erkennen. „Hör zu, Leon, ich habe sssie am Bahnhof beobachtet, die Kleine, und ich weiß, dassss sssie Gründe hat sssich auf unsssere Ssseite zu schlagen. Ich spüre ssso wasss, wie du weißt.“

Leon wurde unruhig. Zuviel war in der letzten Nacht passiert und die Tatsache, dass er hier mit diesem Ding allein in einem Raum war, machte die Situation nicht besser. Er ging noch ein paar Schritte auf Lucian zu, bis ihre beiden Gesichter nur ein paar Zentimeter voneinander entfernt waren. Sein Blick bohrte sich in den von Lucian und seine Stimme war nun ernst und ruhig. „Wie ist der Name des Meisters, Lucian?“ Lucian sah Leon an und beugte sich zu ihm vor. Sein lippenloser Mund berührte fast Leons Haut, als er ihm den Namen in sein Ohr flüsterte. Leon blieb der Mund offen stehen und für einen Moment hatte er das Gefühl, als würde sein Herz aufhören zu schlagen. Lucian zog den Kopf zurück und setzte wieder sein Grinsen auf, während er amüsiert Leons ungläubiges Gesicht betrachtete. „Scheiße ...“ flüsterte Leon und Lucian musste leise lachen. „Ich sssagte dir doch, die Infosss wären beunruhigend. Ich gebe allerdingsss zu, vielleicht etwasss untertrieben zu haben.“

Lucian war der erste, aber nicht der letzte Besucher, der Leon an diesem Tag um den verdienten Schlaf brachte. Und die Neuigkeiten, die die Boten ihm brachten, wurden nicht besser. Als der Tag zu Ende ging, war Leon müde, sehr müde, doch er ging nicht zu Bett. Er setzte sich bei Sonnenuntergang in eine der Kirchenbänke und wartete. Als Cedric etwas später aus der Tür zu seinem Turm trat, stand Leon auf und begann ihm alles zu erzählen.

4

Ralph hatte den ganzen Tag nichts von Silvia gehört. Seit dem frühen Nachmittag versuchte er stündlich über Bennys Handy sie zu erreichen, doch er kam immer nur auf ihre Mailbox. Er hatte sich fest vorgenommen noch bis 20 Uhr zu warten und dann das Unmögliche zu wagen und ihren Vater anzurufen. Die Klausur hatte er hinter sich gebracht und er hatte im Grunde ein gutes Gefühl dabei. Für heute hatten er und Benny zwei Zusatzvorlesungen gebucht. „Kriminalfälle des 19. Jahrhunderts" war nicht uninteressant gewesen, doch „Mythologie und Psyche" fesselte Ralph wie kein anderes Thema. Er hatte diesen Kurs unbedingt buchen wollen, doch Benny wollte lieber in den anderen. So hatten sie sich wie so oft zuvor auf beides geeinigt. Draußen war es schon seit einer Stunde dunkel, doch das störte die beiden nicht. Der vortragende Professor erzählte mit sonorer Stimme über die Verbindung der menschlichen Psyche mit Illusionen, Erscheinungen und mysteriösen Todesfällen. Benny, der eine Reihe hinter Ralph saß, beugte sich zu ihm vor. „Verdammt, Professor, ich muss zugeben, dass du mit dieser Sache einen guten

Riecher hattest.“ Ralph musste lächeln. Es war immer wieder schön, Benny für etwas begeistern zu können. „Ich hab dir doch gesagt, dass du es mögen wirst, auch wenn du nur die Hälfte davon verstehst.“ Ralph musste ein Kichern unterdrücken. Benny ließ sich beleidigt in seinen Sessel zurückfallen und murrte irgendwas Unverständliches. Ralph grinste vor sich hin, doch irgendwie war ihm gar nicht nach grinsen zumute.

Es sah Silvia einfach nicht ähnlich, sich nicht zu melden und das Handy auszuschalten. Er drehte seinen Kopf und sah aus einem der großen Fenster des Vorlesungssaals. Nach Sonnenuntergang hatte es wieder zu schneien angefangen und mittlerweile war ein richtiger Schneesturm am Toben. Ralph fröstelte, obwohl es im Saal angenehm warm war. Benny beugte sich noch einmal nach vorn und riss Ralph aus seinen Gedanken, indem er ihm eine Hand auf die Schulter legte „Mach dir keinen Kopf, Alter, sie ist sicher in Ordnung.“ Ralph nickte und sah wieder zum Fenster hinaus. Sein Gefühl sagte ihm, dass es nicht so war.

5

Der Sturm fegte mit einer gewaltigen Geschwindigkeit die Schneeflocken durch die Straßen der Stadt. Vor der schweren Doppeltür, die in den Keller führte, in dem das Pack sich plaudernd auf den ersten Ausflug in der neuen Stadt vorbereitete, lagen schon einige Zentimeter Schnee. Im Inneren des Gewölbes war es ebenfalls kalt, doch störten sich die Bewohner dieser seltsamen Behausung nicht sehr daran. Rossoit stand vor seiner Familie, an seiner

Linken stand Silvia, die etwas unsicher in die grinsenden Gesichter sah. Julie stand ganz hinten und funkelte das Paar mit ihren schönen Augen wutentbrannt an. Rossoit räusperte sich und das Gemurmel brach ab. „Liebe Freunde, es ist soweit. Wir gehen das erste Mal auf die Jagd. Geht alleine oder in Gruppen. Seht euch um, lernt alles kennen und labt euch an den Geschenken, die unser neues Zuhause uns reichlich bietet. Und seid vorsichtig. Wir sind hier nicht alleine, das wisst ihr. Cedric DeMornay wacht über diese Stadt und einige von euch wissen, wie er zu unseren … Grundbedürfnissen steht. Außerdem hat er uns heute Nacht eindrucksvoll gezeigt, dass er nicht zu unterschätzen ist."
Aus dem hintersten Winkel des Kellers erklang ein leises Knurren. Silvia spähte neugierig nach hinten um die Quelle des Geräusches auszumachen. Als der Kerberos aus dem Schatten trat und seinen Weg zu Rossoit beschritt, wichen ihm die meisten der Gruppe aus. Luc betrachtete das Geschöpf mit einer Mischung aus Abscheu und Ekel. Für ihn waren solche Mischwesen schon immer eher nur mystischer Abfall, als irgendetwas anderes gewesen. Als er den Kerberos genauer betrachtete, fiel ihm auf, dass das Tier sich schwerfälliger bewegte als sonst und irgendwie hinkte. Luc drehte den Kopf ein bisschen und sah die Wunde über der linken Schulter des Kerberos, wo ihn Claudius' Pfeil getroffen hatte. Der Gedanke, dass das Vieh Schmerzen hatte, befriedigte Luc ungemein und er musste unwillkürlich lächeln.

Der Kerberos ließ sich vor Rossoit nieder und dieser kraulte ihm das rechte Ohr, während er weitersprach: „Unser Freund hier hatte nach unserer Ankunft den Auftrag, die

Kanalisation zu erkunden. Auf dem Rückweg wurde er von DeMornay und zwei anderen angegriffen, die nicht wie wir waren. Einer davon beschoss ihn mit Pfeilen aus Silber. Anscheinend hielten sie ihn für einen Werwolf. Aus seiner Verzweiflung heraus, tat er etwas Dummes … etwas sehr Dummes!“ Rossoit schloss seine Hand um das Ohr des Kerberos zu einer Faust und drehte sie um 90 Grad. Das Tier stieß ein ohrenbetäubendes, schmerzerfülltes Geheul aus. „Fehler können wir uns ab jetzt nicht mehr leisten!“ Silvia empfand von einem Moment auf den anderen tiefe Abscheu für Rossoit. Sie konnte es sich nicht erklären, da sie vor einer Minute noch für ihn in den Tod gegangen wäre. Doch als sie das hundeähnliche Tier zu ihren Füßen sah, das sich vor Schmerzen wand und versuchte sich aus seinem Griff zu befreien, wollte sie einfach nur weglaufen. Sie war jedoch klug genug, es nicht zu versuchen. Julie betrachtete die ganze Szene, ohne recht zu wissen, was sie davon halten sollte. Sie empfand kein Mitleid für den Kerberos. Sie mochte das Tier genauso wenig wie die anderen. Doch die Kaltblütigkeit mit der Rossoit das ohnehin schon verletzte Wesen quälte, machte ihr doch irgendwie zu schaffen. Für einen Augenblick traf ihr Blick den Silvias.

Wie aus dem Nichts erschien ein Bild vor Julies Augen. Sie sah für eine Sekunde das Gesicht eines jungen Mannes. Er war gut aussehend, mit schwarzen Haaren, die ihm in die Augen hingen und haselnussbraunen Augen. Der Mann gefiel Julie und als das Bild wieder verschwand, sprach sie leise einen Namen aus „Ralph …“

6

Rossoit ließ von dem Kerberos ab, der sich wieder in seine Ecke des Kellers verzog. Silvia sah in mit angsterfüllten Augen an und Rossoit setzte sein beruhigendes Lächeln auf. Er hakte sich in ihrem Arm ein und drehte den Schlüssel, der die Doppeltür verschloss. Mit einem Ruck stieß er die Türen auf und gab den Weg auf die Straße frei. Der Wind trug den Schnee in das Gewölbe und der Kerberos, der Einzige unter ihnen der die Kälte spüren konnte, kauerte sich noch enger in seine Ecke. Rossoit und Silvia traten als erste auf die Straße und als die gesamte Gruppe im Halbkreis draußen stand, schloss Luc die Türen und versperrte sie von außen. Den Schlüssel gab er Rossoit. Dieser hob die Hand um abschließend seine Worte an die Gruppe zu richten. „Ihr habt alle eine Uhr. Diese Uhren sind aufeinander abgestimmt und gehen mit meiner gleich. Um 6:40 ist Sonnenaufgang. Das bedeutet um 6:30 werden diese Türen abgesperrt. Wer dann noch draußen ist, bleibt draußen. Ich muss euch sicher nicht erinnern, was beim letzten … Wer zum Teufel ist Ralph?!“ Rossoit drehte seinen Kopf zu Silvia, die ihn ängstlich ansah. „Was …?“ Rossoit packte ihre Oberarme mit seinen Händen und zog sie an sich. Seine Augen schimmerten leicht rötlich und seine Stimme wurde noch tiefer. „Ralph … wer ist Ralph und wieso erinnerst du dich an ihn?“

Silvia ging einen Schritt zurück, doch Luc der hinter ihr gestanden hatte, stieß sie in Rossoits Richtung. Es war wie ein Blitz gewesen, zuvor in der Unterkunft. Sie hatte sein Bild vor Augen, auch wenn sie nicht genau wusste wer er war und wieso sie sich an ihn erinnerte. Doch seit diesem Moment war ihr bewusst, dass sie ihn geliebt hatte. Irgendwann vor langer Zeit. Eine Zeit, an die sie sich nicht mehr erinnern konnte. Tränen traten in Silvias Augen und Rossoit starrte sie wutentbrannt an. „Wir beide werden jetzt mal einen kleinen Spaziergang machen, meine Süße, du weißt ja wo es lang geht, wie ich sehe." Seine Stimme wurde wieder süß und schmeichelnd. „Wir werden dein erstes Abendessen, nun ja, persönlich gestalten, was hältst du davon?" Er packte Silvia am Arm und verschwand mit ihr in einer der vielen Gassen, woraufhin sich die Gruppe in alle Richtungen zerstreute. Als der Platz leer war, bewegte sich irgendetwas in der Wand neben den Doppeltüren und Lucian trat einen Schritt hervor. Er wechselte wieder zu seiner normalen Farbe und blickte nach oben auf das Dach des Gebäudes. Dort stand William, der Ältere der beiden Steinmänner. Er blickte sorgenvoll nach unten und deutete Lucian aufs Dach zu kommen.

Eine halbe Sekunde später stand der Schattengänger neben ihm und erzählte William, was er unten beobachtet und gehört hatte. „Kannst du ihnen folgen? Rossoit und dem Mädchen? Ich hole Claudius und wenn du weißt wo dieser Ralph wohnt, übertrage mir das Bild des Hauses. Vielleicht können wir noch was tun." Lucian setzte wieder sein Grinsen auf und nickte „Aber sssicher! Leichtessste Übung, mein steifer Gessselle." Er verschwand in der Nacht und William konnte ihn noch einmal leise kichern hören. Auch er traute den Schattengängern nicht, doch was hatte er für eine Wahl. Cedric traf sich in der Kirche mit dem französischen Mädchen und Leon schlief seit ein paar

Stunden. Als er sich aufmachte, um Claudius von seinem Standort abzuholen, bemerkte er nicht, dass jemand das Gespräch belauscht hatte und ihm nun seinerseits folgte. Es war Luc.

Ralph und Benny kämpften sich durch den Wind über die Kärntner Straße in Richtung Stephansdom. Sie unterhielten sich über Dies und Das und besprachen den letzten Fall der Vorlesung. Bei der großen Kirche angelangt, verabschiedeten sie sich und jeder ging seiner Wege. Ralph hatte zuvor noch versucht Silvias Vater anzurufen, doch auch er war nicht erreichbar gewesen. Langsam machte Ralph sich richtig Sorgen. Benny wohnte nur unweit des Stephansplatzes. Er hatte versprochen noch ein paar Mal bei Silvia anzurufen und sich in 20 Minuten bei Ralph zu melden. Bis dahin sollte auch er in seiner Wohnung sein, da er ob des Schneesturms der über die Stadt hereingebrochen war, nicht ganz so schnell vorankam, wie es sonst der Fall war.

William hatte Claudius von der Peterskirche abgeholt. Aus dem Inneren des Gebetshauses, hörte er zwei leise Stimmen, von denen er eine seinem Meister zuordnen konnte. Die Andere gehörte offenbar dem französischen Mädchen. Er hatte seine Zweifel ob es klug war ihr zu vertrauen, doch wenn sie Informationen hatte, die Rossoit Tessier schaden konnten, so war sie wertvoll. Sehr wertvoll. Claudius löste sich aus seiner steinernen Hülle und wischte sich den Staub von der Kleidung. Er blickte William sorgenvoll an und dieses Mal wirkte er um einiges älter. „Geht's los? Holen wir uns das Pack?“ William sah ihn mit trüben Augen an „Nein, wir versuchen einen Menschen zu retten. Rossoit Tessier ist gestern in die Stadt gekommen. Du weißt, was das bedeutet.“ Claudius holte seine Armbrust hervor und lud einen Pfeil mit einer hölzernen Spitze. „Oh ja! Arbeit … viel Arbeit!“ Sie liefen los und als sie in die erste Straße einbogen, sah William vor seinen Augen ein Bild einer Hausfront. Er hörte Lucians Stimme von den Wänden hallen. „Beeilt euch ... sssie sssind schon drin!“ William drehte sich im Laufen zu Claudius um, der einige Meter hinter ihm lief und irgendwo an seiner Kutte herumfummelte „Komm, Junge, wir sollten einen Zahn zulegen. Der Junge … der dem wir helfen sollen … er wohnt praktisch hier ums Eck.“ „Was? Tessier ist ein Irrer, das wissen wir. Aber ist er irre genug, so nahe bei Cedric einen Menschen in seiner Wohnung umzubringen?“ William wurde schneller und rannte weiter „Es ist etwas Persönliches…“

7

Als Ralph das Stiegenhaus betrat, lag es in totaler Dunkelheit vor ihm. Er drückte den kleinen Knopf neben der Haustür, doch das Licht ging nicht an. Seit er und Benny sich voneinander verabschiedet hatten, wuchs in ihm ein Gefühl der Unsicherheit, das jetzt seinen grausamen Höhepunkt erreicht hatte. Was war hier nur los? Als er die erste Stufe der Treppe betrat, hörte er im 2. Stock sein Telefon läuten. Ralph wollte lossprinten, als das Klingeln mitten im zweiten Anlauf erstarb. Entweder hatte der Anrufer aufgelegt oder jemand hatte abgenommen. „Silvia!“ fuhr es Ralph durch den Kopf. Sie hatte einen

Zweitschlüssel und war offenbar in der Wohnung. Ein immenses Gefühl der Erleichterung durchfuhr seinen Körper und er begann die Stufen zu seiner Wohnung hinaufzulaufen.

Benny war zu Hause angekommen und hatte wie versprochen Silvias Nummer noch ein paar Mal gewählt. Er war heute irgendwie nicht so gut drauf wie sonst. Die Prüfung war zwar geschafft, aber er hatte kein gutes Gefühl was einige der Fragen anging. Ralph hatte ihm zwar ein bisschen geholfen, aber er war sich nicht sicher ob es genug gewesen war. Als er die Tür zu seiner Wohnung schloss, holte er sein Handy aus der Tasche und wählte Ralphs Nummer. Er machte sich mittlerweile auch Sorgen um Silvia und wollte nicht, dass sein Freund das allein durchstehen musste. Es läutete einmal, dann wurde abgehoben. Nichts. „Ralph? Alter sag was, ich hab mir überlegt rüber zu kommen, wenn du …“ Das Besetztzeichen ertönte. Benny betrachtete verwirrt sein Telefon. Er drückte die Taste für Wahlwiederholung. Besetzt. Benny legte auf und überlegte kurz. Er sah aus dem Fenster. Anscheinend wurde der Schneesturm noch stärker, als er ohnehin schon war, doch sein Entschluss stand fest. Er zog seinen Mantel wieder an und nahm seine Handschuhe von der Garderobe. „Ich muss echt total verrückt sein.“ Als er die Straße vor seinem Haus betrat, zündete er sich eine Zigarette an. Danach stellte er den Kragen seines Mantels auf und zog seine Handschuhe über die Hände. Er schüttelte noch einmal den Kopf und ging los.

Als Rossoit das Haus erreichte spürte er es wieder. Dieses seltsam vertraute Gefühl, das ihn irgendwie unruhig werden ließ. Er hatte es schon gespürt als er am Weg zum Konzerthaus gewesen war, am Abend seiner Ankunft. Als sie bei der Wohnung ankamen zog Silvia wie auf Befehl einen Schlüssel aus ihrer Tasche. Rossoit musterte sie um eine Gefühlsregung zu entdecken, doch sie wirkte wie in Trance. Als sie die Wohnung betraten, fiel Rossoits Blick auf ein Bild, das gerahmt auf dem Schreibtisch stand. Es zeigte Silvia und einen jungen Mann, offenbar Ralph. Der Junge war ihm irgendwie bekannt. Rossoit nahm das Bild in seine rechte Hand und betrachtete es. Es fiel ihm schließlich ein, wem der Mann ähnelte und somit war ihm auch klar, woher das Gefühl kam. Rossoit drückte zu und das Glas über dem Foto zerbarst. Seine Augen glühten jetzt regelrecht rot. „Laurent … Desgardes“, knurrte er. Silvia stand wie unter Schock in der Mitte des Raums. Alles schien sich zu drehen und vor ihren Augen blitzten immer mehr Erinnerungen auf. An Ralph, an ihre gemeinsame Zeit, ihren Vater und … das Konzert … die dunkle Gasse … dieses unheimliche Klirren von Metall auf Stein. Sie sah Rossoit an, wie er auf das zerbrochene Bild starrte und wich ein wenig zurück. Sie erschrak, als das Telefon schrill läutete. Rossoit fuhr herum und betrachtete den Apparat.
Er ließ das Bild fallen und ging zu der Wand an der das Telefon befestigt war. Ehe es das zweite Mal klingeln konnte hob er den Hörer ab. Er lauschte aufmerksam der Stimme am anderen Ende der Leitung. Unwillkürlich begann er zu lächeln, um dann das Telefon mitsamt dem Kabel mit einem Ruck aus der Wand zu reißen. Silvia zuckte zusammen und wich immer weiter zurück. Rossoit

stand mitten im Raum. Links von ihm das zerbrochene Bild, auf seiner rechten Seite das zerstörte Telefon und ein großes Loch in der Wand aus der er es gerissen hatte. Er drehte seinen Kopf zur Eingangstür und grinste teuflisch. Dann sah er Silvia wieder an und deutete ihr mit dem Zeigefinger an seinem Mund, dass sie still sein sollte. Als die Wohnungstür aufgesperrt wurde, brach sie in Tränen aus.

William hatte sich verlaufen. Er wusste es und verfluchte sich dafür. Claudius stand neben ihm und sah sich nervös um. „Wohin müssen wir? William?“ William konzentrierte sich. Er kannte das Haus, dessen Bild Lucian ihm gedanklich übermittelt hatte und er wusste, dass sie nicht mehr weit davon entfernt waren, doch es wollte ihm einfach nicht einfallen in welche Richtung er laufen musste. „Wasss issst? Macht ihr ein Nickerchen? Hier lang!“ Lucian rief von einer der Hausmauern auf die Straße herab und stand plötzlich vor ihnen. Er schien besorgt zu sein und zum ersten Mal war William wirklich froh den Schattengänger zu sehen. Lucian bedeutete ihnen, ihm zu folgen und zischte davon. William und Claudius nahmen die Verfolgung auf. Weit vor ihnen hörten sie Lucians Stimme „Wir sssind fassst da!“

8

Als Ralph die Tür zu seiner Wohnung öffnete, ging alles sehr schnell. Er sah Silvia, die tränenüberströmt mitten in seinem Wohnzimmer stand. Er wollte auf sie zugehen, sie in den Arm nehmen und fragen was los war. Er machte zwei Schritte in den Raum als hinter ihm die Tür ins Schloss fiel und jemand ihn von hinten packte. Sein Hals wurde von einem starken Oberarm in den Schwitzkasten genommen und er konnte beinahe nicht mehr atmen. Ralphs Blick verschwamm und so sah er nur sehr schemenhaft was jetzt passierte. Er konnte die dunkle Stimme hören, die er schon in seinem Traum gehört hatte. „Komm her mein Kind. Koste was ich dir geschenkt habe." Der Angreifer drückte seinen Arm noch etwas fester um Ralphs Hals, sodass er befürchtete ohnmächtig zu werden. Er versuchte, sich zu wehren, doch konnte er sich kaum noch auf den Beinen halten. Rossoit hob seinen linken Arm und Ralph konnte einen Ring an seiner Hand sehen. Der Ring erinnerte ihn an irgendetwas doch er wusste nicht woran. Rossoit streckte den Finger mit dem Ring aus und stach Ralph in die Wange. Es brannte augenblicklich, als hätte man eine Zigarre an seiner Haut ausgedrückt. Ralph wollte schreien, doch fehlte ihm dazu schon zu viel Luft in der Lunge. Rossoit streckte seine Hand mit dem Blut darauf aus und Silvia kam langsam näher. Sie griff nach Rossoits Hand und war im Begriff das Blut daran abzulecken, als es an der Tür klopfte.

Lucian stand schon vor dem Treppenaufgang als William und Claudius das Haus erreichten. Sie blieben kurz stehen und Lucian schlängelte sich blitzschnell zum Fenster im 2. Stock hinauf während er gleichzeitig seine Hautfarbe an die Fassade anpasste. Er verweilte kurz neben dem Fenster und kam wieder nach unten. „Sssie sssind zu dritt. Zwei Vampire und der Junge. Tesssier hält den Jungen in Schach und hat ihn gerade an der Wange verletzt. Kurz bevor ihr gekommen ssseid issst auch noch ein anderer Junge insss Hausss gegangen. Ich weiß aber nicht ob er dazugehört. Esss war ein Mensch.“ William und Claudius sahen sich an und betraten das Stiegenhaus. William zog einen langen Dolch aus seiner Kutte, der in seiner Hand sofort zu Stein wurde. Cedric hatte ihn gelehrt, dass nicht nur Holz sondern auch Waffen aus purem Stein einen Vampir verletzen und sogar töten konnten. Williams Fähigkeit, alles was er berührte zu versteinern, kam da gerade recht. Vor allem in solchen Situationen machte diese Gabe „die Alten“ zu wertvollen Verbündeten im Kampf. Claudius hob seine Armbrust und folgte William ins Haus. Lucian blieb auf der Straße und passte seine Farbe der Umgebung an um nicht aufzufallen.

Rossoit öffnete die Tür und blieb hinter ihr verborgen. Als Benny Ralph sah, der blutend am Boden lag, lief er in die Wohnung hinein. Sein Blick fiel auf die verwirrt wirkende Silvia. Er wollte etwas sagen, als er hinter sich ein Geräusch hörte. Rossoit kam hinter der offenen Türe hervor und aus seinem Mantel glitt sein Gehstock. Er stützte sich auf den Stock und lächelte Benny an. Seine Stimme klang tief und bedrohlich „Du … was tust du hier … ich kann mich nicht erinnern dich eingeladen zu haben.“ Das Letzte, das Benny sah, war der Griff des Gehstocks, den der Unbekannte in der Hand hielt und jetzt auf seinen Kopf niederfahren ließ. Im selben Moment stürmte William in die Wohnung und riss Rossoit mit einem gezielten Sprung von den Füßen.

Benny fiel zur Seite und schlug mit dem ohnehin schon blutenden Kopf neben Ralph auf den Boden. Silvia stand noch immer wie angewurzelt in der Mitte des Raumes und beobachtete das ganze Treiben verwirrt. Wenige Augenblicke später kam auch Claudius durch die Türe, die Armbrust noch immer im Anschlag. Ralph versuchte aufzustehen, doch seine Beine versagten den Dienst. Rossoit versetzte William mit seinem Ellbogen einen unglaublich harten Schlag ins Gesicht, woraufhin dieser zurücktaumelte. Wie aus dem Nichts begann Silvia plötzlich zu schreien und rannte mit gefletschten Zähnen in Rossoits Richtung. Claudius legte an und feuerte.

Der Pfeil traf Silvia im Laufen mitten ins Herz. Sie fiel vornüber und blieb mit dem Gesicht nach unten zwischen Rossoit und Ralph liegen. Sie drehte sich mit letzter Kraft auf den Rücken und sah zuerst zu Rossoit und dann Ralph direkt in die Augen. Ihre Stimme war leise und ohne Kraft. „Ich … liebe …“ Dann schloss sie ihre Augen und starb. „NEIN!“ Rossoit hatte sich erhoben und stürmte nun auf Ralph zu. Claudius feuerte noch einen Pfeil ab, den Rossoit aus der Luft fing und mit seinen Fingern zerbrach. „Vampir!“ William rappelte sich unter Schmerzen hoch. Rossoit sah sich um und versetzte dem immer noch benommenen William einen gezielten Tritt mitten ins Gesicht. Der Alte blieb regungslos liegen. Claudius warf die Armbrust zur Seite und zog nun ebenfalls einen Dolch aus seiner Kutte. Ralph war knapp davor den Verstand zu verlieren.
Er versuchte irgendwie, dem Kampfgeschehen zu entkommen und robbte langsam vorwärts. Er stieß auf den

blutenden und besinnungslosen Benny, der immer noch vor ihm auf dem Boden lag. Ralph drehte sich um und sah wie der Fremde mit der tiefen Stimme und der Andere, der wie ein Mönch aussah, aufeinander losgingen. Er versuchte sich so hinzulegen, dass Benny aus dem Schussfeld kam, als sich der Raum plötzlich zu drehen begann. Bevor er das Bewusstsein verlor hörte er eine Stimme, die er kannte. Es war die seines Vaters. „Jetzt ist nicht Zeit zu kämpfen, nicht für dich. Zeit zu Rasten. Dein Kampf kommt noch. Ein Kampf gegen das Böse und ein Kampf gegen dich selbst. Vertrau mir. Ich liebe dich." Ralph wurde ohnmächtig. Claudius schlug auf Rossoit ein, doch sein Dolch verfehlte den Vampir bei jedem Hieb. Er war einfach zu schnell. William lag blutend und regungslos auf dem Boden und Claudius wusste, dass er ohne die Hilfe seines Meisters keine Chance hatte. Er musste sich etwas einfallen lassen. Als er Rossoit gerade wieder mit seinem Dolch verfehlt hatte, sah er etwas am Fenster und er wusste, dass dies der Zeitpunkt war zu verschwinden. Er versetzte Rossoit einen Schlag der ihn ein wenig zurückweichen ließ. Im selben Moment umfassten zwei starke Arme den Oberkörper des Vampirs, die gleich darauf die Farbe der Kleidung annahmen. Rossoit sah sich verwirrt um und blickte in das grinsende Gesicht Lucians. Dieser starrte mit seinen schwarzen Augen zurück und ließ seine falsch-freundliche Stimme hören. „Hallo, starker Mann, heute schon wasss vor?"

9

Claudius beobachtete die Szene eine halbe Sekunde lang und wusste nicht, ob er Lucian für seinen Mut bewundern oder ob der Lächerlichkeit der Situation zu lachen beginnen sollte. Er entschied sich für die dritte Variante. William und den Jungen schnappen und nichts wie weg. Rossoit wehrte sich gegen den Griff des Schattengängers, doch offenbar steckte mehr in diesem Wesen, als so mancher gedacht hätte. „Lass mich los, du Missgeburt, oder ich reiß dir deine Eingeweide raus!“ Lucian kicherte „Aber, aber, doch nicht gleich beim erssten Date. Lasss mich dich erssst ein bissschen kennen lernen.“ William hatte sich mittlerweile wieder hochgerappelt und hinkte mit blutendem Gesicht zur Tür. Claudius schulterte Ralph und wollte seinem Meister folgen, als William sich nochmals umdrehte. „Nimm das Mädchen mit. Sie gehörte zu ihm.“ Claudius trafen diese Worte mit einer Wucht, die er nicht erwartet hätte. Hatte er die Falsche umgebracht? Aber sie war ein Vampir! Egal … nicht jetzt. Jetzt nur weg von hier. Er kniete sich hin und packte Silvia am Saum ihres Kleids. Er legte sie über seine andere Schulter und übergab sie an der Tür dem immer noch benommenen William. Dieser drehte sich noch einmal um und sah in die Wohnung. „Lucian!“ Der Schattengänger klammerte sich immer noch an den wild zuckenden Rossoit und hob den Kopf als William ihn rief. „Gib uns fünf Minuten, schaffst du das?“ Lucian kicherte. „Wenn ihr wollt bleibe ich mit ihm hier bisss die Sssonne aufgeht! Wäre dasss nicht eine gute …“ Im selben Moment packten zwei Arme Lucians Kopf von hinten und zerrten ihn aus dem Fenster. Er ließ Rossoit los und stürzte mit dem

Angreifer in die Tiefe. William und Claudius begannen zu rennen, die Stufen hinunter und aus dem Haus hinaus. Auf der Straße sahen sie kurz einen Vampir der mit Lucian zu kämpfen schien … oder es versuchte, denn der Schattengänger verschwand ständig und tauchte hinter ihm wieder auf. William hörte wieder Lucians Stimme in seinem Kopf „Lauft! Ich halte sssie auf!“

Sie liefen in Richtung der Peterskirche. William mit dem Mädchen in den Armen und Claudius hatte Ralph auf seiner rechten Schulter, die Armbrust gespannt in der linken Armbeuge. Sie drehten sich oft um, doch folgte ihnen niemand. Erst als sie nur noch eine Straße von der Kirche entfernt waren, wurden sie langsamer. Noch einmal sahen sie sich um. Der Platz vor der Peterskirche war menschenleer und auch hinter ihnen war alles ruhig. Aus irgendeinem Grund war Rossoit nicht hinter ihnen her.
Diesen Grund kannten sie nicht … und das beunruhigte William. In Ralphs Wohnung hatte Rossoit einen Wutanfall gehabt, der seinesgleichen suchte. Er hatte die halbe Einrichtung demoliert und durch sein Gebrüll sämtliche Fenster zerbersten lassen. Eine Nachbarin, die wegen des Lärms und der offenen Wohnungstür nachsehen wollte, ob alles in Ordnung war, wurde Opfer ihrer Hilfsbereitschaft. Rossoit hatte ihr den letzten Blutstropfen geraubt und sie im Stiegenhaus liegen lassen. Geheimhaltung war ihm heute Nacht egal. Er hatte ein Kind verloren, durch die Hand eines „Alten“ im Auftrag Cedric DeMornays. Er kannte jetzt nur noch einen Gedanken. Rache. Sein Werkzeug dazu lag direkt vor seinen Füßen. Es blutete und atmete sehr langsam und ruckartig. Sein Name war Benny.

Rossoit stellte sich über den verletzten Jungen und lächelte wieder so gütig wie zuvor. „Der Herr nimmt es, der Herr gibt es.“

KAPITEL 4

ALTERNATIVEN

1

Samira Wächter war seit 10 Jahren bei der Polizei und seit 3 Jahren im Sonderkommando der Kriminaleinheit. Sie war eine groß gewachsene Frau, Anfang 30, mit schulterlangen, schwarzen Locken, die sie nur halbwegs zu einem Zopf bändigen konnte. Ihre grünen Augen wirkten wie Suchscheinwerfer, die sich ihrem Gegenüber direkt in die Seele brannten. Mit ihrem langen, schwarzen Ledermantel, der dunklen Schminke und der unvermeidlichen Zigarette im Mundwinkel, wirkte sie eher wie ein Überbleibsel aus der Zeit „Billy the Kids", als eine Polizistin aus dem Wien des 21. Jahrhunderts. Nicht selten wurde sie von ihren Kollegen wegen ihrer Aufmachung oder der Art ihrer Ermittlungen belächelt, doch das störte Samira nicht. Sie wollte genauso wenig mit ihnen zu tun haben, wie sie mit ihr. Samira hatte ihre eigene Auffassung der Polizeiarbeit und verfolgte ihre eigenen Ziele. Und mit jeder Bestie die sie zur Strecke brachte, wuchs ihr Ehrgeiz.

Als sie den Ruf gehört hatte, wusste sie, dass dieser Fall sie interessieren würde. Eine offen stehende Wohnungstür, mehrere Blutlachen auf dem Fußboden und eine weibliche Person, mittleren Alters, die übel zugerichtet war und tot im Stiegenhaus lag. Klang verdammt nach einer weiteren Attacke. Es war bei Gott nicht die erste, seit Samira in Wien ihren Dienst versah und sie wusste, dass es mit Sicherheit nicht die letzte war. Sie fuhr kurz nach 2 Uhr morgens mit ihrem schwarzen Ford durch die menschenleere Fußgängerzone, die sich quer durch die Wiener Innenstadt zog und blies den Rauch ihrer Zigarette durch das halb geöffnete Fenster ihres Wagens in die kalte Nacht hinaus. Vor einer knappen halben Stunde, hatte der Sturm sich gelegt und seit ungefähr 10 Minuten hatte es auch zu schneien aufgehört. Der Boden war eisig und es lagen mehrere Zentimeter Schnee, auf dem sich der Wagen der Polizistin mühsam den Weg zu seinem Ziel bahnte.

Sie sah auf die Uhr. Seit dem Notruf eines der Hausbewohner waren fast 20 Minuten vergangen. Scheiß Wetter. Als sie vor dem Wohnhaus angekommen war, parkte Samira den Ford direkt vor dem Eingang und stieg aus. Ihre schweren Stiefel sanken in den knöchelhohen Schnee und sie warf mit einem Ruck die Autotür zu. Samira kramte aus ihrer Manteltasche ein Päckchen Zigaretten und steckte sich eine davon in den Mund. Sie ließ den Deckel ihres Benzinfeuerzeugs mit einem leisen Klirren nach hinten schlagen und drehte an dem kleinen Rädchen, das an den Feuerstein rieb. Durch die auflebende Flamme hindurch, sah sie plötzlich etwas auf der anderen Seite der Straße, das sie kurz innehalten ließ. Schließlich senkte sie den Blick auf die Zigarette und zündete sie an. Samira nahm einen tiefen Zug und ließ das Feuerzeug zurück in ihre Tasche gleiten. Sie sah noch einmal auf die andere Seite der Straße, ging dann ins Haus und die Treppen zu Ralphs Wohnung hinauf, wo die Kollegen sie bereits erwarteten.

2

Als William und Claudius die Peterskirche betraten, stand Cedric mit sorgenvoller Miene vor dem Altar und sah die

beiden Steinmänner mit traurigem Blick an. William legte die tote Silvia, deren Haut einen gräulichen Ton angenommen hatte, in eine der Kirchenbänke, während Claudius mit dem bewusstlosen Ralph über der Schulter zu seinem Meister ging. Er legte den Jungen vor Cedrics Füßen auf den kalten Kirchenboden und Cedric betrachtete Ralph mit zusammengekniffenen Augen. William hatte sich neben Claudius eingefunden und war erschöpft in eine der Bänke gesunken, wo er schwer atmend versuchte, seine Kräfte wieder zu sammeln. Cedric hob den Blick zu William. „Wird es gehen, alter Freund?“ William machte eine abwehrende Geste mit der Hand und nickte kurz. Cedrics Blick fiel auf Claudius, der diesen vorsichtig erwiderte, bevor er das Gesicht abwandte. „Wieso bringt ihr mir einen toten Vampir in meine Kirche?“ Claudius sah nach hinten zu Silvia und dann wieder zu seinen Füßen wo Ralph noch ohnmächtig am Boden lag und zitterte.
Er hob den Kopf und blickte Cedric nun fest in die Augen. „Sie war seine Liebe. Tessier hat sie ihm entrissen und verwandelt. Sie wollte den Jungen schützen vorhin. Ich … ich dachte sie wollte ihn angreifen, doch sie ging auf Tessier los. Mein Dolch hat sie getötet. Zu spät habe ich die Wahrheit erkannt. Es tut mir leid.“ Sein Blick wanderte wieder zu Boden. Cedric sah in an und sagte kein Wort. Seine Augen drückten keinerlei Groll aus. Im Gegenteil. Er empfand jetzt tiefes Mitleid. Für den Jungen der zitternd und seiner Existenz beraubt vor seinen Füßen lag, für das Mädchen, das viel zu jung ihr Leben ließ um es gleich danach noch einmal zu verlieren und für Claudius. Er hatte schon einmal unabsichtlich einen Unschuldigen getötet.

Damals war er verflucht worden auf ewig in Stein verbannt zu sein und nur bei Nacht Mensch sein zu dürfen. William hatte dasselbe Schicksal erlitten, jedoch aus anderen Gründen. Cedric wusste, dass Claudius litt. Doch er wusste auch, dass er sich jetzt nicht darum kümmern konnte. Es gab einiges zu tun. Und es musste bald getan werden.

Rossoit stürmte mit Benny in den Armen durch die verzweigten Kanäle unter der Stadt. Er kochte vor Wut, fluchte leise vor sich hin und sprach mit sich selbst. Es war stockdunkel, doch er stolperte nicht, während er kreuz und quer durch die Kanalisation lief. Seine Augen glühten wieder rot und seine Gedanken kreisten um Laurent Desgardes. Wie konnte es sein, dass ausgerechnet das Kind dieses elenden Hurensohns in der Stadt lebte, die Phiomet für Rossoit gewählt hatte? Und dann suchte sich Rossoit auch noch die Freundin des Jungen aus, der zu guter letzt von den Gehilfen Cedric DeMornays gerettet wurde. Das waren ein paar Zufälle zuviel für seinen Geschmack. Rossoit stoppte ruckartig. Er dachte etwas gehört zu haben und sah sich in der Dunkelheit um. Nichts. Rossoit lief weiter und als er die kleine Leiter erreichte, die zur Straße vor seiner Unterkunft führte, schulterte er Benny und begann hinaufzusteigen.
Als Rossoit den Deckel des Kanalabstiegs hochhob, wurde er bereits von Luc, Mirelle und Gordon erwartet, die ungeduldig vor der Unterkunft auf und ab gingen. Luc hatte die Steinmenschen bis vor Ralphs Wohnung verfolgt und war dort vor dem Haus in Stellung gegangen. Er trug noch die Spuren seiner Auseinandersetzung mit diesem eigenartigen Chamäleonwesen, die aber bereits zuheilten.

Er hatte sich redlich bemüht den Störenfried abzuschütteln oder zu töten, aber das Ding war einfach zu schnell gewesen. Von einem Moment auf den anderen war es weg gewesen und Luc hatte übersehen, dass die Steinmänner mit Ralph und Silvia inzwischen entkommen waren. Das ärgerte ihn maßlos. Als Rossoit mit dem anderen Jungen auf die Straße gelaufen kam, hatte er Luc angewiesen, Mirelle und Gordon zu suchen und sich mit ihnen zur Unterkunft zu begeben, wo sie auf ihn warten sollten. Als sich die vier nun auf dem kleinen Platz vor dem Keller gesammelt hatten, übergab Rossoit Luc den bewusstlosen Benny. Luc legte den Jungen unsanft vor sich auf den gefrorenen Boden. Danach wandte Rossoit sich an Mirelle und Gordon.

Die beiden wanderten unruhig vor ihm auf und ab und wirkten dabei wie Raubtiere, die kurz davor waren, sich gegenseitig anzufallen. „Mirelle!" Die große Frau mit den kurz geschorenen Haaren, blieb stehen und sah Rossoit ungeduldig an. „Du gehst und suchst Silvias Vater. Töte ihn … mach mit ihm was du willst … aber im Endeffekt
will ich ihn tot sehen." Mirelle wirkte verdutzt, als sie die Worte ihres Meisters auf sich wirken ließ. Sie blickte Gordon und dann Rossoit an. „Aber wie soll ich …" Rossoit lächelte und zwinkerte ihr zu. „Ich habe ihn für dich markiert, mein Schatz." Mirelle setzte ein teuflisches Grinsen auf, zwinkerte Gordon zu und verschwand in einer der Gassen. Gordon stand noch immer vor der Unterkunft, schüttelte den Kopf und lächelte. Als nächstes wandte Rossoit sich Luc zu. „Suche den Jungen und verständige mich, sobald du weißt wo sie ihn verstecken. Mach dir ein

Bild von Cedrics Unterschlupf und versuch herauszufinden, was sie vorhaben. Außerdem will ich, dass du Julie findest und herbringst. Ich habe seit ein paar Stunden keine Verbindung mehr zu ihr. Das kann ich nicht tolerieren." Luc nickte kurz und verschwand wie Michelle lautlos in derselben Gasse.

3

„Was … is´n hier los? Ralph?" Benny war aufgewacht und versuchte langsam sich aufzusetzen. Er zitterte und an seinem Haar und in seinem Gesicht klebte getrocknetes Blut. Er blickte sich verwirrt um und sah in Rossoits Gesicht, das ihm irgendwie bekannt vorkam. Rossoit streckte Benny eine Hand entgegen und dieser zog sich daran hoch. Er hielt sich den Kopf an der Stelle, wo Rossoits Stock ihn getroffen hatte. Es tat verdammt weh und Benny zuckte leicht, bevor er die Hand wieder wegnahm. Rossoit stand wortlos vor ihm und lächelte ihn an. Benny drehte sich verwirrt zu Gordon, der ihn ebenfalls angrinste.

Sein Blick wanderte wieder zu Rossoit. „Also schön…" Er taumelte ein bisschen zurück und Gordon stützte ihn. Benny sah sich um und bekam wieder einen sicheren Stand. „Also schön … wer sind Sie und was ist hier los? Wo ist Ralph?" Rossoit war überrascht. Der Junge vor ihm wirkte eher genervt als verängstigt. Das amüsierte ihn. Er neigte den Kopf ein wenig zur Seite und sah Gordon an. Gordon nickte und wie auf Befehl machte er einen Schritt nach vorne und packte Bennys Arme. Noch ehe dieser sich wehren konnte, biss Rossoit ihn von vorne in den Hals.

Während Benny noch versuchte sich aus Gordons Griff zu befreien war er es nun, vor dessen Augen es zu blitzen begann. Als langsam das Leben aus ihm wich, spürte er eine tiefe Befriedigung als er plötzlich Rossoits Stimme in seinem Kopf hörte „Ich sehe, was er dir angetan hat. Ich fühle, wie sehr er dich immer wieder gedemütigt hat. Ich höre, wie er dich ausgelacht hat, wenn er etwas besser konnte als du. Das wird sich jetzt ändern, Benjamin. Du wirst stärker sein als er. Du wirst besser sein als er. Du wirst alles haben können was du willst … jedes Mädchen, jede Frau. Und wenn die Zeit reif ist, dann wirst du dich rächen können … an ihm … und der Welt.“ Bennys Herz wurde langsam und er hörte nun Ralphs Stimme „… auch wenn du nur die Hälfte verstehst … wenn so ein Idiot mich nicht angerufen hätte … niemals lernen … Silvia, das ist Benny … das ist zu hoch für dich … dein Geld, das wir vertelefonieren … Freunde … niemals … wieder…“

Benny merkte nicht mehr wie Rossoits Blut durch seinen Mund, den Hals hinab und in seine Organe floss. Benny Gerlach war tot. Was übrig blieb, waren blanker Hass und Rachsucht. Und ein Mann der nach seiner Wiedergeburt zu einem der stärksten und unberechenbarsten Vampire werden würde, den die Welt je gesehen hatte.

4

Julie stand in der Kanzel über dem Altar und sah von oben zu, wie Cedric mit den Männern sprach, die vor einigen Minuten die Kirche betreten hatten. Vor ihnen lag der Mann am Boden, den sie in ihrer Vision gesehen hatte und in einer der hinteren Bänke lag Silvia. Julie fühlte sich unwohl. Sie hatte dem Mädchen den Tod gewünscht, doch nun, da sie die Geschichte ihrer Erschaffung von jemand anderem als Rossoit hörte, tat ihr Silvia irgendwie leid. Langsam fragte sie sich, was mit ihr los war. Zuerst empfand sie kein Vergnügen an den Schmerzen des Kerberos und jetzt das hier. Julie wusste, was Cedric von ihr verlangen würde und sie würde es tun. Sie liebte Rossoit, doch je länger sie mit ihm zusammen durch die Länder und die Geschichte gereist war, desto mehr Zweifel kamen ihr. Er war absolut erbarmungslos jedem und allem gegenüber. Diese Tatsache machte die Geschichte, die er ihr über ihre Eltern und deren Tod erzählt hatte, mehr als fragwürdig. Der Junge, Ralph, schien nicht schwer verletzt zu sein, doch Rossoit würde ihn jagen, soviel stand fest. Um auch nur die geringste Chance zu haben, das zu überstehen, musste er den Kuss erhalten.

„Julie!" Cedrics Stimme hallte durch die Kirche und Julie zuckte leicht zusammen. Sie hob den Kopf und sah zu den anderen hinunter. „Es ist soweit. Komm." Julie nickte und ging die enge Wendeltreppe hinunter, die in den Bauch des riesigen Gewölbes führte. Langsam und elegant schritt sie auf Cedric und die kleine Gruppe zu. Als sie sie erreicht hatte, faltete sie ihren schönen, schwarzen Rock und kniete sich zu Ralph auf den Boden. Sie strich ihm seine Haare aus dem Gesicht und er öffnete zum ersten Mal die Augen. Ralph sah sich um und als sein Blick an dem blutenden William hängen blieb, rappelte er sich ein wenig auf und wich zurück. Mit Angst in seinen Augen betrachtete er die Gruppe und sah sich um. Sein Blick traf Silvia. Ralph atmete schwerer und erhob sich langsam. Seine Augen füllten sich mit Tränen, als er langsam, Schritt für Schritt auf ihren toten Körper zuging. William tat einen Schritt vor, um zu ihm zu gehen, doch Claudius legte seinem Meister eine Hand auf die Schulter und schüttelte den Kopf. William sah ihn an und bemerkte, dass auch Claudius wässrige Augen bekommen hatte. Mit gebrochener Stimme flüsterte Claudius seinem Gefährten zu: „Lass ihn … das muss er alleine machen." Und mit einem Blick zu Ralph fügte er hinzu: „Das bin ich ihm schuldig. Das und mein Leben." William sah Claudius sorgenvoll an und wusste, dass dieser das Gesagte ernst meinte. William tätschelte seine Hand und nickte: „Ja … du hast Recht. Du hast natürlich Recht." Ralph war in die Knie gegangen und hatte Silvia zu sich auf den Boden gezogen. Er vergrub sein Gesicht in ihrem Kleid und weinte. Cedric betrachtete die Szene und die blanke Wut, die er empfand stand ihm ins Gesicht geschrieben. Dafür musste jemand büßen … und er hatte da schon jemanden in Aussicht.

5

Samira durchsuchte die Wohnung so gründlich wie sie es immer tat. Das einzige was ihr aufgefallen war, war das offene Fenster mit der gesprungenen Glasscheibe. Anscheinend hatte jemand sie während einem Kampf zerbrochen. An den Glasscherben war ein wenig Blut. Außerdem war da noch das Bild, das zerbrochen am Boden lag. Sie hatte das Glas und den Rahmen entfernt und sich die beiden jungen Leute darauf genau angesehen. Sie wirkten glücklich, doch Samira bezweifelte, dass dies im

Augenblick noch immer der Fall war. Sie sah sich noch ein wenig um und betrat dann das Stiegenhaus, wo der blutleere Körper einer Nachbarin gefunden worden war. Als sie sich zu der Leiche hinunterbückte und die Decke zurückschlug, die man über die Frau geworfen hatte, sah sie sofort das, wonach sie insgeheim gesucht hatte. Samira berührte mit den Fingerspitzen die kleinen Wunden im Nacken und an den Handgelenken des Opfers und fühlte sich in ihrer Annahme bestätigt. Es war also mal wieder so weit. Neue Vampire waren in der Stadt. Samira legte die Decke wieder auf den Körper der Frau und befahl ihren Kollegen: „Bringt sie runter und wartet auf den Leichenwagen.“ Die anderen Polizisten taten was sie ihnen gesagt hatte und Samira drehte sich zur Wohnungstür. Sie betrachtete das Namensschild an der Tür. „RALPH DESGARDES.“ Samira wiederholte den Namen laut und notierte ihn in ihrem kleinen Notizbuch. Sie ging wieder in die Wohnung zurück und zog ihr Handy aus der Manteltasche. Sie drückte lange auf die 1 und hörte wie das kleine Telefon die gespeicherte Kurzwahl durchführte.

Auf der anderen Seite klingelte es. Jemand meldete sich und Samira fuhr sich mit der Hand durch ihre Haare die vom Schnee noch immer etwas feucht waren. „Ja, ich bin’s. Hör mal, ich glaube das könnte dich interessieren. Anscheinend ist heute jemand gebissen worden. Zurzeit weiß ich nur von einer Frau, aber es könnte zumindest ein weiterer Mensch verwickelt und vielleicht schon tot sein. Außerdem hab ich den hässlichen Schleimer vor dem Haus gesehen, der für dich arbeitet. Ja, Lucian. Was soll das heißen, du weißt Bescheid? War das einer von deinen? Ich hab keine Lust mich zu beruhigen! Ich komm jetzt rüber zu euch!“ Samira legte auf. Sie kochte vor Wut. Was bildete sich dieser Kerl eigentlich ein. Die Tatsache, dass er und seine „Mitarbeiter“ nicht mordeten, hatte ihn bisher davor bewahrt gegrillt zu werden, aber sie tolerierte ihn nur. Das würde er bald feststellen. Samira packte ihr Handy in die eine und das Bild von dem Jungen und seiner Freundin in die andere Manteltasche. Danach ging sie aus der Wohnung und die Treppen hinunter auf die Straße hinaus. Als sie die kalte Luft auf ihrer Haut spürte wurde ihr erst so richtig bewusst, mit wem sie gerade gesprochen hatte … und in welchem Ton. Samira war verdammt stolz auf sich, atmete tief durch und zuckte unwillkürlich zusammen, als sie einen kurzen Stich in ihrer Lunge verspürte. Sie hob ihre Hand und bemerkte, dass sie bereits unterbewusst zu ihren Zigaretten gegriffen hatte. Samira überlegte kurz und steckte sie wieder in ihre Tasche. Die anderen Polizisten, die plaudernd, rauchend und frierend auf den Leichenwagen warteten, kümmerten sich nicht weiter um sie. Samira seufzte und ging zu ihrem Wagen. Sie öffnete die Beifahrertür und zog eine relativ große Kanone aus dem Handschuhfach, die auf der Unterseite eine Art Behälter hatte, in dem eine Flüssigkeit schwappte. Danach warf sie die Tür ins Schloss, sperrte ab, steckte die Waffe in den zweiten Holster unter ihrem Mantel und ging los. Es war unnötig das Auto zu nehmen … die Peterskirche war nicht weit.

6

Rossoit gab Gordon letzte Anweisungen, wie er zum Allgemeinen Krankenhaus Wiens kam. Als Gordon sich auf den Weg machte, betrat Rossoit mit Benny auf den Armen die Unterkunft. Der Kerberos lag noch immer wimmernd und zitternd in seiner Ecke. Rossoit strafte ihn mit einem abschätzigen Blick, woraufhin das Tier sich noch kleiner machte. Benny war nun eingeschlafen wie Silvia vor ihm. Rossoit legte ihn in die Kiste in der Silvia ihren ersten Tag verbracht hatte und nagelte den Deckel wieder zu. Er war angespannt. Diese Sache hatte noch nicht mal richtig begonnen und schon geriet alles außer Kontrolle. Auf der gegenüberliegenden Wand, wo Julie vorhin gestanden hatte, brannte ein kleines Feuer. Rossoit ging quer durch den Raum und kniete sich davor nieder. Er hielt seinen Ring in die Nähe der Flammen, wodurch der schwarz erscheinende Stein eine grünliche Farbe annahm. Rossoit spürte die Hitze und wollte instinktiv zurückweichen, doch ließ er die Hand wo er sie hatte. Der Ring begann zu glühen und der ganze Raum rund um Rossoit schien dunkel zu werden. Er hatte nie verstanden, warum er Hitze spüren konnte, doch Kälte nicht. Vielleicht lag es daran, dass Feuer für Vampire tödlich war. Die Flammen erstarben und der Raum war stockdunkel geworden. Nur der Ring glühte nach wie vor und warf ein grünes Licht auf Rossoits blasses Gesicht. Der Kerberos verschmolz fast mit der Wand, so sehr drückte er sich an sie.

Der grün glühende Ring war nun die einzige Lichtquelle im Raum und er spiegelte sich in Rossoits schwarzen Augen wieder. Rossoit war mulmig zumute und das kam tatsächlich selten vor. „Warum störst du mich? Es ist noch viel zu früh!“ Eine unglaublich tiefe Stimme hallte durch den Keller und schien direkt aus dem Herzen der Hölle zu kommen. Rossoit schloss kurz die Augen und begann dann zu sprechen: „Phiomet, Herr der Dunkelheit, Geißel des Hades, Bewahrer der dunklen Mächte. Bitte verzeiht meinen Ruf, doch Unerwartetes ist geschehen.“ Stille trat ein und Rossoit wusste aus früheren Gesprächen, dass das nichts Gutes bedeuten konnte. „Soll das heißen du hast Probleme damit, meinen Willen zu erfüllen und die Aufgaben zu meistern die ich dir stelle?“ Rossoit öffnete den Mund um etwas zu erwidern, doch Phiomets Stimme hallte schon wieder durch den Keller. „Oder meinst du die Sache mit Cedric DeMornay? Dass du es fertig gebracht hast, die Geliebte des einzigen Sohnes deines erbittertsten Feindes zu küssen und dann sterben zu lassen?“ Rossoit bemerkte, wie Wut und Unsicherheit langsam in ihm hoch krochen. Er ballte die Hand ohne Ring zu einer Faust und grub seine Nägel in sein Fleisch. „Oder solltest du dir vielleicht Gedanken machen, weil dein erstes Kind gerade dabei ist, dich zu verraten?“ Der letzte Satz traf Rossoit mit einer Wucht, die er nicht erwartet hatte. Er ballte die Faust noch stärker und seine Handfläche begann zu bluten.

Er verspürte den Drang aufzustehen und die Augen zu öffnen, doch er wusste, dass das seinen Tod bedeuten würde. „Julie … was hat sie getan?“ Phiomet ließ ein grollendes Lachen hören. „Ich dachte du bist gedanklich mit deinen Kindern verbunden? Finde es heraus. Aber lass dir gesagt sein, wenn sie das tut, was sie vorhat, dann solltest du ihren Fehler umgehend wieder ausbessern. Sonst werde ich die Konsequenz ziehen und mir nach deinem Tod einen anderen, besseren Helfer suchen. Vergiss nicht, was ich dir schenke … und vergiss nicht wie leicht ich es dir wieder nehmen kann.“ Rossoits Ring glitt von seinem Finger und begann in der Luft vor seinem Gesicht zu schweben. Zum ersten Mal seit Beginn des Gesprächs, öffnete er die Augen und betrachtete das Schmuckstück, das hell leuchtend vor seinen Augen herumtänzelte. „Ich verspreche Euch, die mir übertragenen Aufgaben zu erfüllen. Wir werden das Artefakt bergen, wir werden den Sohn des Desgardes vernichten und Julie wird ihre gerechte Strafe bekommen.“ Der Ring schwebte wieder an Rossoits Finger zurück und das Leuchten wurde langsam schwächer. Während der Ring immer dunkler wurde, schien das Licht in der Unterkunft langsam wieder aufzuleben. Rossoit wollte sich erheben, doch gelang es ihm nicht. Eine unsichtbare Kraft schien seine Schultern zu Boden drücken zu wollen und er stöhnte leise unter dem Druck, der plötzlich auf seinem Körper lastete. Die Unterkunft war mittlerweile wieder beleuchtet, das Feuer brannte wieder und der Ring hatte seine alte, schwarze Farbe wieder angenommen.

Rossoit konnte sich noch immer nicht bewegen, doch hörte er, dass sich irgendetwas hinter ihm erhoben hatte und langsam auf ihn zutrottete. Der Kerberos stellte sich vor Rossoit und blickte ihm direkt in die Augen. Der Vampir wusste nicht so recht, was da gerade geschah, als er noch einmal, viel leiser als vorher, Phiomets Stimme vernahm: „Und wenn du es noch einmal wagen solltest, meinem Torhüter Leid zuzufügen, dann werde ich dich Schmerzen spüren lassen, die dir deinen endgültigen Tod als Erlösung erscheinen lassen werden."

Der Kerberos holte mit seiner rechten Pranke aus und schlug Rossoit seine Krallen ins Gesicht. Der Vampir schrie auf und das hundeähnliche Wesen trottete zufrieden und gemütlich an seinen Platz zurück. Die Angst schien aus dem Gesicht des Kerberos gewichen zu sein und auch seine Wunde war restlos verheilt. Rossoit konnte sich endlich wieder bewegen. Er stand auf und befühlte seine Wange. Er hatte vier lange Schnitte, die ihm vom Auge bis zum Mundwinkel reichten. Rossoit drehte sich um und sah in die Ecke in der der Kerberos sein Lager hatte. Das Tier hob den Kopf und knurrte. Offensichtlich hatte er keine Angst mehr vor Rossoit, was dessen Wut noch steigerte. Der Vampir war aber klug genug, das nicht an dem Schosshündchen seines Herrn auszulassen. Seine Zeit würde noch kommen und dann würde er ihm mehr umdrehen, als das pelzige Ohr. Als Rossoit seine Wange noch einmal befühlte, bemerkte er, dass die Risse in der Haut bereits zugeheilt waren. Alle bis auf einen. Die Narbe sollte Rossoit bis zu seinem endgültigen Tode tragen, denn jetzt war er es, der markiert worden war.

7

Cedric hielt nicht viel von neuer Technik, doch das kleine Mobiltelefon, das er von Samira Wächter bekommen hatte, war durchaus praktisch. Es hätte wahrlich ein falscher Eindruck entstehen können, wenn sie hier unangemeldet hereingestürmt wäre. Als Samira rauchend durch den

Schnee gestapft kam, hatte Cedric sie vor der Kirche bereits erwartet und ihr in groben Umrissen die Situation erklärt. Samira hatte einige Zeit nichts gesagt und nachdenklich an ihrer Zigarette gezogen. Cedric hatte es ihr gleich getan und nicht gesprochen. Endlich hob die Polizistin den Kopf und sah Cedric an „Das heißt also, DER Rossoit Tessier ist in Wien. Er hat getötet, Menschen verletzt, anscheinend Kontakt zu einem Dämon der Halestore öffnen kann …“
„Hades, Samira, Hadestore. Eine uralte Form der schwarzen Magie. Sie dienen als Dimensionstore und wurden von Dämonen und ihren Helfern erschaffen um zu fliehen oder einfach um große Entfernungen in ein paar Sekunden zurücklegen zu können.“
Samira hatte den Faden verloren und starrte Cedric ungläubig an „Richtig. Hadestore.“ Sie räusperte sich und warf die aufgerauchte Zigarette in den Schnee. „Das alles klingt nach einem ziemlichen Haufen Scheiße. Wie geht's dem Jungen? Ist es der hier?“ Sie kramte in ihrer Tasche und zog das Bild heraus, das sie aus der Wohnung mitgenommen hatte. Cedric betrachtete es kurz und gab es ihr zurück. Er nickte: „Ja, das ist er. Und das Mädchen neben ihm ist der Vampir der tot in meiner Kirche liegt.“

Samira betrachtete das Foto kurz und steckte es dann zurück in die Tasche. Sie holte gleichzeitig ihre Zigaretten aus der Anderen und zündete sich eine an. Sie nahm einen tiefen Zug und wieder stach es in ihrer Brust, was sie zusammenzucken ließ. Cedric betrachtete sie besorgt. „Frag nicht, alles in Ordnung“, entfuhr es Samira, noch bevor Cedric etwas sagen konnte. „In Ordnung. Tut es. Wenn es seine einzige Chance ist, tut es. Aber verlang nicht von mir, dass ich nur zusehe, sollte er sich anders entwickelt, als wir es uns wünschen. Dann ist er fällig, klar?“ Sie sah Cedric ernst an und er schien kurz zu überlegen. „Wenn der Junge sich anderen Zielen zuwendet, als die die ich ihm bereiten werde, dann werde ich dich nicht aufhalten. Nun geh, Samira, erfülle deine Pflicht und schreib deinen Bericht. Ich werde dir in ein paar Tagen zwei Körper bringen, die die notwendigen Merkmale tragen werden. Bis dahin, schreib sie als vermisst aus. Ich danke dir, mein Kind.“

Cedric reichte ihr die Hand und Samira ergriff sie zögerlich. Sie sah ihn mit ihren grünen Augen an und nickte. Ihr Gesichtsausdruck spiegelte kein Gefühl wider, das Cedric bekannt war. Dann entzog sie ihre Hand seinem Griff und drehte sich um. Als sie schon einige Meter entfernt war, lief eine Träne über ihr Gesicht. „Ich bin nicht dein Kind …“

8

Im Inneren der Kirche versuchte Julie indessen Ralph wieder auf die Beine zu bringen, der immer noch zusammengesunken über Silvias totem Körper kauerte. Er ließ sich nur sehr schwer davon überzeugen, sich von ihr zu lösen, doch stand er schließlich auf und blieb regungslos stehen ohne etwas zu sagen. Schließlich hob er den Kopf und aus seinen Augen sprach blanker Hass. Er sah Julie an, sein Blick wanderte zu William und blieb an Claudius hängen. Dieser öffnete den Mund und begann: „Hör zu … es tut mir…“ Noch bevor Claudius seinen Satz beenden konnte, traf ihn Ralphs Faust im Gesicht. Der Mönch kippte

rückwärts um und schlug mit dem Hinterkopf auf den Marmorboden der Kirche. Ralph war zwischen den Bänken nach vorne zum Altar gestürmt und hatte Claudius mit einem Schlag zu Boden geworfen. William und Julie waren von dieser Reaktion derartig überrascht, dass sie nicht gleich eingriffen. Ralph zerrte mit seiner linken Hand an Claudius Kutte und schlug ihm mit der Rechten immer wieder ins Gesicht. „Warum!? Warum … hast … du … sie … umgebracht!?" Ralph schlug immer härter auf Claudius ein, der ihn traurig ansah und keine Anstalten machte, sich zu wehren. Mit einem Ruck wurde Ralph nach hinten gerissen und landete unsanft auf dem Kirchenboden. Cedric stand vor ihm. Seine Augen glühten rot, als er sich vor Ralph zu seiner vollen Größe aufrichtete, welcher instinktiv und mit Angst im Gesicht zurückwich, bis er an eine der Kirchenbänke stieß. „Ich weiß welche Schmerzen du fühlst … und ich weiß dass du jemandem für deinen Verlust die Schuld geben willst, aber suche die Schuld bei demjenigen der sie WIRKLICH getötet hat. Mein Freund, Claudius, hat instinktiv gehandelt und das getötet, was er gesehen hat. Ein untotes Wesen, das Böse, den Vampir."
Ralph wollte etwas erwidern, doch Cedric winkte ab. „Ich weiß, was du sagen willst. Es gibt keine Vampire. Aber du solltest alles vergessen, was du zu wissen glaubst und damit anfangen, deinen Augen und deinen anderen Sinnen zu vertrauen. William!" Cedric drehte sich zu dem Alten um der gerade dabei war, dem blutenden Claudius wieder auf die Beine zu helfen. „Komm doch bitte kurz her und zeige unserem neuen Freund, was du kannst."

William sah Claudius an, welcher nickte und seinem Freund bedeutete, dass alles in Ordnung sei. Der Alte erhob sich und ging langsam auf Ralph zu. Er stellte sich direkt vor ihn und sah dann zu Cedric, dessen Augen wieder ihre normale Farbe angenommen hatten. Sein Blick wanderte wieder zu Ralph, der ihn mit großen Augen ansah. Er streckte eine Hand aus, um sie dem Jungen zu reichen und während er die Bewegung durchführte, wurde, angefangen bei seinen Fingerspitzen, sein ganzer Körper langsam zu Stein. Aus dem Inneren der entstandenen Statue hörte Ralph leise die Stimme des alten Mannes. „Herzlich willkommen in einer neuen Welt. Ich bin William." Ralph traute seinen Augen nicht. Was war hier los? Er sah Cedric mit großen Augen an, der ihn milde anlächelte und ihm die Hand reichte. Ralph zog sich daran hoch und stand auf. Er betrachtete William aus der Nähe und berührte die immer noch ausgestreckte Hand. „Heilige Sch … das glaub ich einfach nicht. Wie macht er das?" Die Statue bekam plötzlich Risse und der Stein bröckelte ab um William wieder freizugeben, der jetzt ebenfalls lächelte und mit der ausgestreckten Hand Ralph auf die Schulter klopfte. Ralph betrachtete ungläubig die Hand und ergriff sie dann um sie zu schütteln. „Hallo. Ralph Desgardes." Stille trat ein und Ralph hatte das Gefühl, als würde jeder im Raum den Atem anhalten. William löste den Griff und trat ein paar Schritte zurück. Cedric fuhr sich durch seine Haare und sah Ralph nachdenklich an. „Desgardes? Wie ist der Name deines Vaters?" Ralph blickte zu Cedric und schien kurz zu überlegen, als Julies Stimme die Stille durchbrach. „Laurent … Sein Vater hieß Laurent."

Alle sahen nun Julie an, die sich langsam auf Ralph zu bewegte. Sie setzte sich auf die Bank, die Ralph gegenüber stand und seufzte. „Laurent Desgardes, dein Vater, ist tot. Schon einige Jahre. Und ratet mal, wer ihn getötet hat." Cedric seufzte. „Rossoit …" Ralph drehte den Kopf und sah nun Cedric an. „Wer ist Rossoit und wer sind Sie?" „Meine Geschichte werde ich dir erzählen, wenn die Zeit reif ist. Rossoit Tessier ist der Mörder deines Vaters und deiner Freundin hier. Er ist ein Vampir. Ein sehr alter und mächtiger Vampir. Zwar nicht ganz so alt wie ich es bin, doch das tut seiner Kraft und vor allem seiner Kaltblütigkeit keinen Abbruch. Und ich sollte es wissen … ich habe ihn erschaffen." Julie und die Alten blickten Cedric ungläubig an. „Ihr habt was?" William starrte noch immer und auch Claudius hatte sich jetzt zu den anderen begeben. Cedric ließ sich neben Julie auf die Bank sinken und betrachtete gedankenverloren die Kuppel der Kirche. „Ich habe ihm damals den Kuss geschenkt, um sein Leben zu retten. Die Umstände sind unwichtig und nicht von Belang. Er war schon als Mensch eine Bestie, doch davon ahnte ich damals nichts. Wie auch immer. Ich habe dann vor einigen Jahren erfahren, dass er in Frankreich ansässig wurde und dort eine schwere Niederlage erfahren musste. In einem kleinen Ort namens Amboise, dem damaligen Stützpunkt einer weltweit operierenden Vereinigung von Dämonenjägern, wurde er beinahe getötet …"

Cedric drehte sich im Sitzen zu Ralph und sah ihn eindringlich an. „Von Laurent Desgardes, deinem Vater, und dem gefährlichsten Vampirjäger der mir jemals begegnet ist. Ja, Ralph, auch ich kannte deinen Vater, doch habe ich ihm in mehreren Situationen beigestanden, da wir im Grunde dieselben Ziele verfolgten. Viel ist nicht bekannt über Laurent, doch weiß ich durch einige Gespräche die wir führten, dass es ihn immer sehr geschmerzt hat, dich nie kennen gelernt zu haben. Was ich noch weiß, könnte für dich wichtig sein, also hör mir gut zu. Er hat mir einmal erzählt, dass er während eines Exorzismus an einem jungen Chilenen, eine Vision von einem Wesen hatte, das aus reinem Feuer zu bestehen schien. Dieses Wesen bot ihm ein Geschäft an. Die Seele seines erstgeborenen Kindes und eine Gefälligkeit, gegen unfassbaren Reichtum und Macht. Der Dämon wollte aus Laurent einen Führer machen, jemanden der etwas für ihn erledigen sollte und dafür belohnt würde. Doch der Preis war deinem Vater zu hoch. Nach diesem Vorfall träumte er jede Nacht von dem Dämon und als seine Frau schwanger wurde, verließ er sie … aus Sorge um sein Kind. Aus Sorge um dich … William … nimm Claudius mit und gehe aufs Dach. Wir werden beobachtet." Ralph wollte nach oben sehen doch William deutete ihm unauffällig das zu lassen. Die Alten gingen durch die Kirche und begannen eine Wendeltreppe hinaufzusteigen, die irgendwann im Kuppeldach verschwand. Cedric wandte sich nun Julie zu, die immer noch neben ihm saß. „Bist du immer noch bereit, das zu tun, was wir besprochen haben?" Als sie langsam nickte und den Blick wieder Ralph zuwandte, erhob sich Cedric und trat vor den Jungen. Sie sahen sich für einen Augenblick in die Augen und Ralph hörte Cedrics Stimme in seinem Kopf: „Wenn du diese Kirche als Mensch verlässt wirst du sterben. Rossoit wird dich suchen, finden und ermorden. Willst du das … oder entscheidest du dich für die Alternative?“ Ralph drehte den Kopf zu Julie und sah dann wieder Cedric an. Seine Stimme klang leise und gebrochen. „Was ist die Alternative?“

CEDRIC – Teil 2

Cedric spannte die Armbrust und das Wesen begann auf ihn zuzuhasten. Als es zum Sprung ansetzte, schloss er die Augen und drückte ab.
Der Pfeil durchschnitt die Luft und Cedric wusste, dass er getroffen hatte. Eine halbe Sekunde später durchriss ein unmenschlicher Schrei die Stille, der sich in ein Heulen wandelte. Cedric suchte mit seiner freien Hand die Pfeile die er beim Sturz verloren hatte, und als er einen zwischen die Finger bekam, begann er damit hektisch die Armbrust zu spannen. Sein Herz schlug rasend schnell und er hatte das Gefühl sich jeden Moment übergeben zu müssen. Seine Augen suchten die dichte Nebelbank nach dem Ding ab, das ihn angegriffen hatte, doch er konnte nichts erkennen. Langsam rappelte Cedric sich hoch und bemerkte nun, dass anscheinend auch sein linkes Bein den Sturz nicht unbeschadet überstanden hatte.
Der Schmerz war allgegenwärtig, doch er konnte sich auf den Beinen halten, die gespannte Armbrust im Anschlag. Er machte einen Schritt vorwärts und zuckte vor Schreck zusammen als er eine vertraute Stimme hörte. „Cedric … mein Junge … was hast du getan?" Cedric suchte noch immer angestrengt den Nebel ab, doch konnte er nichts erkennen. Er trat noch einen Schritt weiter nach vorne. „Mein … mein Auge … du hast mir mein verdammtes Auge ausgeschossen, du kleiner Schwachsinniger!" Aus dem Nebel trat eine Person und Cedric erkannte allein an der Silhouette, dass es sein Onkel war. Er kniff die Augen zusammen und ging wieder einen Schritt zurück. „Onkel Jack? Was … was ist passiert?" Jacks Umriss wurde deutlicher und er schien gebückt zu gehen, eine Hand auf seinem linken Auge ruhend. Jacks Stimme klang nun

spöttisch und absichtlich höher. „Onkel Jack … was ist geschehen? Was geschehen ist?“ Jack war nun nahe genug, dass Cedric erkennen konnte, dass er nackt war. Nackt und blutüberströmt. Unter der linken Hand floss das Blut aus seinem Gesicht und sein rechtes Auge drückte rasende Wut aus. „Ich werde dir sagen, was geschehen ist, du kleiner Hurensohn! Du hast mir mein gottverdammtes Auge ausgeschossen!“ Jack ging immer noch durch den Nebel auf Cedric zu, der weiter zurückwich. „Du kleine Missgeburt bist schuld. Du bist an allem schuld.“ Cedric stolperte und rappelte sich trotz der Schmerzen schnell wieder hoch, während er weiter zurückwich. Er fühlte Tränen aufkommen, doch er unterdrückte sie. „Was meinst du damit? Was ist denn nur los, Onkel Jack? Ich dachte du bist tot.“ „Ich wünschte ich wäre es! Nein ich bin nicht tot! Ich bin gefahren um für dich Essen zu holen. Wenn du nicht wärst, dann könnte ich mein Leben weiterleben … und hätte noch mein beschissenes Auge im Gesicht!“ Jacks Stimme überschlug sich und Cedric hob die Armbrust wieder. Er hielt jetzt inne und auch sein Onkel blieb stehen. Er setzte ein falsches Lächeln auf und nahm die Hand von seinem fehlenden Auge. Cedrics Blick fiel auf das klaffende, blutende Loch und sein Drang sich zu übergeben wuchs. „Cedric … mein lieber Neffe … du würdest doch nicht auf deinen eigenen, schwer verletzten Onkel schießen, oder?“

Er sah Cedric mit seinem verbliebenen Auge an und neigte den Kopf ein wenig, bevor er in ein irres Lachen verfiel. Cedrics Blick wanderte zu Boden und fiel auf einen seiner Pfeile, einen von denen mit Silberspitze. Er zog ihn mit seinem rechten Fuß so unauffällig wie möglich zu sich, doch Jack hatte ihn seinerseits auch schon bemerkt. „Wenn du dich bückst, habe ich dir den Kopf abgerissen, bevor du den Pfeil mit deinen Fingern berührst.“ Beide zuckten zusammen als rechts von Cedric plötzlich eine dritte Stimme zu hören war. „Und wenn du das versuchst, schieße ich dir den Kopf von den Schultern, noch ehe du den Jungen erreicht hast.“ Cedric und Jack sahen sich an und versuchten dann, durch den Nebel hindurch, etwas zu erkennen. Langsam teilte sich der Nebel dann und gab einen Mann frei, der mit einem Hut und einem braunen Ledermantel bekleidet war. Er trug keinen Bart und wirkte auch sonst sehr gepflegt. In seiner rechten Hand hielt er eine schwarze Armbrust mit Pfeilen, die aus reinem Silber bestanden, vom Schaft bis zur Spitze. In der Linken hielt er so etwas wie eine Streitaxt. Jack sah unruhig von dem Fremden zu Cedric und wieder zurück. Seine Stimme klang plötzlich nervös. „Wer bist du?“ Der Fremde sah Jack an und lächelte …

KAPITEL 5

AUSGLEICH

1

Rossoit ging in der Unterkunft auf und ab und betrachtete die Kiste, in der Benny seine Verwandlung vollzog. Bis kurz nach dem Gespräch mit Phiomet, war kein Laut zu hören gewesen, doch seit wenigen Minuten hatte sich das geändert. Der Junge schrie und schlug gegen den aufgenagelten Deckel. Rossoit war sich nicht sicher, was das zu bedeuten hatte, da seine anderen Kinder die erste Nacht und den darauf folgenden Tag meist schlafend verbracht hatten. Unterbrochen nur von kurzen Momenten, in denen sie wimmerten und um Hilfe riefen. Das hier war anders. Ein neuerlicher, schwerer Schlag traf das Holz aus dem Inneren der Kiste und Rossoit sah einige Splitter davonfliegen. Er trat ein wenig näher heran und ein weiterer Schlag folgte. Rossoit betrachtete den Deckel und ging in die Hocke. Er ließ seine Stimme so nett und verständnisvoll wie möglich klingen. „Benjamin … hör mir zu.“ Aus dem Inneren der Kiste war nichts zu hören. „Benjamin. Du musst dich beruhigen, deine Gedanken sammeln und deine neuen Kräfte kennen lernen.“ Als Rossoit zu Ende gesprochen hatte, herrschte kurz Stille, die ein paar Sekunden später durch einen weiteren Hieb gegen das Holz durchbrochen wurde. „Lass mich hier raus!“ Rossoit stand wieder auf und ging ein paar Schritte zurück. „Ich kann dich nicht rauslassen. Noch nicht. Warte bis morgen Nacht, dann werde ich dir alles erklären und dir helfen deine Ziele zu verfolgen, so gut ich kann. Was immer sie auch sein mögen.“

Benny hatte sich anscheinend beruhigt, da kein Lärm mehr zu hören war. Rossoit vermutete, dass der Junge wieder eingeschlafen war. Er wollte sich gerade aufmachen, um die Unterkunft zu verlassen, als er Bennys Stimme hörte: „Ich habe nur ein Ziel … und das hole ich mir mit oder ohne deiner Hilfe.“ Rossoit sah die Kiste kurz an und öffnete das Tor zur Straße. Als er den Keller verließ, war es wieder ruhig geworden. Benny schlug nicht mehr gegen die Kiste und der Kerberos schlief grunzend in seiner Ecke. Rossoit schloss das Tor und sah auf seine Uhr. Noch zwei Stunden bis Sonnenaufgang und noch keiner zurück. Er hob seine Hand vors Gesicht und betrachtete den Ring an seinem Finger. Hätte er gewusst, womit dieses Schmuckstück ihn belasten würde, er hätte ihn nie gestohlen. Sicher. Er hätte Laurent Desgardes trotzdem getötet, aber er hätte den Ring gelassen wo er war. Er wäre jetzt frei. Rossoit ließ den Arm sinken und betrachtete noch mal seine Uhr. Die Zeit war nie sein Feind gewesen.

„Time is on my side“. Der Titel des dummen Liedes, dieser eigenartigen, britischen Popstars, schien für ihn geschrieben worden zu sein. Doch mit dem Ring und seinem Besitzer hatte sich das geändert. Phiomet hatte ihm eine bestimmte Zeitspanne gegeben, das Artefakt zu finden und ihm damit den Weg in diese Dimension zu öffnen. Er hatte die Spuren gefunden und gelesen. Er war in der richtigen Stadt, der Rest nur noch Detailarbeit. Und jetzt passierte soviel Unvorhergesehenes, das ihm keinen Spielraum mehr einräumte. Es gab einen Faktor der, zum ersten Mal, seit Rossoit zu dem geworden war was er war, gegen ihn arbeitete. Zeit. Er musste das Artefakt bergen aktivieren, ehe der achte November anbrach. Das war in spätestens drei Tagen. Seine Feinde in der Stadt waren klar im Vorteil und er hatte seit seiner Ankunft keine Gelegenheit gehabt, sich dem eigentlichen Ziel zu widmen. Es war an der Zeit, für etwas Ausgleich zu sorgen und Gordon sollte den ersten Schritt in Kürze erledigt haben. Bei dem Gedanken musste Rossoit lächeln. „Oh ja, DeMornay, ein wenig Ausgleich wird unserer Beziehung sicher gut tun …“

2

Leon sah auf sein Mobiltelefon und runzelte leicht die Stirn. Er saß auf dem Platz des Portiers im Wiener Allgemeinen Krankenhaus. Bisher war es in dieser Nacht sehr ruhig gewesen. Keine Notfälle, keine Unfälle. Nur einmal kam eine Mutter mit ihrem kleinen Mädchen durch die Tür, weil die Kleine Magenschmerzen gehabt hatte. Leon hatte ihr zugelächelt und das Kind hatte zurückgegrinst, wobei es einige Zahnlücken zum Vorschein brachte. Leon liebte Kinder und in solchen Momenten dachte er umso mehr daran, Cedric zu bitten, seinen Dienst beenden und ins normale Leben zurückkehren zu dürfen. Er sah noch einmal auf das Display seines Handys. Es war jetzt halb fünf, Zeit dem alten Albert im Depot einen Besuch abzustatten. Im selben Moment schaltete sich das kleine Gerät ab.
„Scheiße … Akku.“ Leon streckte sich und gähnte herzhaft. Seit über einem Jahr arbeitete er jetzt hier und seit eben dieser Zeit bekam er immer wieder Blut von Albert. Der Alte hatte ihn nie gefragt, wozu er es benötigte und dafür war Leon ihm unendlich dankbar. Zu viele Fragen waren nicht gut und hatten im letzten Spital schließlich dafür gesorgt, dass er seinen Job verloren hatte. Leon schloss die

Augen und gähnte noch einmal. Als er sie wieder öffnete sah er in das Gesicht eines jungen Mannes, der ihn von oben herab anlächelte. Leon erschrak und wäre beinahe mit seinem Sessel umgekippt, hätte der Mann ihn nicht mit seiner Linken abgestützt. „Danke! Es tut mir leid, ich habe Sie nicht kommen hören. Diese Nachtdienste machen einem auf Dauer ziemlich zu schaffen.“ Leon stand auf und zog das große Buch hervor, in das sich die nächtlichen Besucher des Krankenhauses eintragen mussten. Der Mann ging immer noch schweigend rund um den Empfangstisch und stand nun direkt vor Leon. Er lächelte und Leon wurde etwas nervös. Er hatte in den letzten Jahren schon zuviel erlebt, um nicht misstrauisch zu sein. Abgesehen von der Tatsache, dass er selbst für einen Vampir arbeitete, wusste er, dass vor kurzem erst Rossoit Tessier in Wien eingetroffen war. Und dieser Bursche hier hatte ein wenig zu gute Reflexe, um einfach nur ein Mensch zu sein. Er war zumindest ein Ghoul, aber Leon tippte eher auf Vampir. Mit der rechten Hand schlug er das Buch auf, während seine Linke unter den Tisch wanderte und einen dort befestigten Dolch ergriff, den William für ihn zu Stein gemacht hatte. Für den Fall der Fälle. Gordons Blick folgte Leons Hand und er lächelte nun nicht mehr ganz so breit. Er sah Leon wieder an und schüttelte leicht den Kopf. Leon bückte sich blitzschnell unter den Tisch und riss den Dolch aus der Verankerung. Als er sich mit der erhobenen Waffe wieder aufrichtete, war die Halle vor ihm leer. Leon wusste, dass sein Leben jetzt von seiner Schnelligkeit und Aufmerksamkeit abhing.
Er drehte sich um … nichts … sein Blick wanderte wieder nach vorne … alles leer. Langsam erhob er sich und sah

sich in der Eingangshalle um. Von dem eigenartigen Besucher war nichts zu sehen. Leons Herz schlug ihm bis zum Hals. Es war verdammt lange her, seit er das letzte Mal Angst hatte, doch nun war es wieder soweit. Er betrachtete die kleinen Bildschirme zu seiner Linken, doch er konnte auch darauf nichts erkennen. Sein Blick fiel auf die gläserne Doppelschiebetür, durch die man ins Gebäude kam. Sollte er versuchen zu fliehen? Leon überlegte wie schnell er die Halle durchqueren konnte, doch er verwarf den Gedanken relativ schnell. Im Freien war er dem Vampir sowie seinen Freunden, die vielleicht draußen warteten, schutzlos ausgeliefert. Er sah noch einmal auf die Monitore. Im Keller bewegte sich, genau in diesem Moment, etwas mit hoher Geschwindigkeit an der Kamera vorbei. Leons Blick wanderte zu einem zweiten Bildschirm auf dem der Stromkasten für den Eingangsbereich des Gebäudes zu sehen war. Gordon stand davor und hatte ihn mit einem Ruck geöffnet. Selbstgefällig grinste er in die Kamera und riss einige Kabel heraus. Sofort wurde es dunkel um Leon. Die Glastür klickte und verriegelte sich automatisch. Alle Lichter, bis auf die Notbeleuchtung, waren ausgegangen und die Bildschirme an Leons Arbeitsplatz waren schwarz.
Leon tastete in der Dunkelheit nach seinem Mobiltelefon und bekam es schließlich zu fassen. Im selben Moment erinnerte er sich daran, dass es sich vorhin abgeschaltet hatte. Er spürte nun seinen eigenen Puls im Hals und wusste, dass es jetzt nur noch einen Weg gab hier raus zu kommen. Er konzentrierte sich auf den Einzigen, der ihm jetzt noch helfen konnte und hörte wenige Augenblicke später eine Stimme von den Wänden hallen. „Was gibtsss,

Leon? Wieder ein bisssschen drauf ausss mich zu beleidigen?“ Leon lächelte ein wenig. Noch nie zuvor war er so froh gewesen, Lucians Stimme zu hören.

Irgendwo im Gebäude krachte es als würde etwas explodieren. Leon fuhr zusammen und Lucians Stimme hallte wieder durch den Raum. „Hey, sssag schon, wasss issst losss bei dir? Ich fühle Angssst. Hassst du etwa Angssst, Leon?“ Der Schattengänger ließ es sich nicht nehmen, seiner Stimme einen leicht amüsierten Unterton hinzuzufügen. Leon konzentrierte sich auf Lucians Stimme und sandte ihm ein Bild des Mannes, der im Keller des Krankenhauses tobte. Irgendwo im Westflügel hörte er ein Klirren und einen Schrei, kurz danach fielen auf der anderen Seite, der Gebärstation, ein paar Schüsse. Anscheinend hatte mittlerweile auch der Sicherheitsdienst mitbekommen, dass hier was faul war. Wahrscheinlich waren die beiden bereits tot, doch darum konnte Leon sich jetzt nicht kümmern. Er hatte seit ungefähr einer halben Minute nichts von Lucian empfangen. Leon konzentrierte sich wieder. „Ich weiß, dass ich nicht sehr fair zu dir war, Lucian, aber ich brauche jetzt wirklich deine Hilfe …“

Nichts. Im Keller schien wieder etwas zu explodieren und plötzlich schlossen sich die Feuerschutztüren mit einem lauten Knall. Leon saß in der Falle. Er konnte jetzt nur noch in zwei Richtungen. Durch die verriegelte Glastür oder über den Keller durch die Tiefgarage. Irgendwie konnte er sich für keinen der beiden Wege begeistern. Noch einmal rief er in Gedanken Lucians Namen. Erleichtert hörte er gleich darauf: „Versteck dich, ich bin nur noch 2 Bezirke von dir entfernt. Ich habe außerdem versssucht Cedric und die Alten zu informieren, aber sssie dürften alle in der Kirche sssein. Ich komme nicht zu ihnen durch." Leon schloss die Augen und dachte nach. Glastür, Garage, Glastür, Garage … Garage! Leon stand auf und rannte los. Er lief quer durch die Eingangshalle und stoppte abrupt, als sich die Eisentür, die zur Garage hinunterführte, mit einem Ruck öffnete. Ein weiterer Vampir betrat die Eingangshalle. Er hatte kurzes, schwarzes Haar und grinste Leon aus einigen Metern Entfernung hämisch an. Leon drehte sich um, doch wenige Meter in die andere Richtung stand wieder der Vampir von vorhin. Mit seinem stummen Lächeln und blutverschmierten Händen. Leon sah von einem zum anderen und keiner der beiden sagte auch nur ein Wort, als sie sich ihm langsam näherten. „Lucian … sag Cedric, dass ich ihm dankbar bin. Sag den Alten, dass sie mir eine Familie waren … und Lucian … es tut mir leid." Leon hatte den Satz in Gedanken beendet, als er die Stimme des Schattengängers hörte. „Leon! Ich bin da! Nur noch die Auffahrt …"

Der Stumme der beiden Vampire hatte Leon erreicht und legte ihm die Hände auf die Schultern. Leon wusste, dass es keinen Sinn mehr hatte sich zu wehren. Mit einem Klirren fiel der Steindolch zu Boden, den er bis jetzt fest in der Hand gehalten hatte. Seine Augen füllten sich mit Tränen als der Stumme ihn mit seiner immensen Kraft dazu zwang sich niederzuknien. Der andere Vampir trat nun an Leon heran und legte ihm die Hände auf beide Wangen. Er grinste noch immer und zwang Leon dazu, ihm ins Gesicht zu sehen. Im selben Moment prallte etwas mit gewaltiger

Wucht gegen die dicken Glastüren. Alle drei blickten zum Eingang und draußen stand Lucian. Seine Haut wechselte ständig die Farbe. Wenn er zurücklief um Anlauf zu nehmen, wurde er dunkel mit einzelnen hellen Punkten, beinahe wie der Nachthimmel. Sobald er sich mit seinem vollen Körpergewicht gegen die robusten Scheiben warf wurde er beinahe transparent. Leon wollte etwas rufen, doch der Stumme hielt ihm den Mund zu. Der Vampir der vor Leon stand, wandte sich seiner Aufgabe zu und drehte Leons Kopf wieder in seine Richtung. Er fixierte für ein paar Sekunden den Schattengänger, der sich immer noch unvermindert gegen die viel zu starken Glastüren warf, und sah Leon dann mit seinen eiskalten Augen an. „Du bist ein Mensch. Menschen sind Abschaum, Futter und Spielzeug. Wozu würdest du dich zählen?“ Leon empfing wieder Lucians Stimme. „Ich komm nicht durch, Leon! Verdammt! Ich konnte dich immer leiden! Ich war nie beleidigt! Du bissst ein guter Mensch! Und …“

„Spielzeug!“ Gordon, der Vampir, der die ganze Zeit über nichts gesagt hatte, sprach es aus und Luc, der ihm zu Hilfe gekommen war, nickte grinsend. Mit einem unmenschlich grausamen Schrei verstärkte er den Griff auf Leons Gesicht und trennte mit einem Ruck den Kopf vom Körper. Leons Körper zuckte und fiel zur Seite. Im selben Moment zerbarst eine Scheibe und ein blutender und von Glasscherben durchbohrter Lucian stand den beiden gegenüber. Er zog sich ein paar Splitter aus dem Gesicht und seine Züge spiegelten das pure Böse wieder. „Dann mal losss. Lassst unsss spielen …“

3

Vor Ralphs Augen zuckten Blitze und er hatte das Gefühl sich jeden Moment übergeben zu müssen. Julie hatte ihre Zähne noch immer in seinen Hals geschlagen und Ralph konnte ihr Herz in ihrer Brust schlagen hören. Er hatte keine Ahnung, dass er nur das Echo seines eigenen Pulses vernahm und es wäre ihm auch egal gewesen. Er schloss seine Augen und genoss das rhythmische Pochen. Es beruhigte ihn und er begann langsam und friedlich einzuschlafen. Keine Schmerzen mehr... keine Sorgen mehr... nur das Pochen ... tamm tamm ... tamm tamm. Julie hörte auf, sein Blut zu trinken und nährte ihn nun von ihrem eigenen. Ralph begann zu träumen. Er sah seine Mutter, die ihn ins Bett brachte. Sie gab ihm einen Kuss auf die Stirn und deckte ihn zu. Das Bild verschwamm. Als nächstes sah er Silvia. Sie stand ihm Regen und lächelte ihn an. „Ich liebe dich, Ralph. Wenn ich gehe, sei nicht traurig. Ein Teil von mir wird immer bei dir sein.“ Sie legte ihre rechte Hand auf seine Wange und Ralph konnte sie fühlen. Wieder verschwand das Gefühl und alles was übrig blieb war ... tamm tamm ... tamm tamm... aber wesentlich langsamer als zuvor. Julie kniete vor ihm und beobachtete, wie er starb, doch das wusste Ralph nicht. Er hatte schon wieder ein Bild in seinem Kopf. Diesmal war es eine Gruppe von Männern und Frauen die im Kreis um ihn herum standen und lachten. In der Mitte war ein Mann mit langen, schwarzen Haaren und dämonisch funkelnden Augen. Er sah Ralph an und grinste. „Willkommen, Julie, du hast die Ehre meine erste Tochter zu sein. Lebe dieses Leben oder stirb für immer. Wie du dich auch entscheidest

… du gehörst jetzt mir!“ Tamm … tamm … Dann war alles schwarz und still. Ralph sah und hörte auch nichts mehr. Das Herz, dem er gelauscht hatte, war stehen geblieben und würde nie mehr schlagen. Er empfand nichts. Ralph Desgardes war tot.

Cedric hob Ralph vorsichtig hoch und betrachtete ihn kurz. „Dein Vater hat mir mehr als einmal das Leben gerettet. Er sagte immer: Eines Tages…“ Cedric konnte Laurent Desgardes´ Stimme in seinem Kopf hören „…eines Tages, mein Freund, wird es soweit sein. Du stehst nicht in meiner Schuld, doch du wirst dich revanchieren können, wenn du das möchtest. Wenn nicht in diesem, dann im nächsten Leben. Ich weiß, dass ich dann auf dich zählen kann. Ich vertraue dir, mein Freund. Und das allein ist Grund genug, dein Leben noch viele Male zu retten.“ Cedric sah noch einmal in das Gesicht des Jungen und lächelte. Er sah seinem Vater sehr ähnlich und Cedric wusste, dass er auch Laurents Herz haben musste. Das allein war Grund genug, sein Leben noch viele Male zu retten. Als er die erste Stufe zum Gewölbe unterhalb der Kirche betrat, hörte er Claudius rufen, der soeben die Stufen vom Turm herunter lief.
„Herr! Ihr hattet Recht! Wir wurden beobachtet … doch anscheinend von jemand anders als wir erwartet hatten!“ Cedric blieb stehen und blickte verwirrt zurück. „Was meinst du damit?“ Claudius sprang die letzten paar Stufen auf einmal hinunter und lief quer durch das große Gebäude auf Cedric zu. Anscheinend hielt er etwas in seiner Hand. Als er den Kellerabgang erreicht hatte, musste er erst mal kurz durchatmen. „ Jemand … jemand hat uns von oben beobachtet …“ „Das hast du bereits gesagt, Claudius. Und

was ist daran jetzt so besonders?“ Claudius öffnete seine rechte Hand und offenbarte ein paar lange, schwarze Haare die ziemlich übel rochen. Cedric betrachtete die Beute und hob den Kopf. Seine Augen schimmerten rot und seine Stimme klang wie ein Donnergrollen, obwohl er das Wort flüsterte: „Werwolf…“

4

Luc prallte mit dem Kopf gegen die schwere Eisentür, durch die er vor wenigen Minuten gekommen war. Der Schlag war unglaublich hart gewesen und ehe er sich noch davon erholen konnte, war dieser Schleimer schon wieder vor ihm aufgetaucht und schlug mit der bloßen Faust mit unglaublicher Geschwindigkeit auf ihn ein. Irgendwo weiter hinten in der Halle hörte er Gordon stöhnen. Lucian ließ von Luc ab und flitzte in entgegen gesetzter Richtung davon. Wenige Augenblicke später schlug Gordon direkt neben Luc am Boden auf. Luc konnte sein rechtes Bein nicht bewegen. Es war irgendwo eingeklemmt und seine Arme schienen an mehreren Stellen gebrochen zu sein. Trotz der schnellen Heilung, die Vampire ihr Eigen nennen, schaffte er es noch immer nicht, sich aufzurichten. Gordon hingegen kniete neben ihm auf dem Boden und sah sich hektisch um. Der Schattengänger schien verschwunden zu sein. Luc starrte Gordon wutentbrannt an. „Du irischer Vollidiot! Ich stecke hier fest! Hilf mir!“

Gordon sah Luc kurz an, stand auf und durchsuchte mit seinen Blicken noch einmal die Halle. Nichts. Er öffnete mit einem Ruck die Tür zur Garage und warf Luc einen letzten Blick zu. „Hilf dir selbst…“ Die Tür fiel ins Schloss und direkt davor materialisierte sich Lucian, der jetzt wieder seine normale, schwarzblaue Farbe annahm. „Tja, mein Freund, dann sssind wir jetzt wohl unter unsss…“ Luc verspürte zum ersten Mal, seit er ein Vampir geworden war, so etwas Ähnliches wie Angst. Er versuchte zurückzuweichen, doch sein Bein steckte immer noch irgendwo fest. „Du Missgeburt! Wenn du mich anrührst, dann wird sich die Hölle auftun und dich verschlucken!“ Lucian kniete sich nun direkt neben Lucs Gesicht und lachte lauthals auf. „Glaub mir, Kumpel! Dort gibt esss nichtsss, wasss ich noch nicht gesssehen hätte! Noch ein letzter Wunsch?“ Luc fühlte in diesem Moment, dass seine Arme einen Teil ihrer Kraft wiederbekommen hatten. Er riss sie hoch und packte damit Lucians Handgelenke. „Ja, Missgeburt, ich wünsche dir den Tod!“ Lucian entzog sich mit Leichtigkeit dem festen Griff und packte Lucs Armgelenke mit eiserner Härte. Luc schrie auf, als Lucian ihm die Handgelenke brach. „Wunsch abgelehnt!“ Lucians Augen nahmen mit einem Mal eine goldene Färbung an und sein ganzer Körper ging in Flammen auf. Luc schrie unter Schmerzen, als er Feuer fing und verstummte wenige Sekunden danach. Die Kleidung loderte noch, doch von seinem Körper war nichts mehr übrig außer Asche. Die Flammen auf Lucians Körper gingen langsam aus und er sah auf den kokelnden Haufen zu seinen Füßen. „Dasss war für Leon … sssonssst noch Wünsche?“

5

Cedric begab sich mit dem schlafenden Ralph auf den Armen in die riesigen Kellergewölbe unterhalb der Kirche.

Er legte ihn behutsam auf ein vorbereitetes Bett. Leon hatte es für alle Eventualitäten immer wieder frisch überzogen und aufbereitet. Cedric war stolz auf seinen Ghoul. Leon war in all den Jahren ein guter Freund und eine wertvolle Hilfe gewesen. Es war wohl an der Zeit ihn vor die Wahl zu stellen. Sollte Leon sich für ein Leben in Freiheit entscheiden, er würde ihn gehen lassen. In knapp einer halben Stunde würde die Sonne aufgehen. Bis dahin musste noch einiges erledigt werden. Die Unordnung in der Kirche musste beseitigt, die Alten versorgt und das Gewölbe, sowie Cedrics Turm, mussten versiegelt werden. Er betrachtete Ralph noch einen kurzen Moment, dann begab er sich wieder zurück nach oben zu den anderen. Julie erwartete ihn am Kellerabgang und sah in mit großen Augen an. „Ich … ich weiß nicht wo ich hin soll, Herr. Bitte gestattet mir den heutigen Tag hier zu verbringen. Wenn er aufwacht werde ich für ihn da sein. Bitte, Herr. Schickt mich weg und Ihr schickt mich in den Tod.“ Cedric überlegte kurz, beugte sich dann zu Julie hinunter und gab ihr einen Kuss auf die Wange. „Geh zu ihm und bleib solange du willst. Ich vertraue dir und gehe davon aus, dass du weißt, was geschieht, wenn du mein Vertrauen missbrauchst.“
Er richtete sich wieder auf und sah die Angst in Julies Augen. „Fürchte dich nicht, mein Kind. Geh jetzt. Geh zu ihm. Das wird ein langer Tag für ihn … und dich. Da unten sind eine Dusche und ein voller Kleiderschrank. Such etwas aus, das zu ihm passt. Wir sehen uns heute Abend.“ Julies Augen glänzten und sie nickte lächelnd. „Danke, Cedric, ich werde Euch nicht enttäuschen.“ Sie machte Anstalten hinunter zu gehen, als sie sich plötzlich umdrehte und

Cedric stürmisch umarmte. Sie presste die Augen zusammen und schluchzte wie ein kleines Mädchen. Der alte Vampir war so überrascht, dass er nicht wusste was er tun sollte. Schließlich löste er sich aus ihrem Griff und strich ihr sanft übers Haar. „Schon gut, Kleine, jetzt geh und tu was ich dir aufgetragen habe.“ Julie schluchzte immer noch leise vor sich hin, als sie die Treppen hinunter ging und Cedric die Türe hinter ihr schloss. Er lächelte und schüttelte leicht den Kopf.

In einem anderen Bezirk der Stadt trafen ebenfalls einige Vampire Vorbereitungen für den Tag. Jedoch unter weitaus unfreundlicheren Umständen. Die Gruppe war seit ungefähr 10 Minuten vollständig, bis auf Gordon, Luc und Julie. Aus Bennys Kiste war kein Laut mehr zu hören und Rossoit schritt ungeduldig in der Unterkunft auf und ab. „Verdammt, Mirelle! Wie schwer kann es sein, einen Mann zu finden! Ich habe ihn markiert, Herrgott noch mal!“ Mirelle starrte Rossoit mit kaltem Blick an und antwortete nicht. Die restliche Gruppe hatte sich etwas abseits von den beiden versammelt und betrachtete das Schauspiel aus sicherer Entfernung. Der Kerberos lag gebieterisch in seiner Ecke, den Kopf erhoben und das hässliche Maul zu einer Grimasse verzogen, die irgendwie ein wenig an ein Grinsen erinnerte. Rossoit beachtete ihn jedoch nicht und schrie Mirelle weiter an. „Jetzt rede schon! Wo ist das Problem!?“ Mirelle zwinkerte und sah ein wenig verlegen zu Boden. „Es war nicht möglich in zu finden! Er ist nicht hier.“ Rossoit hob den Kopf und trat näher an Mirelle heran. „Was soll das heißen, er ist nicht hier?“ „Das heißt, der Vater des Mädchens befindet sich nicht in der Stadt, sonst hätte ich ihn gefunden.“ Rossoit schüttelte den Kopf und schien ein wenig verwirrt zu sein. „Aber … wundert sich der alte Mistkerl nicht, dass er seit Tagen nichts von seiner Tochter …“ Die Tür zur Unterkunft wurde aufgerissen und Gordon stolperte die Treppen hinab in den Keller. Die Gruppe wurde unruhig. Sie alle kannten sich jetzt schon viele Jahre, doch niemals hatte einer von ihnen Gordon so zugerichtet gesehen. „Gordon!“ Mirelle stürmte nach vorne und stützte ihren Geliebten. „Was zur Hölle ist mit dir passiert?“ Gordons Stimme war schwach und sein Gesicht mit mehreren Narben übersäht die offenbar nur sehr langsam verheilten. Er sah Mirelle kurz an und wandte sich dann, weiter auf sie gestützt, Rossoit zu. „Der schwarze Kerl. Der, der seine Farbe ändern kann. Er hat uns im Krankenhaus überrascht. Ich konnte gerade mal so entkommen, aber ich fürchte, Luc hatte nicht so viel Glück.“ Rossoit kochte nun vor Wut. „Diese widerliche Mistratte!“ Er schlug gegen eine der Betonsäulen, die den Keller durchzogen und brach ein großes Stück aus ihr heraus. „Wir sind Tage hinter dem Zeitplan, wir verlieren einen nach dem anderen, Julie ist weg und dann kommt uns auch noch ständig dieses schleimige Untier in die Quere!“ Er schlug noch einmal gegen die Säule und das Dach des Gewölbes gab ein drohendes Geräusch von sich. „Also schön, Freunde! Wir haben hier ein echtes Problem. Mein Sire ist in der Stadt und wir alle wissen, wozu Cedric DeMornay fähig ist. Julie ist zu ihm übergelaufen und hat dem kleinen Freund unserer dahingeschiedenen Schwester wahrscheinlich heute Nacht den Kuss gegeben …“ Ein Murmeln ging durch den Raum und die Gruppe tauschte Blicke aus. „… dazu kommt dieses Chamäleon, das uns nichts als Schwierigkeiten macht. Außerdem haben wir nur noch sehr wenig Zeit das zu finden, weswegen wir diese verfluchte Stadt überhaupt erst heimgesucht haben. Unser pelziger Freund da hinten, hat sein Herrchen angebettelt, mir zu zeigen, wer der Herr im Hause ist …“ Rossoit deutete auf die Narbe an seiner Wange. „… und zu allem Überfluss haben wir auch noch unseren Stadtführer verloren.“ Er sah nun von einem zum Anderen und musterte seine Kinder mit einer Mischung aus Abscheu und Hohn. „Ich befürchte, dass unter euch keiner ist, der mir eine Lösung für alle unsere Probleme anbieten kann …oder?“ Die Gruppe schwieg, einige sahen zu Boden, andere verlegen zur Seite. „Das dachte ich mir schon … und deshalb …“ Rossoit drehte sich zu Bennys Kiste um und seine Augen wurden rot „… präsentiere ICH sie euch!“ Im selben Moment krachte es wieder von innen an den Deckel der Kiste. Diesmal hielt er nicht mehr stand und sämtliche Nägel mit welchen er befestigt gewesen war, sowie der Deckel der Kiste selbst, wurden in hohem Bogen davon geschleudert.

6

Samira war nach der Begegnung mit Cedric nach Hause gefahren. Sie wohnte im 13. Bezirk, dem grünen Bezirk Wiens, in einer großen Dachgeschoßwohnung. Während sie die Treppen im Stiegenhaus hinaufging, spürte sie jeden Knochen in ihrem Körper. Sie war seit mehr als 20 Stunden wach und wollte nur noch schlafen. Als sie die Tür ins Schloss warf und im dunklen Vorraum stand, hob sie die Hand um das Licht anzuschalten, hielt dann aber inne. Sie zitterte. Und nicht nur die Finger an der erhobenen Hand, sondern ihr ganzer Körper. Sie ließ den Arm sinken und zog ihren Mantel aus. Nachdem sie sich auch der Stiefel entledigt hatte, brach sie zusammen. Der Weinkrampf kam überraschend und traf Samira unvorbereitet. Sie kauerte inmitten ihrer abgelegten Kleider und ihr ganzer Körper wurde durchgeschüttelt. Irgendwann schlief sie am Fußboden ein. Geweckt wurde sie eine knappe Stunde später, durch das schrille Läuten ihres Telefons. Samira schreckte hoch und sah sich um. Hektisch zog sie ihren Mantel an sich und fischte das Handy aus der Tasche. „...Wächter..." Sie gähnte und der andere Teilnehmer schien abzuwarten „Samira, Fischer hier." Kommissar Fischer war der Befehlshaber der Kriminalabteilung und Samiras direkter Vorgesetzter. „Samira ... hab ich dich geweckt?" Samira legte die freie Hand in den Nacken und drehte den Kopf ein paar Mal hin und her. „Nein, schon ok. Martin, was ist los?" Wieder herrschte Stille am anderen Ende der Leitung. „Martin?" Samira erhob sich langsam und bekam ein ganz mieses Gefühl. „Hör zu, Samira, hier ist die Hölle los. Wann kannst du im AKH sein?" „Im allgemeinen Krankenhaus? Was ist denn passiert?" „Wir brauchen dich umgehend vor Ort. Heute Nacht hat hier jemand den Portier getötet. Danach oder davor, das wissen wir noch nicht genau, hat dieser jemand zwei Wachmänner ermordet und in der Nähe der Säuglingsstation Feuer gelegt. Irgendetwas ist explodiert. Was genau, wird gerade untersucht. Jedenfalls sind bei der Explosion und dem Feuer weitere sieben Frauen und vier der Kinder umgekommen. Ist ein ziemliches Schlachtfeld hier." Samira stockte der Atem. Sie war mit einem Mal hellwach und bereits dabei ihren Mantel wieder anzuziehen. „Ich komme so schnell ich kann!“ Sie legte auf und eine halbe Minute später fiel die Tür hinter ihr ins Schloss.

Während Samira die Stufen zur Straße hinunterlief, tippte sie Cedrics Nummer ins Telefon. Es klingelte und nach dem zweiten Mal hob jemand ab. „Samira, mein Kind, wieso schläfst du nicht? Du hattest eine lange …“ „Leon ist tot!“ Samira lief über die Straße und sperrte ihr Auto auf. Sie setzte sich hinein und warf die Tür zu. „Cedric! Hast du gehört was ich gesagt habe?!“ Am anderen Ende der Leitung herrschte immer noch Stille und Samira lenkte ihren Wagen aus der zugeschneiten Parklücke. Sie sah auf ihre Uhr. Es war kurz vor halb sieben. Der Himmel über der Stadt begann eine hellere Färbung anzunehmen und sie wusste, dass es für Cedric nun zu spät war, etwas zu unternehmen. Nach ein paar Augenblicken, die ihr wie eine Ewigkeit vorkamen, hörte sie endlich Cedrics Stimme. Er sprach ruhig und sehr leise: „Was ist passiert …“ Samira bog in die Lainzer Straße ein und schoss mit ihrem Ford Richtung Hietzinger Kai. „Ich weiß es nicht, Cedric. Ich bin gerade unterwegs zum Krankenhaus. Mein Chef hat mich angerufen und gemeint, der Portier wurde ermordet. Das scheint aber noch nicht alles zu sein. Hör zu, Cedric, schließ dich in deinem Keller ein und sieh zu, dass du nach Sonnenuntergang vorerst die Kirche nicht verlässt. Ich werde zu euch kommen, sobald ich kann. Versprochen.“ „Danke, Samira … und bitte … pass auf dich auf. Wir wissen nicht wer das war und was er über uns alles weiß.“ Cedric legte auf und seine Worte hallten in Samiras Bewusstsein nach. Sie riss das Lenkrad nach links und der schwere Wagen schlingerte auf die linke Spur, nur wenige Zentimeter an einem verschlafenen Verkehrsteilnehmer vorbei, der es offensichtlich weniger eilig hatte als sie. Während sie die Straße, die beim Schloss Schönbrunn vorbeiführte, entlang raste, ging ihr Vieles durch den Kopf. Sie kramte aus dem Handschuhfach ein Päckchen Zigaretten hervor und zündete sich eine an.

7

Die umstehenden Vampire betrachteten die offene Holzkiste. Niemals zuvor war ein neues Kind des Meisters noch in derselben Nacht vollständig verwandelt worden. Der Kerberos hob den Kopf und knurrte. Aus dem Inneren der Kiste ertönte ein Brüllen als Antwort, das den Stein von der Decke bröckeln ließ. Nun drehte der Kerberos überrascht den Kopf und hechelte erfreut. Rossoit und die anderen gingen einen Schritt zurück und sahen sich verunsichert an. „Wo … Rossoit! Wo bin ich und wo ist Desgardes!?“ Die Gruppe sah, wie Finger ihren Weg aus der Kiste suchten und über den Rand gelegt wurden. Der Vampir setzte sich langsam auf und die Wand der Kiste krachte unter dem Druck seiner Hand. Benny saß aufrecht da und starrte in die Runde. Sein Haar war zerzaust und über seinen Augen lag ein leichter, grauer Schleier. Rossoit ging zu ihm und blickte Benny sanft ins Gesicht. „Komm, mein Junge, wir machen dich erstmal sauber und suchen dir frische Kleider. Danach werden wir besprechen, wie wir heute Nacht vorgehen werden.“ Benny sah seinen neuen Meister verwirrt an und fletschte die Zähne. „Was hast du aus mir gemacht … und wieso sollte ich bis heute Nacht warten?“ Er stemmte sich hoch und wollte die Kiste verlassen. Gordon, der am nächsten bei der Doppeltür zur Straße stand, legte die Hand auf eine der Klinken und öffnete die Tür einen Spalt. Die ersten, schwachen Sonnenstrahlen drangen in die Finsternis des Kellers und streiften Bennys Finger, die immer noch ein abgerissenes Holzstück umklammerten. Sofort fing die Haut darauf an, brüchig zu werden und Benny riss, brüllend vor Schmerz und Überraschung, die Hand hoch. Er legte sich flach hin und versuchte so dem tödlichen Licht zu entkommen. Gordon grinste und schloss die Tür. Er legte die schwere Kette vor und drehte sich, süffisant grinsend zu Benny, der vorsichtig aus der Kiste lugte. „Weil du dir keinen Sonnenbrand leisten kannst, Kleiner … na ja … zumindest nicht mehr als einen.“ Benny starrte wie irrsinnig zu Gordon und knurrte leise. „Dafür reiße ich dir den Kopf ab …“ Rossoit trat nahe an ihn heran und ging in die Knie bis ihre Augen auf gleicher Höhe waren. „Du wirst Gelegenheit bekommen, dich zu beweisen und wer weiß, vielleicht auch um dich an ihm zu rächen. Doch nun ist es wirklich wichtig, dass du ruhst. Was nützt es dir wenn du voll Zorn und Tatendrang an deinen Feind gerätst und blind vor Wut draufgehst, bevor du noch weißt warum? Ruhe … sammle dich … und heute Abend werde ich beginnen dir zu zeigen, was du kannst. Dir zu sagen, was du wissen musst. Und vor allem dich einzuweihen, in die Geheimnisse die du kennen musst, um den Sohn des Desgardes zu töten.“

Benny ließ sich wortlos in die Kiste zurücksinken. Wahnsinnige Gedanken durchzogen seinen Kopf, aber vor allem der Gedanke an Blut ließ ihn nicht mehr los. Er wusste nicht warum, aber er empfand dabei einen unglaublichen Durst. „Es stinkt hier drin!“ „Ja, mein Sohn, ich weiß. Aber du bist noch nicht ganz soweit, wie du gern wärst. Heute Abend werden wir dich auf Vordermann bringen.“ Benny schloss die Augen und hatte kurz darauf eine Szene vor Augen, die sich bis zur nächsten Nacht laufend wiederholen sollte. Er sah das Gesicht von Ralph Desgardes und es war blutüberströmt. Er hörte Ralphs Stimme. „Bitte … Benny … hör auf … sie kann nichts dafür und du willst das gar nicht!“ Dann sah er seine eigene Hand, die die vollen Haare einer sehr hübschen Frau, mit katzenartigen Augen, immer und immer wieder nach hinten riss. Sie schrie vor Schmerz und Benny fühlte wie es ihn erregte. Er sah noch einmal zu Ralph, der zusammengebrochen vor ihm lag und immer noch blutete. Mit einem Ruck brach er der Frau das Genick. Das Knacken und Ralphs schmerzerfüllter Schrei beendeten die Szene. Jedoch nur um sie wieder von vorn beginnen zu lassen.

Ein paar Kilometer stadteinwärts träumte auch jemand. Ralph lag in dem weichen Bett im Keller der Peterskirche und schlief. Sein Körper hatte gerade damit begonnen, sich von allem Irdischen zu trennen und Julie versuchte, ihn so sauber wie möglich zu halten. Sie sah auf die Uhr und langsam wurde ihr klar, warum sie so müde war. Es war sieben Uhr morgens und die Sonne ging sicher bereits auf. Als sie sich die Hände wusch, dachte sie an die nächsten Nächte. Sie dachte an Rossoit, der Ralph und sie jagen und bei der erstbesten Gelegenheit töten würde. An dieses komische, eidechsenartige Wesen, das sie überredet hatte, diesen Wahnsinn mitzumachen und sie dachte daran, was sie auf der Fahrt nach Wien gesehen hatte. Weit vor der Stadt hatte sie einen Wolf bemerkt, der geraume Zeit neben dem Zug hergelaufen war, jedoch nie versucht hatte aufzuspringen. Er schien den Zug gar nicht bemerkt zu haben und als sie versucht hatte, seine Gedanken zu lesen, hatte sie ein Gesicht gesehen, das ihr bis dahin nicht bekannt gewesen war. Seit letzter Nacht jedoch, wusste sie, wen der Wolf suchte. Sie hörte durch die stabile Tür ein Telefon läuten. Als sie die Stufen hinaufstieg um vernehmen zu können, wer da oben telefonierte, hörte sie die Stimme Cedrics und sie hoffte, dass er stark genug war für das was auf ihn zukam. Rossoit, Phiomet … und der Werwolf.

KAPITEL 6

SICHTWEISEN

1

Ralph lief einen langen, steinigen Gang entlang, der keine Fenster hatte und endlos schien. Die Mauern rund um ihn waren aus braunem Stein, ebenso wie der Boden. Sein langer, brauner Mantel flatterte um seine Beine und er hatte Mühe den Mann einzuholen, den er schon seit Stunden verfolgte. Die Armbrust in seiner rechten Hand war ebenso straff gespannt wie seine Nerven. Seine jahrelange Erfahrung im Umgang mit diesen Wesen ließen ihn routiniert zu Werke gehen, doch die ständigen Zeitsprünge machten ihm langsam ebenso zu schaffen, wie sein fortgeschrittenes Alter. Er war dem Werwolf schon öfters begegnet, aber er hatte sich vorgenommen, ihn heute ein für allemal zu erledigen. Um seinetwillen und für Cedric. Der alte Mann, der noch im selben Jahr ein Vampir werden würde und ihm im 20. Jahrhundert seit so vielen Jahren, wie ein Vater gewesen war, versteckte sich seit Tagen in seinem Haus und stand unsägliche Ängste aus. Seit der Wolf ihn vor fast 50 Jahren zum ersten Mal angegriffen hatte, war viel passiert. Die Tatsache, dass Cedric alleine war, während er diesen Abschaum jagte, missfiel Ralph. Er hatte das Vieh bis in dieses alte Bergwerk verfolgt und rannte nun schon geraume Zeit hinter ihm durch den verlassenen Minenschacht. Das Licht als schwach zu bezeichnen, war reine Übertreibung. Er kniff die Augen zusammen und sah plötzlich einen anderen Mann, der zwischen ihm und dem Tier aufgetaucht war. Ralph hob im Laufen die Armbrust und als er nahe genug gekommen war, erkannte er das Gesicht des Mannes. Er blieb stehen und ließ die Armbrust fallen. Er stand vor einer, zirka 10 Jahre älteren, Version von sich selbst. Der ältere Ralph trug ebenfalls einen Mantel, der allerdings schwarz und mit Ornamenten verziert war, und ein Schwert mit rot glänzender Klinge. Er trat auf sein jüngeres Ich zu und sah ihn ungläubig an. „Wer bist du?“ Ralph sprach mit einer Stimme, die nicht seine und doch vertraut war. „Ich bin dein Vater...oh Gott, pass auf!“ Er sah wie sein älteres Ich von einer riesigen Pranke gepackt und förmlich zerrissen wurde. Ein riesiger Werwolf mit einem fehlenden Auge starrte ihn an und lachte brüllend. „Jetzt kennst du die Zukunft, Laurent ... und was hilft es dir?“

Ralph wachte auf und schrie markerschütternd in den dunklen Kirchenkeller hinein. Julie lief vom Waschbecken zu ihm und drückte seine Schultern sanft zurück, so dass er wieder ins Bett sank. Sein Körper zitterte und aus seinen Augen flossen blutige Tränen. Er setzte sich langsam auf und krümmte sich unter dem Schmerz, der seine Eingeweide und den Kopf durchfuhr. „Mach langsam, Ralph, sonst wirst du wieder ohnmächtig.“ Julie half ihm, sich aufzusetzen und strich ihm dann sanft übers Haar. Er blinzelte und wischte sich das Blut von den Augen. Sein Blick blieb an seiner Hand haften und er spürte eine Gier in sich aufsteigen, die er bisher nicht gekannt hatte. Fragend sah er Julie an. Sie lächelte nur und nickte. Ralph betrachtete seine Hand noch immer und zögerlich leckte er sich ein bisschen Blut von einem der Finger. Er fühlte sich sofort besser und bemerkte, wie der Schmerz in Magen und Kopf nachließ. Als er seine Hand beinahe komplett gesäubert hatte, saß er schweigend da und wurde sich darüber klar was er gerade getan hatte. Ralph wurde übel und er erbrach sich über den Fußboden. Als er das Blut sah, dass sich aus seinem Mund ergossen hatte, fühlte er wieder diese Gier aufsteigen, doch Julie hielt ihn zurück, als er aufstehen wollte. Er legte sich wieder hin und sah sie verzweifelt an. „Was ist los mit mir? Was … bin ich?“ Julie strich ihm abermals durch die Haare, nahm seine Hand und küsste sie. „Du bist mein Kind“ Ralph schloss die Augen und spürte wie er müde wurde. „Ich weiß.“ Ralph hörte sich die Worte sagen, doch ehe er ihren Sinn verstehen konnte, war er wieder eingeschlafen.

2

Lucian blutete immer noch, als er durch die verschlungenen Kanäle unter der Stadt lief. Seine Wunden heilten relativ schnell, jedoch nicht so schnell wie die eines Vampirs. Er zog sich noch ein paar Glassplitter aus dem Gesicht und warf sie zu Boden. Ehe sie dort ankamen, war er schon hunderte Meter weiter. Er hatte eigentlich keinen Grund sich zu beeilen, da er vor Sonnenuntergang sowieso nicht nach oben konnte. Doch die Wut auf die Untoten und die Verzweiflung darüber, dass er hilflos hatte zusehen müssen, wie Leon getötet wurde, ließ ihn nicht los. Es war nun anscheinend an der Zeit zu anderen Mitteln zu greifen. Lucian konnte noch immer keinen geistigen Kontakt zur Gruppe herstellen. Aus irgendeinem Grund, war ihm das nicht möglich, wenn Cedric und die anderen in der Kirche waren. Hatte es etwas mit Gott zu tun? Gott … wer oder was war das eigentlich? Lucian hatte sich diese Frage, in all der Zeit die er lebte, immer wieder gestellt, doch er hatte nie eine passende Antwort gefunden. Er konnte sich nicht einmal erinnern wie alt er war und woher er eigentlich kam. Seit er Cedric und seine Freunde kennen gelernt hatte, war er nie besonders beliebt gewesen. Doch Cedric hatte ihm immer vertraut und dieser Umstand hatte Lucian gereicht. Er war zu Hause und das war das Einzige was zählte. Als Raziel und die anderen Schattengänger sich damals den Wölfen angeschlossen hatten, war nur Lucian bei Cedric geblieben. Cedric hatte niemals gefragt warum, weil er ihm ebenso vertraute, wie Lucian ihm. Leon hatte ihn damals bei sich wohnen lassen und Lucian hatte es geliebt den Ghoul zu ärgern. Obwohl sie sich gegenseitig immer wieder aufstachelten, waren sie im Geiste doch oft einer Meinung gewesen. Lucian verspürte den Drang zu weinen, doch irgendetwas in ihm unterdrückte das erfolgreich. Er bog nach links ab und als ihm mit einem Mal ein bekannter, fauliger Geruch in die Nase stieg, wusste Lucian, dass er bald am Ziel sein würde.

Als Cedric ihm vor Jahren das erste Mal erzählt hatte, was sich unter den Straßen der Stadt abspielte, hatte er ihm nicht so richtig glauben wollen. Angeblich befand sich unter der Stadt eine weitere Gesellschaft, die sich selbst als „Gemeinschaft der Vergangenheit" bezeichnete. Geprägt durch eine Hierarchie, die an den alten Werten der letzten Jahrhunderte festhielt. Geführt seit ewigen Zeiten durch einen edlen und gerechten Vampir. Sein Name war schon zu seinen Lebzeiten mehr als bekannt gewesen, doch würde er noch viele Jahre hindurch nachklingen. Matthias Corvinus Hunyadi, Erzfürst zu Wien und Bewahrer der Traditionen. Zu Zeiten Corvinus´, der über viele Jahrhunderte hinweg mit seiner „Gesellschaft" an der

Oberfläche gelebt hatte, wurde versucht eine Koexistenz mit den Menschen zu schaffen. Sie waren nicht nur Beute und Futter, sondern wertvolle und geschätzte Mitbewohner Wiens. Die Nahrung suchte man sich entweder in den Armenvierteln oder der Unterwelt. Corvinus ließ regelrechte Blutjagden auf Mörder, Diebe und Vergewaltiger ausrufen. Im Gegenzug schützte er die rechtschaffenen Menschen vor Allem, was ihnen schaden konnte. Seien es die Dämonen die damals, vor vielen Jahrhunderten, gemeinsam mit dem Fürst in die Zwischendimension verbannt wurden oder einfach unabhängige Vampire, die in Wien Jagd auf die Menschen machen wollten. Corvinus regierte gerecht, aber mit eiserner Härte. Bis zu dem Tag, als er aus den eigenen Reihen betrogen wurde. Corvinus kämpfte im Jahr 1939 an der Seite von Cedric und vielen anderen der „Gesellschaft“ gegen eine Überzahl deutscher Besatzer die soeben eine jüdische Familie ermorden wollte, als mitten im Kampf ein Dolch aus Stein seine Brust durchbohrte. Bis zum heutigen Tage war nicht geklärt, wer den Dolch geführt hatte. Die Deutschen hätten nicht wissen können, dass eine Steinwaffe so effektiv gegen einen Vampir war und somit war klar, dass Corvinus verraten worden war.

Als der Fürst fiel, wurde sein Körper nicht der Sonne ausgesetzt, sondern von seinem langjährigen Freund und Schüler Michel D´Hullivier beerdigt. Michel wollte den Tod seines Meisters niemals anerkennen und glaubte immer noch daran, dass Corvinus eines Tages dem Grab entsteigen und die alte Gesellschaft wieder herstellen würde. In heiliger Erde, unterhalb der Peterskirche ließ er ihn bestatten, den Dolch noch immer im Herzen. Cedric DeMornay überwachte die Arbeiten und ließ auf Corvinus´ Grab ein Mahnmal errichten. Lucian erinnerte sich an den eingemeißelten Satz und würde es wahrscheinlich für alle Zeit tun. „Hier ruht Matthias Corvinus Hunyadi, Bezwinger des Draculae, Sieger über die Dämonen und Vater vieler Kinder … er hat die Welt gerettet … unzählige Male.“

3

Lucian war so in Gedanken versunken, dass er beinahe in den kleinen, buckligen Mann gerannt wäre, der plötzlich vor ihm aufgetaucht war. Er bremste sich ein und der Kleine drehte sich zu ihm um. Er grinste den Schattengänger an und außer den beiden Fängen, die Vampire ihr Eigen nennen konnten, bestand sein Gebiss nur aus einigen schwarzen und vielen fehlenden Zähnen. „Hallo Lucian! Wohin soll’s denn gehen?“ Lucian verdrehte die Augen. „Max … lasss mich durch, ich musss zum Kanzler.“ Max war ein Vampir der Tiefe. Er war ein ziemlich kleiner Kerl mit wässrigen Augen und einer Maske die ein wenig an das Phantom der Oper erinnerte. Max wusste das und es gefiel ihm. Die „Vampire der Tiefe“ waren die heimlichen Herrscher der Kanalisation Wiens. Sie hatten entstellte Gesichter, teils durch Verletzungen vor ihrer Erschaffung, manche auch durch magische Wunden, die nicht mehr heilten oder durch Verbrennungen die bei Kontakt mit Sonnenlicht entstanden waren. „Du willst also zum Kanzler, oh, verzeih mir, du MUSST also zum Kanzler…“ Max kicherte und kratzte sich an einer unaussprechlichen Stelle. „Das hat nicht zufällig was damit zu tun, was in den letzten paar Nächten am Bahnhof und im Krankenhaus passiert ist?" Er neigte den Kopf zur Seite und sein linkes Auge zuckte ein wenig. Lucian trat näher an ihn heran und beugte sich zu ihm hinunter. „Sssagt dir der Name Tessier etwas?" Max wich ein wenig zurück und sein Grinsen erstarb. Er legte den Kopf in die Schultern und schien über irgendetwas nachzudenken, als von weit hinter ihnen eine Stimme die Stille zerriss. „Maaaaaaax!" Max zuckte zusammen und drehte sich um die eigene Achse.

Er fiel auf die Knie und streckte die Arme auf dem schmutzigen Boden aus. Er erinnerte dabei ein wenig an einen Moslem, der sich zum Beten niederließ. „Meister! Der Dämonenbastard will Euch sprechen, aber ich habe ihn nicht durchgelassen! Ich weiß, wie wichtig Euch die Stille ist und er kann doch nicht einfach, so … ich meine, da könnte ja jeder kommen …" Aus dem Dunkel des langen Gangs trat ein Mann in altertümlichem Gewand. Er war fast zwei Meter groß, blond und trug die Gesichtszüge eines Dreißigjährigen. Der Kanzler der Gesellschaft der Vergangenheit sah zu Max, der immer noch auf dem Boden herumkroch und schüttelte resignierend den Kopf. „Steh auf, Max. Das sollte eigentlich unter deiner Würde sein." Max hob leicht den Kopf und öffnete vorsichtig ein Auge „Aber, Meister. Ich muss Euch doch beschützen und … und so!" Der Kanzler sah Max mitleidig an und half dem kleinen Kerl auf die Beine. „Ach Max … du weißt doch … ich bin nie ohne Schutz." Aus den Schatten rund um die kleine Gruppe traten ungefähr zehn Vampire, die alle mit Schwertern und anderen Waffen ausgestattet waren und standen nun im Kreis um Lucian und die beiden anderen.

Max drehte sich von einem zum anderen und nickte ihnen allen eifrig zu. Dann bahnte er sich vorsichtig einen Weg durch die Leibwachen. „Ich gehe dann, wenn Ihr gestattet und werde mal die Ausgänge in den westlichen Bezirken überprüfen. Da finden sich immer so nette Sachen.“ Der Kanzler musste schmunzeln und nickte Max zu. „Geh nur, mein Freund, ich schaff das hier schon.“ Max verbeugte sich viel zu tief und sah dann zu Lucian. Er sah sich um, als ob er überprüfen würde, wer ihn aller beobachtete und machte dann noch eine unschöne Geste mit der rechten Hand in Richtung des Schattengängers, ehe er kichernd in den Kanal verschwand.

Lucian kannte Max und er wusste dass dieser nichts für sein Verhalten konnte. Er war nun mal einfach wie er war, geprägt von den vielen Narben, die sein Gesicht verunstalteten, aber im Grunde ein guter Kerl. Er schickte Max ein Zischen nach und wandte sich dann dem Kanzler zu. Lucian verbeugte sich und als der Kanzler eine Geste machte, die Lucian dazu aufforderte sich wieder aufzurichten, trat er näher an ihn heran. „Verehrter Kanzler, Michel D´Hullivier, ich trete hier vor Euch um im Namen Cedric DeMornay´sss und der Stadt die über der Euren thront, um Hilfe zu bitten.“ Einige der Wache rund um den Kanzler traten einen Schritt vor und Lucian ließ seine Hautfarbe etwas heller werden, sodass sie ihn besser sehen konnten. Er nickte den Wachen zu, die daraufhin wieder ein wenig entspannter wirkten und zurückwichen. Michel D´Hullivier schüttelte leicht den Kopf und ließ seine rechte Hand über den blonden Bart streichen, der seinen Mund umrandete. Er schwieg einige Zeit, bevor er Lucian antwortete. „Mein lieber Lucian, Schattengänger und Sprecher von Cedric, dem Weisen und Freund Matthias Corvinus´. Ich habe sehr wohl mitbekommen, was da oben los ist. Ist die Peterskirche und der Sarg meines Vaters in Gefahr?“ Lucian wusste nicht so recht, was er von dieser Frage halten sollte. „Nun ja, im Augenblick denke ich, sssollte die Kirche sssicher sssein. Cedric hat sssich dort eingeschlosssen, zumindessst hoffe ich dasss. Ich weiß esss aber nicht genau, da ich keinen Kontakt zu ihm habe, sssolange er im Gottessshausss issst. Wasss die Gruft angeht, ssso denke ich nicht, dasss sssie in diessser Sssache eine Rolle spielt. Zumindessst nicht für unssseren Feind.“ Der Kanzler sah ihn ruhig an und strich sich wieder über den Bart. „Dann sehe ich keinen Grund warum wir nach oben gehen und die sicheren Katakomben verlassen sollten …“ Lucian starrte ihn ungläubig an. Er konnte nicht fassen, was er soeben gehört hatte.

Der Schattengänger ging noch einen Schritt auf den Kanzler zu und sah ihn durchdringend an. „Der Ghoul von Cedric wurde heute Nacht ermordet. Tesssier issst in Wien … ich habe ihn ssselbst gesssehen und bereitsss dasss Vergnügen gehabt mit ihm zu kämpfen. Die Stadt issst in Gefahr! Kümmert Euch dasss überhaupt nicht?“ Michel D´Hullivier musterte Lucian mit einer Mischung aus Interesse und Hohn und setzte ein Lächeln auf, das vor Gleichgültigkeit geradezu triefte. „Du bist aufgeregt, Lucian, daher verzeihe ich dir, dass du so mit mir redest. Aber um deine Frage zu beantworten … Nein, Lucian, es interessiert mich nicht. Solange die Gesellschaft nicht bedroht wird und das Grab des Corvinus unberührt bleibt, kümmert sich die Gesellschaft weiterhin nur um die Gesellschaft." Mit diesen Worten verschwand der Kanzler dort wo er gestanden hatte und sein Gefolge tat es ihm gleich. Lucian stand wie angewurzelt da und starrte in die Dunkelheit vor ihm. Das stete Tropfen der Abwasserrohre war nun wieder das einzige Geräusch, das er hörte. Er ließ seinen Körper wieder die alte, schwarzblaue Farbe annehmen und machte sich auf den Rückweg. Er würde versuchen die Kirche über den Katakombenzugang zu betreten, doch war er sich sicher, dass Cedric diesen für den heutigen Tag verschlossen hatte. Auch egal. Lucian würde darunter sitzen und warten, bis es dunkel war. Er ging jetzt mit normaler Geschwindigkeit. Es war keine Wut mehr in ihm. Nur noch Traurigkeit und tiefe Verzweiflung darüber, dass ein starker und weiser Mann wie Michel D´Hullivier der Stadt und ihm seine Hilfe verweigert hatte.

4

In Rossoits Unterkunft war es still. Die Gruppe schlief und auch Benny hatte sich offensichtlich beruhigt. Der Deckel der Kiste war nicht mehr aufgesetzt worden und lehnte seitlich an dem hölzernen Sarg. Anscheinend war das dem Jungen lieber. Rossoit saß auf einer der Kisten in denen seine Kinder ihre Kräfte sammelten und hatte neben sich einige alte Schriftrollen und Bücher liegen. Eines davon hielt er in der Hand und konzentrierte sich auf die Worte die ihm so sinnlos erschienen.
„Doch sollte dereinst der Körper fallen, so wird die Seele bestehen. Unerreichbar für jene, die ihr schaden oder sie nutzen wollen, in einer Dimension, jenseits der Menschheit.

Brennende Tränen werden vergossen und mit dem Blut der Hölle besiegelt, auf das der Dämon seine wahre Größe zurückerlange. Die Artefakte werden verborgen und erblicken die erste Sonne beim letzten Atemzug. Wenn das dämonische Blut ird`schen Boden trifft, so wird er wieder auferstehen. Vergossen durch die Hand des Verbündeten. Unfähig ihn zu leiten, muss der Dämon verharren und warten. Am siebten Tag des elften Monats, wenn das Jahr des Christen sich mit der Zahl des Biestes kreuzt, muss das Artefakt geöffnet und das Blut vergossen werden. Dann wird das Unreine die Erde erneut regieren und die Menschheit in die Schatten drängen…"

Rossoit klappte das Buch zu und eine kleine Staubwolke erhob sich daraus.
Er legte es zu den anderen Unterlagen und schwang sich von der Kiste. Leise ging er im Gewölbe auf und ab. Er versuchte den Sinn zu finden, doch wollte es ihm nicht gelingen. So viele Spuren hatte er verfolgt und noch viel mehr Leben ausgelöscht, um das zu finden, was Phiomet verlangte. Was hatte er bis jetzt? Er wusste, dass es irgendein Artefakt gab, in dem sich offenbar das Blut des Dämons befand. Dieses Blut musste am siebten November 2006 durch die Hand eines Verbündeten vergossen werden und Erde berühren. Durch irgendwelche kosmischen Kräfte, die Rossoit herzlich egal waren, konnte Phiomet dadurch wieder in diese Dimension gelangen und die ewige Nacht einläuten. So weit so gut. Rossoit würde unbesiegbar werden und dann auch den Ring nicht mehr brauchen. Auch gut. In Frankreich waren im letzten Jahr einige seltsame Wesen mit blauer Hautfarbe und herausragenden

Fähigkeiten an ihn heran getreten und hatten ihm ihre Dienste angeboten. Eines Nachts war der Name „Phiomet“ gefallen und Rossoit hatte die elenden Würmer dazu gebracht, ihm alles zu erzählen, was sie mit diesem Namen in Verbindung brachten. Als endlich das Wort fiel, auf das er gewartet hatte, zwang er sie, ihm zu verraten, wo er das Artefakt finden konnte. Auf die Frage, worum es sich dabei handle, gaben sie ihm jedoch nicht mal eine Antwort, nachdem er sie in metertiefer Erde begrub und dort langsam verrotten ließ. Nur einer von ihnen, er nannte sich Raziel oder so ähnlich, sagte noch ein Wort ehe er starb … „Bruder“.

Rossoit hatte sich bisher nicht erklären können, was der Kerl damit gemeint hatte, bis er in Wien eben diesem „Bruder“ begegnet war. Wie hatte der alte Typ ihn genannt? Lucian … ja das war der Name. Dieser Lucian war unglaublich stark und hatte offenbar auch sonst einiges auf dem Kasten. Und was am wichtigsten war: Er war wohl der Einzige, der Rossoit verraten konnte, was das Artefakt war und wo man es in Wien finden konnte. „Nur noch drei beschissene Tage!“ Rossoit schlug mit der Faust in seine Hand. Er würde heute Nacht einen Schritt wagen, den er sich eigentlich hatte ersparen wollen, doch die Zeit rann ihm wie Sand durch die Finger. Phiomets Auftrag war unmissverständlich. „Bring mir das Artefakt, Rossoit Tessier, und ich werde dir Luxus und ewiges Leben geben. Nichts und niemand wird es wagen dich zu berühren und selbst die Sonne wird dann kein Problem mehr sein, denn ich werde sie erlöschen lassen. Versage, Rossoit Tessier, und deine Tage sind gezählt.“

Rossoit trat an Bennys Kiste und sah in das zuckende Gesicht des jungen Vampirs. „Schlaf mein Sohn. Heute Nacht werden wir dich unserem Feind vorstellen.“ Als hätte er die Worte im Schlaf gehört und verstanden, hörte Bennys Gesicht zu zucken auf und ein Lächeln setzte sich auf seine Lippen. Rossoit wurde unbehaglich und er wandte sich ab. Zu sich selbst sagte er nur noch einen Satz, ehe er sich ebenfalls zur Ruhe begab. „Und gnade ihnen Gott, wenn sie glauben, uns aufhalten zu können.“

5

Als Samira wenige Meter vor dem Haupteingang des Wiener Allgemeinen Krankenhauses parkte, fiel ihr als erstes die zerborstene Scheibe auf. Sie stellte den Motor ab und zog an ihrer Zigarette. Als sie ausstieg versank ihr Stiefel in zentimetertiefem Schnee. Sie seufzte und warf die Marlboro weg, die sie bis zum Filter abgeraucht hatte. Die Müdigkeit war in Anbetracht dessen was passiert war wie weggewischt, doch die Depression des Vorabends saß ihr noch tief in den Knochen. Samira hob den Kopf und betrachtete den Himmel über der Stadt, der bereits eine hellblaue Farbe angenommen hatte und nur noch ein wenig rosa schimmerte. Sie seufzte tief und warf die Autotür zu. Was auch immer sie da drinnen vorfinden würde, es würde einen Krieg beschwören, das war ihr klar. Sie kannte Cedric nun schon einige Jahre und die Tatsache, dass er keine Menschen tötete, ließ sie manchmal vergessen, wie grausam und unberechenbar er sein konnte, wenn man den Seinen etwas antat. Leon war mehr als das. Er war sein Freund gewesen und ein treuer Diener der Stadt. Langsam setzte sie sich in Bewegung und stapfte durch den Schnee auf die Empfangshalle zu. Cedric war am Telefon ganz ruhig geblieben, doch Samira war sicher, einen Unterton in seiner Stimme gehört zu haben, der ihr bisher nicht bekannt gewesen war.

Als sie durch den Rahmen der linken Eingangstür, wo nun kein Glas mehr war, stieg, kam ihr Martin Fischer mit Besorgnis erweckender Miene entgegen. Er sah ebenso müde aus, wie sie selbst sich fühlte und in seinem kantigen Gesicht sprossen Bartstoppeln. Kommissar Fischer war ein großer, schlanker Mann in den Fünfzigern, doch was Durchhaltevermögen und Scharfsinn anging, übertraf er seine jungen Kollegen um Längen. „Samira, gut, dass du so schnell kommen konntest. Das ist kein schöner Anblick, ich hoffe du hast noch nicht gefrühstückt." Samira versuchte zu lächeln und verzog das Gesicht zu einer bemühten Grimasse. „Schon ok, Martin, zeig mir wo der Portier getötet wurde. Ich möchte mir die Sache der Reihe nach ansehen." Als sie über Fischers Schulter hinwegsah, bemerkte sie, dass sie sich die Frage hätte sparen können. Leons Augen starrten sie aus seinem abgetrennten Kopf an, der neben einem mit einem Tuch bedeckten Torso lag.

Das Leichentuch war blutgetränkt und gleich daneben lagen einige verkohlte Kleidungsstücke. Fischer folgte ihrem Blick und nickte. „Dort drüben wurde er geköpft. Die Leiche wurde nicht bewegt, also gehen wir davon aus, dass es ziemlich schnell ging und direkt vor dem Abgang zur Garage passiert ist. Wem die Kleidung gehört und warum sie verbrannt wurde, wissen wir noch nicht." Samira ging an Fischer vorbei, der ihr schweigend folgte. Als sie vor Leons Kopf angelangt war, ging sie in die Knie und strich ihm leicht übers Haar. Fischer betrachtete sie mit skeptischem Blick. „Samira? Was …“ „Wer macht so was, Martin? Ich kannte diesen Mann … von früher. Er war ein guter Mensch. Er hat mächtige Freunde. Das war eindeutig ein Auftragsmord.“ Sie legte die Hand auf Leons Augen und schloss sie für immer. Obwohl sie ihn nur ein paar Mal getroffen hatte, war ihr der Mann von Anfang an sympathisch gewesen. Er hatte sie an ihren Vater erinnert, der auch immer ein wenig schnoddrig und zerknittert gewirkt hatte, aber in seinem Innersten ein guter Kerl gewesen war. Samira wischte sich eine Träne aus dem Augenwinkel und atmete tief durch. Sie wusste, dass, wer auch immer hierfür verantwortlich war, leiden würde. Cedric würde ihm das Herz herausreißen. Zum ersten Mal seit sie den Vampir kannte, hatte sie das Gefühl, als stünden sie auf derselben Seite.

Als Samira aufstehen wollte, fiel ihr etwas auf, das die Kollegen anscheinend übersehen hatten. Aus Leons Tasche ragte etwas heraus. Sie sah sich zu Fischer um, der allerdings gerade mit seinen Notizen beschäftigt war. Blitzschnell zog sie das Ding unter Leon hervor und ließ es in ihrem Mantel verschwinden. Sie stand auf und sah Kommissar Fischer durchdringend an. „Führ mich auf die Geburtenstation!“ Fischer nickte stumm und ging voraus. Samira steckte die Hände in ihre Manteltaschen und ihre Rechte umklammerte den großen Schlüssel, den sie gerade gefunden hatte.

6

Ralph träumte wieder und abermals befand er sich in dem Minenschacht. Diesmal verfolgte er den Werwolf in eine andere Richtung. Er sah an sich hinab und bemerkte, dass er einen langen, schwarzen Ledermantel mit eigenartigen, silbrig schimmernden Ornamenten trug. Er hob, immer noch laufend, den rechten Arm und betrachtete das mächtige Schwert in seiner Hand. Der Griff war offenbar aus reinem Silber und die breite Klinge schimmerte blutrot. Er wusste nicht warum er den Wolf verfolgte, noch ahnte er wie lange. Doch ihn zu töten, war der einzige Weg um alles rückgängig zu machen. Er hörte einen Schrei und er wusste, dass sein Vater seine Hilfe brauchte. Um Cedric würde er sich später kümmern, da er ja wusste, dass er ohnehin noch rechtzeitig kommen würde. Wieder durchbrach die schmerzerfüllte Stimme seines Vaters die Stille und hallte noch lange nach, während Ralph immer tiefer in den dunklen Bergstollen vordrang. „Junge!" Ralph erschrak beinahe zu Tode, als die eigentümliche Stimme hinter ihm auftauchte. Er blieb stehen und drehte sich um. Ein ungefähr ein Meter siebzig großes Ding mit schlangenähnlicher, fast schwarzer, Haut starrte ihn an und in seinen Händen waren Flammen. Er kannte dieses Wesen nicht, aber er erkannte die Art des Feuers. Es hatte dieselbe Farbe wie die des Monsters aus seinen früheren Träumen. Ralph wich instinktiv ein paar Schritte zurück, doch das Ding bewegte sich nicht. „Was willst du?! Verschwinde!!"
„Du musst das Gefäß finden, Junge!"

Ralphs Augen verengten sich zu Schlitzen. Er versuchte ein Gesicht oder Augen auszumachen, doch wollte es ihm nicht gelingen. „Was meinst du?! Ich verstehe nicht!“ Das dunkle Wesen stand noch immer reglos mit brennenden Handflächen da, als sich plötzlich an seiner Brust, ungefähr an der Stelle, an der ein Mensch das Herz hat, ein Schnitt bildete und Blut hervortrat. „Finde das Gefäß in den nächsten zwei Nächten und … und schütze es vor ihm!“ Ralph fuhr herum, als er die Stimme seines Vaters hinter sich hörte. Er stand ihm gegenüber, zum ersten Mal, stand er tatsächlich vor seinem Vater. „Vater, ich …“ Laurent hob die Hand und sah Ralph durchdringend an. „Hör mir zu, mein Sohn. Du musst alles tun, was in deiner Macht steht, um den Aufstieg Phiomets zu verhindern. Finde das Gefäß. Schütze es oder vernichte es bevor es zu spät ist. Wie du dich auch entscheidest … du musst es schnell tun!“ Als Laurent die Worte ausgesprochen hatte, zerriss etwas seinen Brustkorb und eine riesige Pranke fuhr durch den Körper des Mannes. Als der Werwolf sie zurückzog, fiel Laurent leblos zu Boden. Ralph starrte das pelzige Ungetüm an und erhob entschlossen schweigend seine Klinge. Abermals konnte er nur den Körper und die gigantischen Klauen sehen, doch kein Gesicht. Er stürmte mit gezogenem Schwert vorwärts und trieb dem Wolf das Schwert direkt ins Herz. Der Werwolf stürzte zu Boden und begann sich fast im selben Augenblick zu einem Menschen zu verwandeln. Nach wenigen Sekunden lag ein zarter, weiblicher Körper zu seinen Füßen. Eine Frau, ungefähr so alt wie er, mit langen, dunklen Locken und grünen Augen. Ralph kniete sich vor sie hin und legte ihr eine Hand unter den Kopf. Sie sah ihn mit tränenverschleiertem Blick an und aus ihrem Mund kam Blut. „W … wieso?“ Ralph wollte etwas sagen, als sie urplötzlich den Kopf hob und ihn in die Kehle biss.

Als er dieses Mal aus seinem Schlaf erwachte, war das blonde Mädchen weg. Er versuchte sich aufzusetzen und spürte einen unaussprechlichen Schmerz in seinem Magen, der sich über den ganzen Körper ausbreitete. Ralph drehte die Beine zur Seite und stellte seine Füße auf den steinernen Boden. Er bemerkte einen angenehmen, ja fast süßlichen Geruch. Neben dem Bett stand ein Krug mit einer roten Flüssigkeit darin. Er zog ihn an sich heran und setzte ihn an die Lippen. Bereits nach dem ersten Schluck war ihm klar, dass er Blut trank und es war ihm egal. Das Gefühl, das ihn durchströmte, war bis dahin einzigartig. Zuerst verschwand der Schmerz von einer Sekunde auf die andere, gefolgt von einem Gefühl emotioneller, körperlicher und ja, sogar sexueller Befriedigung. Seine Hände wurden mit einem Mal warm und selbst der dunkle Keller erschien ihm plötzlich so hell, dass er alles sehen konnte ohne auch nur zu blinzeln. Ralph trank den Krug leer und setzte erst ab, als er sicher war, alles bis auf den letzten Tropfen in sich aufgenommen zu haben. Er sah auf die Uhr an seinem Handgelenk. Es war zwanzig Minuten vor vier Uhr nachmittags. Sein Blick wanderte durch den Raum. Er sah eine Dusche und frische Handtücher, sowie Kleidung die ihm offenbar zurechtgelegt worden war. Über der Lehne des Stuhls auf dem die Sachen lagen, hing ein schwarzer Mantel. Ralph stand auf und sah an sich herunter. Er war komplett nackt und sauber. Erst hatte er Angst, er würde gleich wieder umkippen, doch die

Schwäche war zur Gänze aus seinem Körper entwichen. Er ging zu dem Stuhl und hob den Mantel hoch. Dieser trug genau die Musterung, die er aus seinem Traum in Erinnerung hatte. Auf den Kleidungsstücken lag ein kleiner Zettel. „Zeit sich fertig zu machen. Um fünf Uhr geht die Sonne unter, wir erwarten dich oben.“ Er legte ihn wieder zurück und ging zur Dusche. Als er das warme Wasser auf seiner kalten Haut spürte, war er zum ersten Mal seit Tagen wieder zufrieden. Silvia hatte er vergessen.

7

Einige Meter über Ralph war der tägliche Kirchenbetrieb in vollem Gange. Jeden Tag vor Sonnenaufgang wechselte Cedric die Position des Kirchenherrn mit Pater Andreas. Der Ghoul war ebenso zuverlässig wie alle anderen und er war einer der Wenigen, die sich anfangs gegen ihr Schicksal gewehrt hatten. Im Laufe der Jahre erkannte jedoch auch er, dass Cedric die Menschen schützte. Pater Andreas hatte ihn anfangs für den Teufel persönlich gehalten, doch nach der Sache mit der Brandstiftung hatte sich das geändert. Vor einigen Jahren hatten einige Jugendliche nachts eingebrochen, als Cedric nicht in der Kirche war und die Decke am Altar angezündet. Pater Andreas hatte geschlafen und nichts davon bemerkt. Das Feuer hatte bereits eine Kirchenbank erreicht und auch diese in Flammen aufgehen lassen, als der Vampir plötzlich die Tür zu den Priesterschlafgemächern aufgebrochen und Andreas ins Freie gebracht hatte. Danach löschte er die Flammen mit Hilfe der zwei Steinwachen vor der Tür und ließ alles aufwändig und teuer restaurieren. Kein böser

Mensch, oder was immer der alte Schotte auch war, würde so etwas tun. Seither hatte er die Anweisungen und Befehle Cedrics nie wieder in Frage gestellt.

An diesem kalten Nachmittag war Beichte und Andreas hatte wie immer in dem Beichtstuhl Platz genommen, der zu Leons Zimmer führte. Er war erst einmal drinnen gewesen und war auch froh gewesen es wieder verlassen zu können. Der Raum wurde früher dazu benutzt um Frauen und Kinder zu verstecken, die nicht des gleichen Glaubens waren, wie derjenige, der damals an der Macht war. Es war trotz der Hoffnung, die den Menschen dadurch gegeben wurde, ein Raum der Verzweiflung und Pater Andreas spürte das jedes Mal, wenn er im Beichtstuhl saß. Es war nun schon beinahe eine halbe Stunde vergangen und bisher war niemand zur Beichte erschienen. Das war nicht ungewöhnlich, da den meisten Menschen heutzutage, der Glaube an Gott oder Erlösung fehlte oder genommen worden war.

Es war sehr still in der Kirche und Pater Andreas schloss die Augen um die Stille zu genießen. Er mochte das. Den Geruch des alten Gotteshauses vermischt mit Weihrauch und dem Duft der Kerzen. Er legte den Kopf in den Nacken und ließ seine Gedanken schweifen. Als die schwere Kirchentür geöffnet wurde und kurz danach wieder ins Schloss fiel, musste Andreas lächeln. Er richtete sich auf und zog sein Priestergewand zurecht. Ein Schlurfen hallte durch das Kirchenschiff. Offenbar hatte der arme Teufel, der auf dem Weg war, seine Sünden abzulegen, einen schlechten Fuß. Die kleine Holztüre wurde geöffnet und wieder geschlossen. Der Mann auf der anderen Seite und Pater Andreas saßen sich nun gegenüber, getrennt von einem kleinen Holzgitter, das beiden den direkten Blick auf den anderen erschwerte. Der Priester hörte, dass sein Gegenüber ziemlich schwer und stoßartig atmete: „Segne mich Vater … denn ich habe … gesündigt.“ Der Mann hustete und es klang fast wie ein Bellen. Pater Andreas bemerkte den Akzent in seiner Stimme und er kam ihm bekannt vor: „Wann war deine letzte Beichte, mein Sohn?“ Der Mann auf der anderen Seite lachte leise und begann wieder zu husten. „Das ist viel zu lange her, Vater. Aber ich möchte Euch eine Sünde beichten, die ich erst begehen werde.“ Vater Andreas wurde mulmig zumute. Er räusperte sich und setzte sich etwas aufrechter hin. „Was meinst du damit? Was hast du vor zu tun?“ Keine Antwort. Der Priester lehnte sich etwas nach vorne, doch konnte er die Umrisse des Mannes nicht mehr ausmachen. „Mein Sohn? Welche Sünde wirst du begehen?“ Vater Andreas erschrak fürchterlich, als die Holztür auf seiner Seite des Beichtstuhls aus den Angeln gerissen wurde. Ein großer, blonder Mann in den Fünfzigern mit wild zerzaustem Haar und einer Augenklappe stand vor ihm und grinste ihn an. „Ich, Vater, werde einen Priester töten.“ Als er diese Worte ausgesprochen hatte, war es exakt vier Uhr nachmittags. Die Glocken der Peterskirche begannen zu läuten und die Krähen, die sich im Winter darunter einnisteten, flatterten protestierend mit ihren schwarzen Flügeln.

Die Kirche war noch immer leer und durch den Lärm den die Glocken verursachten, hörte niemand Vater Andreas’ Todesschreie, während der Mann mit der Augenklappe ihn von einem Ende der Kirche ans andere schleuderte. Der Priester griff instinktiv zu dem Kreuz an seinem Gürtel und umklammerte es, während er mit gebrochenen Beinen in die Richtung robbte, in der Cedrics Turm lag. Er wurde an den Haaren zurückgerissen und noch einmal durch die Kirche geworfen. Der Aufprall am Altartisch brach ihm das Genick. Der Mann mit der Augenklappe schlurfte langsam zum Altar und beugte sich runter. Er nahm Andreas das Kreuz aus der Hand und legte es ihm um den Hals. Dann öffnete er dem Priester das Hemd und begann ihm mit dem langen Nagel des rechten Zeigefingers etwas in die Brust zu ritzen. Als er mit seiner Arbeit fertig war, erhob er sich lächelnd, steckte die Finger in die Seiten seiner Windjacke und ging leise singend Richtung Tür hinaus. Vater Andreas lag mit aufgerissenem Hemd und blutendem Oberkörper an den Stufen zum Altar. Auf seiner Brust waren in kleinen purpurnen Buchstaben drei Worte zu lesen: *„Early one morning …“*

CEDRIC – Teil 3

Jack sah unruhig von dem Fremden zu Cedric und wieder zurück. Seine Stimme wirkte nervös. „Wer bist du?“ Der Fremde sah Jack an und lächelte. Er klappte die Seiten der Armbrust zusammen und steckte sie in ein Halfter an seinem Gürtel. Nur noch mit der Axt bewaffnet, begann er langsam auf Jack zuzugehen, der immer noch, wie ein Raubtier lauernd, sein Gewicht von einem auf das andere Bein verlagerte und zwischen Cedric und dem Fremden hin und her sah. Jacks Stimme wurde schrill. „Sieh lieber zu, dass du Land gewinnst!! Ich bring euch beide um!!“
Der Mann schob den Hut ein wenig nach hinten und sah Jack mit seinen stechenden, dunklen Augen durchdringend an. „Du wirst heute Nacht niemanden mehr töten, Jack.“ Er hob die Hand mit der Axt und trat zwischen den zitternden Cedric und seinen blutüberströmten, nackten Onkel. „Du hast fürs Erste genug Schaden angerichtet.“ Jack ging einen Schritt nach vorn, blieb jedoch stehen, als der Fremde die Axt noch ein wenig höher hob und den Griff der Waffe mit der zweiten Hand umschloss. „Das ist reines Silber, Jack … du weißt was das heißt, nicht wahr?“ Der Mann lächelte immer noch, doch in seiner Stimme war eine kalte Entschlossenheit zu hören, die weder Cedric noch Jack entging. „Du wirst jetzt gehen und nicht mehr wiederkommen. Der Junge ist ab heute in meiner Obhut und wenn du dich ihm noch einmal näherst, werde ich dich vernichten. Haben wir uns verstanden?“

Jack begann nun auf und ab zu gehen, ohne die beiden anderen dabei aus den Augen zu lassen. Er wirkte wie ein gehetztes Tier, das sich den nächsten Zug überlegte. Cedric hatte sich inzwischen hinter den Mann mit der Axt gestellt und wagte es nicht, einen Blick auf seinen Onkel zu werfen. Er hatte diesen Mann geliebt wie einen Vater und jetzt, nach all den Jahren, hatte er Angst vor ihm. Todesangst. Jack blieb nach einigen Sekunden stehen und starrte den Fremden mit einem irren Grinsen an. Das Blut auf seinem Gesicht war langsam am trocknen und verlieh seinen Zügen etwas Starres und Unheimliches. Schließlich verbeugte er sich tief, einen Arm am Rücken, den anderen vor der Brust und lachte dabei leise. Er richtete sich wieder auf und setzte sich langsam rückwärts in Bewegung.

„Wir werden uns wieder sehen, du Held …“ Wieder dieses Kichern. Der Fremde hob den Kopf und lächelte noch breiter als vorher. „Davon gehe ich aus, Jack.“ Als der Werwolf, der früher Jack DeMornay gewesen war, nach und nach im Nebel verschwand, begann er leise ein altes Volkslied zu singen, dessen Text Cedric nie mehr vergessen sollte: *„Early one morning, just as the sun was rising, i heard a young maid sing in the valley below…“* Ein Heulen, das von sehr weit her zu kommen schien, folgte und dann war alles still. Der Fremde hielt die Axt jetzt wieder nur in einer Hand und drehte sich zu Cedric um. „Alles in Ordnung, mein Junge?“ Cedric war wie betäubt. Zum einen von dem Schmerz der von seinem Körper Besitz genommen hatte. Zum anderen von der Verbitterung darüber, was gerade passiert war. Er musste mit den Tränen kämpfen und versuchte krampfhaft nicht ohnmächtig zu werden. Als er die ruhige, angenehme Stimme des Mannes hörte, hob er den Kopf und sah in das Gesicht seines Retters. Erst jetzt fielen ihm die Narben auf, die er trug. „W … was?“ Der Mann lächelte wieder und ließ eine Reihe weißer Zähne aufblitzen. „Ich habe dich gefragt, ob es dir gut geht." Cedric sah an sich hinab und mit einem Mal schoss ihm der Schmerz in sein gebrochenes Bein, das unter ihm zusammenknickte. Er hielt sich mit letzter Kraft an dem starken Arm des Fremden fest und versuchte durch seine verschleierten Augen hindurch ein Lächeln zu erzwingen. „Nicht … nicht wirklich. Sir, wer sind Sie?" Der Mann ließ Cedric behutsam zu Boden sinken und sah sich noch einmal um. Er schob die rechte Seite seines Mantels zurück und Cedric konnte einige Waffen und Geräte sehen, die ihm völlig unbekannt waren. Er zog ein kleines Kästchen hervor, das wie durch Magie zu leuchten schien. Der Fremde legte seine Stirn in Falten und drehte sich, das Gerät vor den Augen, ein paar Mal um sich selbst. Schließlich steckte er es wieder ein und ging in die Knie, um Cedric vorsichtig auf seine Arme zu nehmen. Der Fremde begann Richtung Dorf zu wandern und setzte wieder sein Lächeln auf. „Laurent … Laurent Desgardes."

KAPITEL 7

LEHRER UND SCHÜLER

1

Ralph stieg die steilen Stufen hinauf und stand nun vor der schweren Holztüre, die den Keller vom Kirchenschiff trennte. Er hörte Stimmen von der anderen Seite und versuchte zu verstehen, was gesprochen wurde. Die Stimmen waren jedoch zu leise und Ralph konnte nicht ausmachen, wer da draußen war. Er legte die Finger seiner rechten Hand um den großen Schlüssel und drehte ihn einmal nach links. Mit einem Mal begannen die Glocken der Peterskirche zu läuten und Ralph musste sich die Ohren zuhalten, da er befürchtete, sein Trommelfell könnte platzen. Nachdem das Läuten nach dem vierten Durchgang vorbei war, nahm er die Hände runter und drehte den Schlüssel ein zweites Mal nach links. Das Schloss klickte und Ralph wollte den schweren Türgriff hinunterdrücken, als er jemanden leise singen hörte. Er legte sein rechtes Ohr an die Tür, doch alles was er noch mitbekam war, dass die Eingangstür der Kirche geschlossen wurde. Dann war wieder alles still. Er sah noch einmal auf die Uhr … es war jetzt zwei Minuten nach vier. Er überlegte kurz und beschloss dann, die Türe wieder abzuschließen. Um fünf wurde es dunkel und er hatte genug schlechte Filme gesehen um zu wissen, warum Julie ihm die Nachricht hinterlassen hatte.

Während Ralph die Treppen zum Keller wieder hinunter stieg, war viele Meter über ihm, ebenfalls ein Vampir damit beschäftigt, auf den Sonnenuntergang zu warten. Cedric saß in einem großen Lehnstuhl aus schwarzem Leder. In seiner Hand befanden sich zwei kleine Glaskugeln. Eine davon war schwarz, die andere in reinstem weiß gehalten. Leon hatte ihm diese Kleinode zum Geschenk gemacht, nachdem das erste Jahr in Cedrics Diensten um gewesen war. Er hatte sie extra anfertigen und in beide Kugeln etwas eingravieren lassen. In der Schwarzen war „Μίσος” eingefasst, das griechische Wort für Hass, während auf der Weißen „Αγάπη” für Liebe stand. Cedric hatte das Geschenk zögerlich doch erfreut angenommen, auch wenn er sich der Bedeutung nicht bewusst gewesen war. Bis heute. Er ließ die Kugeln in seiner Hand um sich selbst kreisen und überlegte, wie er vorgehen würde. Er könnte Rossoit Tessier einfach aufstöbern und mitsamt seiner Brut vernichten. Doch nach den Ereignissen der ersten Nacht hatte er erkennen müssen, dass Rossoit stärker geworden war. Wenn selbst Lucian Schwierigkeiten damit hatte ihn festzuhalten, dann war irgendetwas mit Tessier nicht in Ordnung. Er spürte den Hass wieder in sich aufsteigen, genau wie heute Morgen, als Samira ihn angerufen hatte, um ihm von Leons Tod zu berichten. Cedric hatte ihrer Stimme gelauscht und war, nachdem er Vater Andreas Anweisungen für den Tag gegeben hatte, ruhig und gefasst in seinen Turm gegangen.

Cedric verweilte gerne in seinem Turmzimmer. Es befand sich direkt unter den Glocken und war nur aus einer Richtung begehbar. Als er damals die Kirche renovieren hatte lassen, war das Zimmer entdeckt und nach seinen Wünschen umgebaut worden. Es war jetzt kurz nach vier Uhr nachmittags und Cedric hatte eine Unruhe in sich, wie er sie schon sehr lange nicht mehr verspürt hatte. Er hatte zuvor die Glocken leise läuten hören. Das Zimmer war so schalldicht isoliert, dass er vermutlich nicht mal mitbekommen würde, wenn in der Kirche eine Bombe explodieren würde, wären da nicht die Erschütterungen. Er lehnte sich zurück und schloss kurz die Augen. Wieder und immer wieder ließ er die beiden Glaskugeln in seiner Hand kreisen, ohne dass sie sich berührten. Liebe und Hass. Die Liebe zu Leon … der Hass auf Tessier. Cedric fasste einen Entschluss und schloss die Hand zu einer Faust, wobei die Kugeln mit einem leisen „klack" endlich aufeinander trafen. Er stand auf und ging quer durch den Raum zu einem antik anmutenden Schreibtisch. Er setzte sich auf den ebenfalls sehr alten Stuhl, der davor stand, und begann auf schönem, gelbem Pergament zu schreiben.

„Verehrter Kanzler! Die Stunde ist nun gekommen, den Gefallen einzufordern, den ich bei Euch noch gut habe. Die folgenden Worte sind für Euch bestimmt … nur für Euch …"

Während Cedric schrieb, begann es vor den Toren der Kirche langsam etwas neblig zu werden. Die Krähen unter dem Kirchturm waren verstummt und der Wind hatte fast zur Gänze aufgehört zu wehen. Es dauerte jetzt nicht mehr lange, bis die Dämmerung einsetzte und die Dunkelheit die Stadt bedecken würde, wie ein sanfter Mantel. Dann war es an der Zeit, Rache zu nehmen. Cedric musste bei diesem Gedanken lächeln … und das erschreckte ihn.

2

Julie konnte nicht glauben, was sie in den letzten zwei Stunden gehört hatte. War Rossoit tatsächlich so verrückt und seelenlos? Sie hatte an Ralphs Bett gewacht, als sie plötzlich ein Poltern hörte, das von der anderen Seite des Kellerbodens zu kommen schien. Irgendjemand oder -etwas versuchte anscheinend durch den Boden des Raumes ins Innere zu gelangen. Julie war aufgestanden und in die Richtung gegangen aus der die Geräusche kamen, als mit einem Mal alles wieder ruhig war. Dann hörte sie eine Stimme, die ihr noch sehr gut in Erinnerung war. „Issst jemand da oben? Der Zugang issst verriegelt. Lassst mich rein! Esss issst etwasss Furchtbaresss passsiert!“ Julie wusste, wem dieses Gezische gehörte und nach kurzem Überlegen antwortete sie: „Hör mal! Hier ist kein Zugang!“ Lucians Stimme erklang nach einer kurzen Pause erneut. „Wer bissst du? Und wie kommssst du insss Exil?“ Julie vermutete, dass der Raum in dem sie auf Ralphs Verwandlung wartete so bezeichnet wurde. Sie fand das ziemlich passend, ihre eigene Situation bedenkend. „Ich bin Julie, das Mädchen, das du am Bahnhof angesprochen hast. Ich habe deinen Rat befolgt und gehöre jetzt zu euch. Sag mir wie ich den Zugang finde, dann kann ich dich reinlassen.“

Wieder war es kurz still. „Issst Cedric bei dir?“ „Nein. Ich weiß ehrlich gesagt nicht so genau wo er ist. Ich bin hier mit Ralph alleine.“ „Ralph? Wer issst Ralph?“ Julie war jetzt endgültig verwirrt. War der Junge nicht der Grund gewesen, weswegen der Schlangentyp sie überhaupt angesprochen hatte? „Sag mir wie ich dich reinlassen kann, dann erkläre ich dir alles.“ Diesmal war es länger still als zuvor und Julie war sich nicht sicher, aber sie glaubte den Schattengänger leise fluchen gehört zu haben. „Alssso gut. Wenn du zur Dusche gehssst, stehssst du vor drei blauen Fliesssen die in den Boden eingelasssen sssind und sssich ein wenig von den anderen unterscheiden. Drücke auf die mittlere." Julie ging zum Waschtrakt des Kellers und tat genau das. Ein kurzes Klicken ertönte und der Bereich des Fußbodens, auf dem sie vorher gestanden hatte, begann kreisförmig blau zu leuchten. Eine Sekunde später erlosch das Licht und Lucian stand im Raum. Julie hatte immer noch die Hand an der blauen Fliese und den Mund weit offen. Lucian lächelte sie schief an. „Fassst wie auf der Enterprisssse, wasss?"

Er glitt an das Bett auf dem Ralph lag und legte den Kopf schief, während er den schlafenden Vampir betrachtete. „Ach … er…" Seine Stimme klang merkwürdig unruhig und sein ganzer Körper schien irgendwie hin und her zu schwanken. Lucian drehte sich zu Julie um und seine Augen hatten einen leichten goldenen Schimmer angenommen. „Wie weit issst er?" Julie hörte die Besorgnis in Lucians Stimme, konnte sie aber nicht richtig deuten. „Wenn die Sonne untergegangen ist, wird er es uns zeigen, schätze ich." Lucian nickte schweigend und sah wieder auf Ralph hinab, der ruhig auf seinem Bett lag und träumte. „Die nächsssste Nacht wird ziemlich unangenehm. Für dich, für mich, für ihn … für die ganze verfluchte Stadt, schätze ich. Wenn Cedric erfährt, wasss ich ihm sssagen will, wird kein Stein auf dem anderen bleiben." Der Schattengänger sah Julie an und seine Augen waren jetzt wieder schwarz und ausdruckslos. „Du sssolltessst dich glücklich schätzen, jetzt auf unsssserer Ssseite zu stehen." Danach ging er normalen Schrittes auf Julie zu und nahm ihre Hand. Sie war überrascht wie menschlich sich diese anfühlte. Er zog sie leicht zu dem unsichtbaren Eingang des Kellers.

„Komm mit. Ich musss dir ein paar Sssachen erzählen. Wir werden unsss aber ein anderesss Plätzchen sssuchen. Der Junge sssoll ssseine Ruhe haben. Wer weiß, wann er dasss nächsssste Mal dazu kommt ein wenig zu schlafen.“ Der Teleportvorgang zurück nach unten war im Nu um und außer einem kleinen, blauen Blitz war davon nichts zu bemerken. Lucian und Julie waren jetzt in einem Kanal weit unter der Stadt. Sie gingen um ein paar Ecken und setzten sich dann auf ein relativ sauberes Abwasserrohr. Lucian erzählte ihr von den Vorfällen im Krankenhaus, Leons Tod, der Gesellschaft der Vergangenheit und seinem erfolglosen Gespräch mit dem Kanzler, Michel D´Hullivier. Als er fertig war, herrschte einige Zeit Ruhe zwischen den beiden.

Julie griff schließlich nach Lucians Hand, den das sehr zu verwirren schien. Er sah sie mit großen Augen an und sie lächelte. „Du hattest Recht, Lucian, ich sollte mich tatsächlich glücklich schätzen jetzt zu euch zu gehören. Und … ich würde mich sehr geehrt fühlen, dich als Freund bezeichnen zu dürfen. Du wärst der Erste, den ich seit vielen Jahren hätte.“ Lucian lächelte und legte seine zweite Hand auf Julies. „Die meisten der anderen denken, ich bin eine Missgeburt und Laune des Schicksals …“ Julies Lächeln erstarb und nun war sie es deren Augen größer wurden. Lucian sprach nun mit einer ziemlich tiefen Stimme und kein einziger Zischlaut kam aus seinem Mund „… und was wäre ich für ein Freund, würde ich ihnen ihre Illusionen nehmen.“ Sie sahen sich kurz an und trotz all dem Schmerz und Kummer, der ihnen in den letzten Stunden widerfahren war, mussten beide herzlich lachen.

Wie hätten sie auch wissen sollen, dass nach Leons Tod, nun auch noch der letzte Vertraute Cedrics, Vater Andreas, zur selben Zeit viele Meter über ihnen grausam ermordet wurde?

3

Als Gordon den Deckel seiner Kiste anhob, war der Rest der Gruppe bereits wach. Sie standen alle im Kreis mit dem Rücken zu ihm und schienen über irgendetwas zu diskutieren. Er schwang seinen Körper aus seinem „Bett“ und klopfte sich Staub und Sägespäne aus der Kleidung. Ein Grunzen erklang hinter ihm und als er sich umdrehte, bemerkte er, dass der Dreck den er soeben beseitigt hatte, nun an dem Kerberos haftete, dem das nicht zu gefallen schien. Anscheinend hatte das Tier neben seiner Kiste geschlafen. Gordon konnte das Vieh genauso wenig ausstehen, wie die anderen, aber nach Rossoits letzter „Diskussion“ mit dem Höllenhund, hielt er es für angebracht ihm aus dem Weg zu gehen. Er machte eine unschöne Geste in Richtung des Tiers und ging zu den anderen. Er bahnte sich einen Weg durch die Gruppe und stand plötzlich dem Neuen gegenüber. Rossoit hatte ihn offenbar neu eingekleidet und er ließ sich nun von den anderen bewundern. Auch Mirelle stand in der Gruppe und machte keinen Hehl daraus, dass der Neuzugang ihr offensichtlich gefiel. „Na Kleiner?“ Gordon schritt nach vorn und trat bis auf einen halben Meter an Benny heran. „Denkst wohl Kleider machen Leute, was? Schon vergessen, was ich dir gestern gezeigt habe, Bennylein? Die schönen Anziehsachen werden dich auch nicht vor dem bösen Sonnenlicht …“

Das letzte Wort blieb Gordon im Hals stecken, als Benny blitzschnell seinen rechten Arm nach vorne schnellen ließ und den Vampir an der Gurgel packte. Er hob ihn einen knappen Meter über den Boden. Gordon versuchte sich stöhnend aus dem stahlharten Griff zu befreien, doch die Hand, die seine Kehle umschloss, verstärkte den Druck. Benny sah ihn mit nachtschwarzen Augen an und seine Stimme war tief und kalt. „Nein, ich habe es nicht vergessen. Ich könnte dir jetzt einfach so den Hals abquetschen und deinen Kopf auf meinen Nachttisch stellen. Was hältst du davon … Gordy?“

Der Rest der Gruppe war zurückgewichen, nur Rossoit stand noch immer hinter Benny und beobachtete das Schauspiel schweigend. Gordon suchte seinen Blick, doch der Anführer schien sich nicht dafür zu interessieren, was hier passierte. Er legte Benny eine Hand auf die Schulter und senkte den Blick. Gordon sah keuchend zu Mirelle, die offenbar geschockt seinen Hals anstarrte, der immer dünner zu werden schien. Benny legte den Kopf schief und lächelte grausam. „Ich sage dir das jetzt einmal und dann nie wieder.“ Er zog Gordon wie eine Puppe nah zu sich heran, bis sich ihre Lippen fast berührten. „Ich heiße Ben.“ Seine Stimme war jetzt fast nur noch ein Flüstern. „Noch so eine Aktion und ich mach dich kalt. Haben wir uns verstanden, Gordy?“ Er drückte noch ein wenig fester zu und die Wirbel in Gordons Nacken knackten bedrohlich. Der Vampir nickte unter Schmerzen und Ben ließ ihn los. Gordon fiel zu Boden und blieb einige Sekunden reglos liegen. Mirelle wollte zu ihm laufen, doch Rossoit hielt sie zurück und schüttelte den Kopf. Ben trat einige Schritte zurück und stellte sich neben seinen Meister, der nun das Wort ergriff. „Liebe Freunde … wir haben ein neues Mitglied und mit ihm neue Stärke erhalten. Uns bleiben zwei Nächte, um das Artefakt zu finden, in dem sich das Blut des Dämons Phiomet befindet.“ Beim Namen seines Herrn hob der Kerberos kurz den Kopf, um gleich darauf grunzend wieder einzuschlafen. „Ich möchte euch nochmals eindringlich daran erinnern, was für uns alle auf dem Spiel steht! Die ewige Nacht kann unser sein … oder der endgültige Tod, wenn wir versagen! Forscht, lest, sucht unter jedem verdammten Stein nach der Lösung! Wir stehen kurz vor dem Ziel. Es liegt in unserer Hand, das fehlende Stück einzufügen. Ich vertraue auf euch und bitte jeden einzelnen nochmals darum vorsichtig zu sein. Wir haben letzte Nacht den engsten Vertrauten von Cedric DeMornays getötet. Er wird sich rächen. Sollte er heute Nacht die Kirche verlassen, dann werden Ben und ich dort eindringen und seine Zuflucht niederbrennen. Wenn wir uns wieder sehen, erwarte ich Ergebnisse! Jetzt geht! Ich liebe euch.“

Die Vampire verneigten sich vor ihrem Herrn und sammelten sich auf dem Platz vor der Unterkunft. Danach verstreuten sie sich in den dunklen Gassen der Stadt. Gordon, Mirelle, Ben und Rossoit waren die Letzten im Keller. Mirelle half Gordon auf die Beine, der es zwanghaft vermied, Ben oder seinem Herrn in die Augen zu sehen. Rossoit wandte sich den beiden zu. „Ihr zwei werdet mir heute Nacht ein besonderes Geschenk machen dürfen.“ Er

lächelte gütig und seine beiden Kinder wussten, dass ein Versagen jetzt nicht mehr geduldet werden würde. „Sucht UND findet mir endlich den Vater von Silvia! Kommt ihr ohne ihn, ist euer Dasein beendet. Verstanden?“ Gordon und Mirelle nickten gleichzeitig und traten ebenfalls ins Freie. Als sie alleine waren sah Rossoit Ben durchdringend an und legte ihm beide Hände auf die Schultern. „Bist du bereit, den ersten Schritt in eine bessere Zukunft zu tun?“ Ben sah seinen Meister emotionslos an „Ich dachte schon du würdest nie fragen. Nur ein toter Desgardes …“
Rossoit grinste seinen neuen Sohn freudig an und beendete dessen Satz „… ist ein guter Desgardes.“

4

Ralph fuhr aus dem Stuhl hoch, in den er sich gesetzt hatte. Er musste wohl noch einmal eingeschlafen sein. Sein Kopf hatte wieder zu schmerzen begonnen, aber wesentlich leichter als zuvor. Er sah auf die Uhr an der Wand und stellte fest, dass er nur eine knappe Stunde geschlafen hatte. Es war jetzt kurz vor fünf. Die Sonne sollte jetzt eigentlich bereits ziemlich tief stehen oder schon untergegangen sein. Er hatte keine Ahnung, ob er noch etwas geträumt hatte oder nicht, doch die Erinnerungen an die Visionen die er in den letzten Stunden durchlebt hatte, saßen ihm noch tief in den Knochen. Sein Vater, der Werwolf, das rote Schwert … und der eigenartige schwarze Kerl mit der tiefen Stimme. Was hatte er gesagt? Ralph legte seine Hände an die Schläfen. „Finde das Gefäß bevor er es findet…“ Was zum Teufel meinte er damit und wieso fühlte Ralph sich so unwohl, wenn er an das merkwürdige Geschöpf dachte?

„Vielleicht weil ich sssо hübsch bin?“ Die Stimme fuhr durch seinen Kopf wie eine Rasierklinge. Ralph sprang aus dem Stuhl und sah sich hektisch um. Am Fuß der Treppe die nach oben führte, saß Julie mit einem Lächeln auf ihren Lippen. Als sie Ralph mit erhobenen Fäusten und weit aufgerissenen Augen sah, kicherte sie leise und winkte ihm zu. Neben Julie saß noch jemand, doch Ralph konnte ihn nicht richtig erkennen. Er sah nur einen leichten Umriss der aussah, als wäre er in die Wand eingemeißelt.

„Was … was ist das?“ Julie sah Ralph überrascht an und drehte sich dann zur Wand. „Merde! Lucian!“ Mit einem weiteren Kichern stieß sie den Schattengänger in die Seite, der die Farbe der Wand angenommen hatte und nun seinerseits ein wenig kichern musste. „Sssorry … Hallo, Kleiner! Du wirssst esss mir nachsssehen, hoffe ich, dasss ich ein bissschen in deinem Kopf herumgespukt habe.“ Lucian materialisierte sich direkt neben Julie und Ralph erkannte mit Schrecken das Wesen aus seinem Traum. Er ging einen Schritt zurück und ließ die Arme sinken. „… Du …“ Lucians Grinsen erstarb und auch Julie kicherte nicht mehr. Der Schattengänger erhob sich und schlängelte sich blitzschnell vom Treppenabsatz bis direkt vor Ralphs Gesicht, der erschrocken zurückwich. „Ich wasss …“ Lucians Augen blitzten gefährlich und Julie ging entspannt auf die beiden zu. „Lass gut sein, Lucian, ich glaube der gute Ralph hat jetzt schon Respekt genug vor dir.“ Lucian zwinkerte Ralph zu und zischte wieder zur Treppe wo er sich niederließ. Ralph sah an sich hinunter. Er hatte die neuen Sachen an, die man ihm zurecht gelegt hatte. Der schwere Ledermantel mit den silbernen Ornamenten erschien ihm federleicht. Die schwarzen Stiefel mit den Stahlkappen wurden zum Teil von einer ebenfalls schwarzen Jean verdeckt, die mit einem breiten Gürtel fixiert war. Sein Oberkörper wurde von einem T-Shirt mit dem Logo der Band „The Ramones“ bedeckt. Unter dem Sternenemblem stand offenbar der Slogan der Musiker „Hey Ho! Let´s Go!“

Ralph kannte das Lied und er fand den Spruch, angesichts seiner Situation, irgendwie passend. Julie stand nun ebenfalls vor ihm und musterte ihn von oben bis unten. „Schick, Ralph, richtig schick.“ Ralph sah das blonde Mädchen verwirrt an. Er liebte sie. Aber nicht so wie er … „Silvia!“ Erinnerungen blitzten auf und Ralph brach zu Boden. Noch ehe sein Kopf aufschlagen konnte, wurde er von einer starken, schwarzen Hand aufgefangen. Lucian sah Julie an. „Na toll, da haben wir ja noch ein ganzes Stück Arbeit vor uns.“

5

Ralph sah Silvia durch eine dunkle Gasse gehen. Er hörte Metall klirrend auf Stein treffen. Seine Sinne drohten seinen Kopf zu zerreißen. Plötzlich war er in seiner alten Wohnung. Eine Hand schnürte ihm von hinten die Kehle zu, während Silvia weinend vor ihm stand. Er sah den Ring mit dem schwarzen Stein, der ihm so bekannt vorkam. Und schließlich hörte er diese tiefe Stimme mit dem französischen Akzent. „Du … was tust du hier? Ich kann mich nicht erinnern dich eingeladen zu haben!“ Der Mann warf Ralph zu Boden und kämpfte mit dem Chamäleon.

Ralph kannte diesen Mann. Er wusste alles über ihn. Sein Name war Rossoit Tessier, er war Franzose und schon viele Jahre lang Vampir. Er hatte damals Julie den Kuss gegeben und sein Meister wiederum war … aber das war unmöglich … das war der alte Mann aus der Kirche! Er drehte sich zu Silvia und sah sie blutend am Boden liegen. Blinde Wut packte ihn. Ralph stand auf und lief zu Rossoit. Er schlug ihm ins Gesicht. Immer und immer wieder. Doch Rossoit lachte nur wie ein Verrückter. Die Wunden, die Ralph ihm zufügte, verheilten in Sekundenschnelle. Rossoit sah Ralph mitleidig an und ein irres Grinsen trat auf sein Gesicht. „Selbst wenn du mich vernichtest, Kleiner, sollte dir klar sein, dass da noch ein weit größeres Problem auf dich zukommt." Ralph bemerkte einen Schatten auf Rossoits Gesicht und fuhr herum. Hinter ihm stand Benny mit einem Schwert aus Stein und einem wahnsinnigen Gesichtsausdruck. „Ich sagte dir doch, dass ich es nicht vergessen werde!" Benny stieß zu und rammte Ralph die schwere Waffe genau ins Herz. Er schrie … „Ralph? Komm schon, wach auf."

Ralph hörte den Schrei immer noch, als er die Augen aufmachte und in Julies Gesicht starrte. Er sah zur Treppe wo Lucian stand. „Beeilt euch, ihr zwei! Irgendwasss stimmt nicht!" Erst jetzt bemerkte Ralph, dass der Schrei aus der Kirche kam und nicht aus seinem Hals. Etwas Unmenschliches war darin zu hören und im selben Moment als Ralph aufgestanden war um Julie zu fragen was los war, nahm der Lärm unbekannte Ausmaße an. Julie begann zu rennen und Ralph folgte ihr. Gemeinsam mit Lucian hasteten sie die Treppen hinauf und die Vampirin entriegelte die Tür. Sie stieß sie auf und alle drei liefen ins Innere der Kirche. Ralph sah, dass jemand vor dem Altar kniete und offenbar diesen nicht enden wollenden Schrei ausstieß. Sie gingen langsam zu dem Mann der anscheinend etwas in Händen hielt. Der grausame Laut aus seiner Kehle wurde noch schriller und mit einem gewaltigen Knall barsten alle Fenster der Kirche. Lucian legte seine Arme um Julie, um sie vor den herabregnenden Scherben zu schützen. Ralph warf einen Blick zu den leeren Fensterrahmen und bemerkte, dass es bereits dunkel war. Instinktiv war er darüber erleichtert, auch wenn er nicht genau wusste wieso. Das Eingangstor der Kirche wurde aufgestoßen und die beiden Steinmenschen, die Ralph vergangene Nacht kennen gelernt hatte rannten herein. „Was ist los? Herr?“ Der Jüngere zog eine Armbrust hervor und der Alte hatte einen Dolch in seiner Hand. „Cedric! Was ist passiert?!“

In diesem Moment erhob sich der Mann am Altar blitzschnell und drehte sich um. Julie stieß einen spitzen Schrei aus, Lucian wich zurück und auch die Alten blieben stehen, als sie die kleine Gruppe erreicht hatten. Der alte Vampir, mit den langen, weißen Haaren stand vor ihnen. In seinen Armen hielt er einen reglosen Körper im Priestergewand. Cedrics Augen glühten blutrot und sein offener Mund mit den enormen Fangzähnen verzerrte sein Gesicht zu einer Fratze. „ES REICHT!!!“ Seine Stimme war nicht mehr dieselbe wie am Vorabend. Sie klang wie eine Mischung aus einer Sirene und dem Gebrüll eines Raubtiers. William, der ältere der beiden Steinernen, trat vor die Gruppe und sah seinen Herrn durchdringend an.

„Cedric, beruhige dich bitte, wir müssen darüber reden, wie wir…“ „Reden?! REDEN!?“ Cedric ließ den Toten aus seinen Armen in eine Kirchenbank sinken und band sich dann mit einer Handbewegung seine Haare zu einem Zopf. William trat zu ihm und berührte seinen Arm. „Herr, ich …“ Cedric drehte sich zu William und schleuderte ihn mit der Bewegung einige Meter über den Kirchenboden. Der Steinerne schlitterte gegen eine Säule und blieb liegen.

Fassungslos starrte er zu seinem Herrn. Cedrics Blick fiel auf Julie, die sich über Vater Andreas' Leiche gebeugt hatte „FASS IHN NICHT AN! VERSCHWINDE VON IHM!“ Julie begann ängstlich zu weinen. Cedric wandte sich wieder zu der kleinen Gruppe, die sich vor ihm versammelt hatte und dann zu Ralph. „Du bleibst hier! Mach dem Blut deines Vaters keine Schande!“ Mit unmenschlicher Geschwindigkeit drehte Cedric sich um und rannte auf die Wand hinter dem Altar zu. Mit einem einzigen Satz erreichte er einen Vorsprung der in etwa fünf Metern Höhe aus der Mauer ragte. Er zog sich hoch und sprang noch einmal. Er stand jetzt etwa elf Meter über dem Boden in einem der leeren Fensterrahmen. Mit einem weiteren ohrenbetäubenden Brüllen hechtete er ins Freie und war weg. William war wieder zu den anderen gegangen und legte einen Arm um Julie, die immer noch schluchzte. „Jetzt hat der Franzose ein Problem…“

6

Die kleine Gruppe rund um Ralph war wie paralysiert, ob des unerwarteten Schauspiels, das ihnen gerade geboten worden war. William kam als erster zu Besinnung und ergriff das Wort. „Also gut, damit hat wohl keiner gerechnet. Claudius, du und ich, wir folgen ihm. Ich habe ihn noch nie in so einem Zustand erlebt und weiß nicht wozu er fähig ist. Besser wir haben ein Auge auf ihn.“ Claudius nickte und eilte zur Kirche hinaus. „Lucian … du …“ William drehte sich im Kreis. Offenbar war der Schattengänger ebenfalls schon unterwegs um Cedric zu suchen. „Umso besser. Ralph! Du und Julie ihr solltet hier bleiben. Am besten schließt ihr euch wieder im Keller ein. Durch die Fenster kann im Augenblick jeder reinkommen. Das Glas war magisch geschützt, aber wo kein Glas ist, da ist auch kein Schutz. Schließt das Tor hinter uns ab. Lasst niemanden rein. Egal wer da draußen anklopft. Wir werden sehen, dass wir vor Sonnenaufgang wieder hier sind. Mit Cedric … oder ohne ihn.“ Ralph nickte und nahm den Steindolch entgegen, den William ihm anbot. „Nur für alle Fälle…“ Dann drehte auch er sich um und folgte Claudius. Das Tor der Kirche fiel ins Schloss und alles war still.

Ralph folgte William zum Tor und schloss es hinter dem Steinmenschen ab. Er ging wieder in die Mitte der Kirche, wo Julie noch immer wie ein Häufchen Elend stand und den toten Vater Andreas anstarrte. Sie standen lange einfach nur da und keiner sagte ein Wort. Schließlich trat Ralph einen Schritt nach vorne und nahm das Mädchen fest in die Arme. Sie weinte jetzt ohne Hemmungen und blutige Tränen bedeckten ihr Gesicht. Ralph legte sein Kinn auf ihre Stirn und strich ihr durchs Haar. Er war oft so mit Silvia gestanden, wenn sie sich wieder einmal mit ihrem Vater gestritten hatte. Das alles schien Ewigkeiten her zu sein. Vor zwei Tagen noch hatte er sich darauf gefreut sie zu sehen und jetzt war sie tot. Ralph spürte einen Kloß in seinem Hals und er musste sich redlich bemühen nicht selbst zu weinen. Julie hatte sich inzwischen beruhigt und zitterte nun nur noch ein wenig. So standen sie einige Minuten mitten in dem großen Gotteshaus und keiner sagte ein Wort. Ralph hielt das Mädchen fest und fühlte sich gut dabei. Er legte seinen Kopf in den Nacken und schloss die Augen. Als er sie wenige Augenblicke später wieder öffnete, sah er etwas. Er ließ Julie los und ging einen Schritt nach vorne, um sich davon zu überzeugen, dass er nicht halluzinierte. Da stand jemand in einem der kaputten Fenster. Ralph neigte den Kopf ein wenig zur Seite „Benny?“

7

Als er den zweiten Vampir entdeckte, war es bereits zu spät. Rossoit sprang elegant vom Fenstersims und landete mit einem dumpfen Knall direkt vor Julie und Ralph. Die Fliesen des Kirchenbodens waren bei dem Aufprall gesprungen, doch Rossoit stand unverletzt und aufrecht vor ihnen. „Hallo Schätzchen!“ Julie schrie auf und lief Richtung Kellertreppe davon. Rossoit zwinkerte Ralph zu und war einfach weg. Er tauchte eine halbe Sekunde später an der Kellertür auf und schloss sie. Julie kam wenige Meter vor ihrem alten Meister zum Stehen und sah ihn angsterfüllt an. Rossoit grinste nur und machte eine Bewegung mit der Hand, um ihr zu bedeuten, sie solle sich umdrehen. Ralph stand immer noch etwas überrascht vor dem Altar. Er drehte sich um und sah wieder nach oben, doch Benny war weg. Julie ging langsam rückwärts und Rossoit grinste immer noch, ohne Anstalten zu machen, sie zu verfolgen. Ralph sah nun wieder zu Julie und über ihren Kopf hinweg zu Rossoit, der sich inzwischen gegen die Kellertür gelehnt und die Arme vor der Brust verschränkt hatte. Der Vampir lächelte und Ralph spürte wie Zorn in ihm wuchs. In seinem Gedächtnis blitzten immer mehr Erinnerungen an die Nacht auf in der Silvia gestorben war.

Ralph machte einen Schritt nach vorn, als er von hinten am Mantel gepackt und herumgerissen wurde. Ben drehte ihn zu sich und packte ihn mit beiden Händen am Kragen. „Hallo, Freund!“ Er schlug Ralph mit dem Rücken seiner linken Hand hart ins Gesicht und Ralph spürte wie einige Knochen brachen. Julie stand weiterhin regungslos zwischen Rossoit und den beiden jungen Vampiren. Sie hatte inzwischen die Augen geschlossen und schien leise zu summen. Ralph bemerkte, dass die Schmerzen langsam verschwanden und er spürte geradezu wie die gebrochenen Stellen an seinem Kiefer und unter dem Auge verheilten. Plötzlich hörte er Julies Stimme in seinem Kopf. „Er ist nicht mehr dein Freund, Ralph, sonst würde er so etwas nicht tun.“ Ben holte wieder aus, doch diesmal war seine Hand zu einer Faust geballt. „Es wird langsam Zeit etwas zu unternehmen, sonst bringen sie mich auch noch um!“ Ralph sah in Bens Augen und erkannte, dass sie Recht hatte. Bens Faust schnellte nach vorne und Ralph hob seine Hand. Er erfasste die seines ehemaligen Freundes und drückte zu. Ben schrie auf. Teils vor Schmerz, teils vor Enttäuschung darüber, dass sein Schlag einfach abgefangen worden war.

Er schleuderte Ralph von sich weg und schüttelte die Hand, deren Finger gebrochen waren. Ralph drehte sich im Flug und kam auf seinen Füßen zum Stehen. Er stand jetzt nahe bei Julie und sah sie kurz an. Sie war wieder voll bei Bewusstsein und Angst sprach aus ihren Augen. Rossoit betrachtete die ganze Szene und schien sich nicht mehr so sehr zu amüsieren wie zuvor. Ralphs Augen waren nun auf den Mörder von Silvia gerichtet und er trat zwischen ihn und Julie. „Du …“ Rossoit stieß sich mit seiner Fußsohle leicht von der Kellertür ab und schlenderte langsam auf Ralph zu. „Ja? Ich was?“ „Du hast Silvia auf dem Gewissen und du …“ Wieder blitzte eine Erinnerung auf, die er anscheinend von Julie übernommen hatte. Er sah Rossoit über einen Mann gebeugt, der auf dem Boden lag. Der Mann war schwer verletzt und Rossoit hielt ein Messer an seinen Hals. Er nahm dem Verwundeten einen Ring vom Finger und steckte ihn sich selbst an. „Danke, Laurent, du hast ja keine Ahnung wie dankbar ich dir bin!“ Dann schnitt er dem zuckenden Mann die Kehle durch. „… und du hast meinen Vater getötet!!!“ Rossoits Augen weiteten sich und sein Lächeln erstarb. Ralph machte einen Satz nach vorne und im Bruchteil einer Sekunde presste er Rossoit gegen die Wand. Er schlug auf den Vampir ein. Immer und immer wieder.

Mit jedem Schlag schien sich seine Kraft zu verdoppeln. Der andere wehrte sich nicht und Ralph, blind vor Wut, traf ein paar Mal die Wand hinter Rossoit ohne es zu bemerken. Nach einer halben Ewigkeit, zumindest war es ihm so vorgekommen, hielt er inne und sah auf den blutenden und stöhnenden Mann herab, der auf seine Knie gesunken war.

Ralph erkannte seine eigene Stimme nicht mehr, doch das war ihm im Moment egal. „Du hast dich mit den Falschen angelegt. Nicht nur, dass du meinen Vater und Silvia umgebracht hast, warst du auch noch dumm genug, den besten Freund von Cedric DeMornay zu töten." Rossoits Gesicht war blutig, doch die offenen Stellen heilten bereits. Er wollte aufstehen, doch Ralph drückte ihn wieder auf seine Knie. Rossoit lachte und spuckte dabei Blut. „Selbst wenn du mich vernichtest, Kleiner, sollte dir klar sein, dass da noch ein weit größeres Problem auf dich zukommt." Ralph bemerkte einen Schatten an der Wand hinter Rossoit und fuhr herum. Hinter ihm stand Ben mit einem Schwert aus Stein und einem wahnsinnigen Gesichtsausdruck. Er hatte Julie mit der linken Hand am Hals gepackt und gegen eine der vielen Steinsäulen gepresst. „Ich sagte dir doch, dass ich es nicht vergessen werde!" Ben stieß zu und rammte Julie die schwere Waffe in die Brust. Sie schrie …

KAPITEL 8

KREBS

1

Samira war sich nicht ganz sicher, ob sie das Richtige tat. Nachdem sie im Spital alles aufgenommen und begutachtet hatte, war sie nach Hause gefahren und hatte endlich ein paar Stunden geschlafen. Als sie aufgewacht war, hatte es bereits gedämmert. Sie hatte auf ihr Handy gesehen, doch niemand hatte versucht sie zu erreichen. Cedric war ein schlauer Mann und sie wusste, dass er nichts Unüberlegtes tun würde. Doch Irgendetwas in seiner Stimme hatte ihr Angst gemacht. Sie war aufgestanden, hatte sich geduscht und angezogen. Es war ihr klüger vorgekommen, Cedric nicht vorher anzurufen, doch mittlerweile bezweifelte sie dass es das wirklich gewesen war. Jetzt saß sie in ihrem Wagen und fuhr mit normaler Geschwindigkeit durch Wien. Sie stoppte an einer roten Ampel und öffnete das Handschuhfach.

Darin befanden sich zwei Waffen mit zylinderförmigen Behältern auf der Unterseite, in denen eine grünlich schimmernde Flüssigkeit schwappte. Sie nahm sie heraus und platzierte sie in den Holstern links und rechts an ihrer Seite. Samira warf aus dem Augenwinkel einen Blick auf die immer noch rote Ampel. Sie nahm eine der Waffen noch einmal in die Hand und drehte sie. Der Glastank war halbvoll und aus bruchsicherem Panzerglas gefertigt. Der Lauf der Waffe war silbern, was ihn vom Rest der Waffe abhob, die tiefschwarz gefärbt war. Die Zigarette in ihrem Mundwinkel war beinahe abgebrannt und Samira machte einen letzten tiefen Zug. Als sie den Rauch in ihre Lunge sog, verspürte sie einen unglaublichen Schmerz. Es fühlte sich an als hätte sie die Zigarette geschluckt und die Glut würde an ihrem Lungenflügel festkleben. Sie begann zu husten und mit jedem weiteren Atemzug wurden die Schmerzen schlimmer. Langsam beruhigte sich ihre Lunge und Samira konnte wieder atmen. Ihre Lunge brannte wie Feuer und erst jetzt bemerkte sie, dass sich hinter ihrem Wagen bereits eine hupende Schlange gebildet hatte. Sie legte die Waffe auf den Beifahrersitz, warf den Zigarettenstummel aus dem Fenster und entschuldigte sich mit einem Handzeichen bei ihrem Hintermann. Während sie weiterfuhr und auf die Mariahilfer Straße einbog, verflogen die Schmerzen nur sehr langsam.

Als sie über den „Graben“ fuhr und die beleuchtete Fassade der Peterskirche vor ihr auftauchte, fiel ihr als erstes das Fehlen der zwei Steinernen auf. Samira hatte die beiden in derselben Nacht kennen gelernt, in der sie Cedric getroffen hatte. Der Jüngere, Claudius, war immer sehr nett und hilfsbereit und Samira hatte das Gefühl, dass er auch ein bisschen verliebt in sie war. Das schmeichelte ihr einerseits, andererseits empfand sie nicht dasselbe für ihn. William, der Ältere der beiden, hatte sich ihr gegenüber immer sehr reserviert gegeben. Er war ihr von Anfang an ein wenig suspekt vorgekommen. Manchmal schien er mit sich selbst zu reden oder auch in menschlicher Gestalt beinahe zu versteinern. Er war sehr oft in den Katakomben unter der Stadt unterwegs, um sich mit den Vampiren zu treffen, die dort unten angeblich hausten. Samira hatte von ihnen schon viel gehört, war jedoch noch nie einem begegnet. Sie parkte den dunklen Ford direkt vor den Treppen die zum Eingangstor führten. Samira atmete tief durch und wartete kurz, ob der Schmerz von vorhin zurückkehrte, doch ihre Lunge arbeitete wieder einigermaßen normal. Sie griff in eine ihrer Manteltaschen und holte das Bild heraus, das sie letzte Nacht in der Wohnung des Jungen gefunden hatte. Sie faltete es auseinander und sah sich die Gesichter der beiden an. Sie lachten und man konnte aus ihren Augen lesen wie glücklich sie waren. Samira war gespannt, wie sich Ralph entwickelt hatte. Es gab ohnehin nur zwei Alternativen. War er gut, dann würden sie sich wohl gleich begegnen. War er es nicht, dann war er mittlerweile sicher kein Problem mehr. Sie steckte das Foto wieder ein und zuckte zusammen, als sie eine Frau schreien hörte. Samira fuhr herum und starrte das Tor der Kirche an. Das kam von drinnen. Sie hatte in ihrer Laufbahn schon viele Menschen unter Schmerzen oder aus Angst schreien hören, doch dieses markerschütternde Geräusch ließ ihr das Blut in den Adern gefrieren. Samira öffnete den linken Holster und zog die Waffe heraus, die sie vorhin hineingesteckt hatte. Sie riss hastig die Wagentüre auf und stieg aus. Als sie den Ford absperren wollte, erschrak sie ein zweites Mal. Wieder schrie jemand. Nein. Das war kein Schreien. Das war das Brüllen eines Raubtieres. Sie sah noch einmal zur Kirche und jetzt bemerkte sie auch die Scherben, die einst die Fenster gewesen waren. Sie ließ den Wagen unversperrt und rannte die Stufen hinauf.

Das Herz schlug ihr bis zum Hals und sie wusste, dass egal was sie hinter diesem Tor erwartete, sie die nächsten Minuten vielleicht nicht überleben würde. Als sie oben angekommen war, riss sie an dem großen Metallgriff. Nichts. „So eine Scheiße!!!“ Samira steckte die Waffe zurück in das Holster und zerrte immer noch an der gewaltigen Türklinke, doch der Zugang zur Kirche blieb verschlossen. Wieder dieses Brüllen, doch es klang jetzt etwas anders. „CEDRIC!!! Ich kann nicht rein! Das Tor ist …“ Samira griff in ihre Manteltasche und zog den schweren Schlüssel heraus, den sie unter Leons Leiche gefunden hatte. „Du dumme …“ Sie steckte ihn in das Schloss unter dem Griff, das sie hämisch anzugrinsen schien und drehte ihn nach links. Es klickte. Im Inneren der Kirche schien ein Krieg zu wüten. Sie hörte Holz brechen und ein Geräusch, das nach Metall klang, dass sich in eine Steinwand bohrte. Samira zog die Waffe wieder hervor und drückte die Klinke hinunter.

2

Ralph war wie betäubt, als er sah wie etwas, das vor, wie es ihm schien, ewiger Zeit sein bester Freund gewesen war, die Brust der Frau durchbohrte, die ihm so unglaublich vertraut erschien, obwohl er sie eigentlich gar nicht kannte. Julie schrie so entsetzlich laut, dass er wieder das Gefühl hatte, sein Trommelfell würde bersten. Zusätzlich spürte er ihren Schmerz in seiner Brust widerhallen. Julie verstummte und kippte vornüber, als Ben das lange Steinschwert schnell aus ihrem Körper zog. Er grinste und sah zu wie sie leblos zu Boden fiel. Danach hielt er die Waffe vor sein Gesicht, sah zu Ralph und leckte lächelnd Julies Blut von der Klinge. Ralph fühlte eine Wut in sich aufsteigen, die seinen Geist für Dinge öffnete, vor denen er bisher zurückgeschreckt wäre. Seit einer Nacht war er jetzt also ein Vampir und er akzeptierte das vorerst. Er würde

sich später darüber Gedanken machen, jetzt ging es um Leben und Tod. Ralph drehte sich wieder zu Rossoit, der noch immer vor ihm auf den Knien war und verzückt zu Ben starrte. Der Vampir bemerkte seinen Fehler im selben Moment, als Ralph ihn bereits hochriss und mit einem gewaltigen Brüllen quer durch das Gotteshaus schleuderte. Rossoit versuchte, sich im Flug zu drehen, prallte jedoch mit einem lauten Knall gegen eines der Weihwasserbecken. Das schwere Steingefäß kippte nach hinten und das enthaltene Weihwasser ergoss sich über den Boden. Rossoit wich instinktiv zurück indem er, auf Händen und Fersen, rückwärts von der Pfütze wegrobbte. Im selben Moment ertönte ein weiteres Brüllen, als Ben losstürmte und sich mit einem Satz auf Ralph stürzen wollte. Dieser wiederum rannte ebenfalls los und zog im Laufen den Steindolch aus seinem Mantel, den ihm William gegeben hatte.
Von draußen drang durch die leeren Fensterrahmen die Stimme einer Frau. „CEDRIC!!! Ich kann nicht rein! Das Tor ist …“ Mit gezogenen Waffen trafen sie sich in der Mitte der Kirche und Ben holte aus. Er hieb mit voller Wucht nach seinem einstigen Freund. Ralph duckte sich und die Klinge bohrte sich zentimetertief in eine Steinsäule. Ben zog daran, doch das Schwert steckte fest. Ralph sah auf die Waffe und dann zu Ben. „Verdammt Benny, was ist los mit dir?“

Ben zerrte noch immer am Griff seiner Klinge und hob den Blick nur kurz. Mit einem irren Grinsen und gefletschten Zähnen kicherte er leise. „Was schon? Ich … fühl … mich … riesig!“ Beim letzten Wort konnte er die Klinge aus dem Stein ziehen und Ralph musste zurückweichen um nicht aufgeschlitzt zu werden. Er hob den Dolch vor sein Gesicht und starrte Ben an. „Du bist nicht mehr du selbst. Was hat er dir angetan?“ Bens Grinsen erstarb. Er setzte eine ungläubige Miene auf und ließ das Schwert sinken. „Was er mir angetan hat? Was er …“ Ben lachte und schüttelte den Kopf. „Verdammt noch mal, Ralph, checkst du's denn immer noch nicht?“ Er kam wieder einen Schritt auf Ralph zu, doch dieser bewegte sich nicht. „Er, Ralph, er ist es der mir die Augen geöffnet hat. Du warst immer der tolle Hecht! Alle Mädchen, alle Lehrer, jeder hat dich bewundert, jeder wollte so sein wie du.“ Ben ging jetzt mit gesenkten Armen vor Ralph auf und ab. Rossoit hatte sich in eine dunkle Nische des Gotteshauses zurückgezogen und wartete dort darauf was passieren würde. Er hatte nicht damit gerechnet, dass der Junge so eine Bürde sein würde. Plötzlich hörte er ein Klicken. Ein Schloss wurde entriegelt. Rossoit blickte zum Eingang und als die Tür zur Straße von außen geöffnet wurde, rechnete er damit, jeden Moment Cedric DeMornay gegenüber zu stehen. Dann wäre es egal wie sehr er sich anstrengen würde. Sein Plan wäre zum Scheitern verurteilt. Doch als er aus der schützenden Dunkelheit sah, wer die Kirche betrat, wusste er wie er das Gebäude unbeschadet verlassen konnte. Er drehte den Kopf wieder zu den zwei jungen Vampiren, doch die beiden waren so sehr mit sich selbst beschäftigt, dass sie den neuen Gast gar nicht bemerkten. Er musste lächeln und überlegte sich kurz seinen nächsten Schritt. Schließlich richtete er sich auf und wollte lautlos auf das Mädchen zugehen, das soeben eingetreten war, als sie plötzlich eine Waffe zog und schoss.

3

Ben ging noch immer vor Ralph auf und ab und sein Blick wanderte zu Boden. Er wirkte jetzt niedergeschlagen, doch Ralph blieb aufmerksam. Er hielt den Dolch weiterhin fest in seiner rechten Hand und halb erhoben. Bereit sofort zu reagieren, wenn Ben ihn angreifen würde. „Und Silvia ..." Bei ihrem Namen blitzte wieder eine kurze Erinnerung in Ralphs Gedächtnis auf, doch er war konzentriert genug, sie beiseite zu schieben. „Das Mädchen, das jeder haben wollte. Aber wer hat sie bekommen? Richtig ... Unser großer Held!" Ralph ließ den Dolch sinken. „Benny, wieso hast du nie etwas gesagt? Wir hätten doch drüber..." „Reden? Scheiße Ralph! Was hätte es denn geändert? Das einzige was dich jemals interessiert hat, warst du selbst!" Benny wischte sich mit der leeren Hand über sein Gesicht und ein dünner roter Strich verlief von seinem Auge zur Schläfe. „Aber ... aber das ist jetzt vorbei."
Bennys Stimme zitterte und er blieb stehen. Er hob den Kopf und sah Ralph mit hasserfülltem Blick direkt in die Augen. „Jetzt weht ein anderer Wind..." Er holte blitzschnell aus und riss das schwere Steinschwert schräg nach oben. Ein Knall hallte durch die Kirche und Bennys Körper wurde von einer unsichtbaren Kraft nach hinten gerissen. Er stürzte rückwärts zu Boden, das Schwert glitt ihm aus den Händen und schlitterte ein paar Meter zwischen zwei Kirchenbänke. Ben blieb einige Augenblicke reglos liegen und hob schließlich den Kopf. Ralph sah, dass Bens Schulter blutete und eigenartigerweise auch zu rauchen schien. Er drehte sich um und erkannte, dass die Flügel der Kirchentür weit geöffnet waren. Wenige

Schritte davor stand eine Frau in einem schwarzen Mantel, mit schweren Stiefeln und einer riesigen Schusswaffe in den erhobenen Händen. Aus dem Lauf stieg ebenfalls dünner Rauch auf und als sie die Waffe sinken ließ, erkannte er sie. Sie war diejenige, die ihm im Traum die Gurgel durchgebissen hatte.

Ralph sah sich zu Ben um, der damit beschäftigt war seine Wunde anzustarren und mit einem Finger abzutasten. Er schien sich nicht mehr darum zu kümmern, was mit den anderen war. Ben wirkte wie ein kleines Kind, das sich verletzt hatte und unter Schock versuchte, das Blut am Fließen zu hindern. Ralph drehte sich wieder zu der Frau mit der Waffe und versuchte, seine Gedanken zu ordnen. „Alles klar, Ralph?!“ Sie ging einen Schritt auf ihn zu, die Waffe noch immer auf Ben gerichtet. „Du bist doch Ralph? Ralph Desgardes?“ Ralph legte den Kopf ein wenig zur Seite. Woher zum Teufel kannte sie seinen Namen? „Wer bist … PASS AUF!!!“

Samira fuhr herum und stand plötzlich einem Mann gegenüber, der beinahe zwei Köpfe größer war als sie und sie milde anlächelte. „Hallo, mein Kind…“ Rossoit schlug ihr die Waffe aus der einen und schloss seine Faust um ihre andere Hand. Mit einer schnellen Bewegung drehte er Samira um die eigene Achse und zog sie dicht an sich heran. Ralph machte gerade Anstalten loszurennen, als Rossoit mit seiner linken Hand begann, Samiras Hals zu umschließen. Er sah Ralph an und schüttelte leicht den Kopf. „Ah … ah … ahhh. Das solltest du dir gut überlegen, Kleiner.“ Rossoit verstärkte den Druck und Samira spürte, wie ihre Lunge wieder zu brennen begann. Ralph fühlte sich von einem Moment zum anderen gar nicht mehr stark.

Er versuchte logisch zu denken und eine Lösung zu finden. Seine Gedanken rasten. Er hatte Benny in seinem Rücken. Verletzt zwar, aber immer noch wahnsinnig. Julie lag zwischen ihm und Rossoit. Keine Ahnung ob sie tot war oder lebte. Leben … sie war ja eigentlich schon tot. Genauso wie Ralph… Ach verdammt, bleib bei der Sache! Rossoit hatte jetzt auch noch eine Geisel. Wenn er nur einen Fehler … „Was ist kleiner Desgardes??!! Wird die Sache langsam zu groß für dich?“ Ralph sah wieder zu Rossoit und begann nun langsam auf ihn zuzugehen. „Ben! Nein!“ Ralph drehte sich um und sah, dass Ben wieder auf den Beinen war und auch sein Schwert wieder zu fassen bekommen hatte. Von dem Schulterschuss war nur noch ein kleines Loch in der Kleidung vorhanden. „Was soll das, Rossoit?! Lass mich den Bastard umbringen!“ „Du gehst jetzt, mein Sohn. Die Dinge haben sich ein wenig geändert! Nicht hier … und nicht jetzt!“ Ben sah zwischen seinem Meister und Ralph hin und her. Schließlich ließ er das Schwert sinken und trat bis auf einen Meter an Ralph heran. „Ich werde dich suchen und töten.“ Ralph blickte kalt zurück. „Ich werde warten…“

4

Ben nickte und ging an Ralph vorbei zu Rossoit. Als er bei ihm und Samira angekommen war, zwinkerte er ihr zu und verschwand dann pfeifend durch die Vordertüre. Julie hustete plötzlich laut auf. Sie stöhnte und drehte sich auf den Rücken. Ralph fiel ein Stein vom Herzen, als er sah, dass die Wunde in ihrem Unterleib bereits zuheilte. Rossoit blickte ungläubig zu dem blonden Mädchen, das sich stöhnend auf die Knie zwang und schließlich aufstand. Sie hielt sich den Bauch, während ihre Wunde verheilte und wenige Sekunden später komplett geschlossen war. Der Vampir kochte vor Wut. Dieser verdammte Mistkerl in der Mönchskutte hatte ihn betrogen. Rossoit war nun schon sehr lange ein Vampir und er wusste wie man einen seiner Art töten konnte. Das mit den Kreuzen war Schwachsinn. Bei Weihwasser war er sich nicht so sicher, da passte er lieber auf. Feuer war auf jeden Fall tödlich, ebenso war es eine gute Idee, den Kopf auf den Schultern zu lassen. Ein Holzpflock oder etwas anderes Spitzes ins Herz zu rammen, ließ einen in eine Art Koma fallen. Doch wenn man die Waffe entfernte, erholte man sich rasch. Und dann steht plötzlich so ein Typ vor einem und erzählt von Waffen aus Stein, die einen Vampir töten können. Magisch erschaffen von Wesen, die nachts zu Stein werden und mit einem uralten Fluch belegt sind. Dieser Kerl hatte ihn in seiner ersten Nacht in Wien angesprochen und dieses Schwert gegeben. Rossoit wollte ihm erst nicht glauben, doch einen Versuch war es allemal wert. Soviel dazu.

Ralph streckte Julie seine rechte Hand entgegen und zog sie sanft an sich heran. Als die beiden schließlich nebeneinander standen und langsam begannen auf Rossoit zuzugehen, wurde dem Vampir etwas bewusst. Er musste jetzt schleunigst verschwinden. Der Frischling und das Mädchen waren wohl kein Problem, aber er hatte schon zu viel Zeit verplempert. Wenn Cedric oder der Schleimer zurückkommen würden, dann würde das Ganze hier richtig problematisch werden. Die Frau in seinen Armen holte tief Luft und in ihrer Lunge rasselte es, als hätte sie Klapperschlangen verschluckt. Rossoit legte die Hand mit dem Ring auf ihre Brust und plötzlich konnte er es fühlen. Es war da drinnen und wartete nur darauf, endlich zuschlagen zu dürfen. Sein Gesicht hellte sich wieder auf und als Julie und Ralph nur noch wenige Meter entfernt waren, packte er mit der Hand, die Samiras Hals zugedrückt hatte, ihren Nacken. Rossoit hob sie hoch und hielt sie nun wie ein Schild vor seinen Körper. „Hör zu, Desgardes, ich mache dir einen Vorschlag!“ Ralph blieb stehen und fasste Julie am Arm, bevor sie losstürmen konnte. „Ich mache dir auch einen, Arschloch! Lass die Frau los und ich lasse dich nicht leiden!“ Rossoit lachte lauthals auf und seine Stimme hallte bedrohlich durch das in Mitleidenschaft gezogene Gotteshaus. „Ganz wie du willst, kleiner Desgardes…“ Rossoit legte die freie Hand mit Phiomets Ring auf Samiras Brust. Mit einem Mal begann der schwarze Stein auf dem Schmuckstück smaragdgrün zu leuchten. Samira riss die Augen auf, als ihr die Luft abgeschnürt wurde. Sie fühlte, wie sich in ihrem Inneren ein Gefühl der Lähmung ausbreitete, das von der Lunge ausgehend, ihren ganzen Körper in Besitz zu nehmen schien. Ralph und Julie mussten ihre Augen abwenden, als das grüne Licht immer greller wurde. Ein sonores Summen hob an und die ganze Kirche schien zu vibrieren. Samira konnte nicht mehr atmen, geschweige denn sprechen. Gerade als sie das Gefühl hatte ersticken zu müssen, fuhr ihr ein Schmerz wie ein Blitz durch den Körper. Sie bekam endlich wieder Luft … und sie schrie.

Ihre Stimme überschlug sich mehrmals. Als sie ohnmächtig wurde, war alles wieder still. Aus dem Nichts hörten Ralph, Julie und Rossoit eine Stimme, die von Gott persönlich stammen hätte können. Oder vom Gegenteil. In dieser Stimme lag die Grausamkeit vieler Jahrhunderte und sie sagte nur ein Wort „KREBS“.

5

Lucian rannte durch die Straßen der Stadt, als wäre der Teufel persönlich hinter ihm her. Seit er die Kirche verlassen hatte, versuchte er Cedric gedanklich zu kontaktieren, doch der sture, alte Mann antwortete nicht. William und Claudius hatten ihre Methoden ihn zu suchen, Lucian seine eigenen. Der Schattengänger hatte in den letzten Tagen Probleme damit sich zu konzentrieren. Und das hatte nicht nur damit zu tun, dass Leon vor seinen Augen gestorben war. In den vergangenen Nächten hatte er immer wieder Blackouts gehabt. Einmal war er nur für ein paar Sekunden weg. Beim zweiten Mal hatte er einige Minuten verloren. Beide Male war er einfach umgekippt und dort wo er umgefallen war, liegen geblieben. Das einzige woran er sich erinnerte, war grünes Licht und eine Stimme, die er sehr gut kannte. Lucian hatte diese Stimme schon einmal gehört … am Tag seiner Geburt. Er wusste nicht mehr wann oder wo das gewesen war, aber die Worte würde er niemals vergessen: „Lucian. Höre meine Stimme, mein Sohn. Du sollst mich in dir tragen und mein Blut wird dein Blut sein, bis zu dem Tag, an dem ich wiederkehren kann. Dein Name wird Jahrhunderte durchleben und wenn du fällst, dann gib mich frei, bis dahin schütze dich mit deinen Fähigkeiten. Verstecke dich, sprich im Geiste und wenn es nötig ist, dann brenne wie das Feuer der sieben Höllen. Dein Blut für mein Leben, Lucian." Er bog um eine Ecke im 13. Bezirk und plötzlich spürte er etwas, das er vorher erst einmal gefühlt hatte. Es war, als würde jemand ein Schwert in seine Magengrube stoßen und schnell wieder herausziehen. Lucian blieb stehen und sah an sich hinunter. Nichts. Kein Blut, keine Wunde. Er ging langsam weiter und dachte nach, was gerade passiert war. So etwas hatte er das letzte Mal erlebt, als jemand, den er geliebt hatte, verletzt worden war. Er hatte damals genau gefühlt, was der andere gespürt hatte. Mit einem Mal wusste er was los war. „JULIE!"

Lucian lief los und etwa fünf Minuten später bog er in die lange Straße ein, die zur Peterskirche führte. Er versuchte über den ganzen Weg, sie telepathisch zu erreichen, doch er wusste schon vorher, dass es nicht funktionieren würde. Aus irgendwelchen Gründen funktionierte das nicht, wenn er selbst, oder derjenige den er zu erreichen versuchte, im Inneren der Kirche war. Lucian verstand so vieles nicht, was in letzter Zeit geschehen war und am allerwenigsten seine Gefühle für das Vampirmädchen. Sie war vor kurzem noch der Feind gewesen und dann lachte sie plötzlich mit ihm. Sie berührte seine Hand ohne zurückzuschrecken. Sie war so verdammt hübsch und Lucian wusste, dass sie nie dasselbe für ihn empfinden könnte, wie er für sie. Aber das war ihm jetzt egal. Wenn jemand ihr was angetan hatte, dann … „Aaaahhh!" Lucian stürzte im Laufen und überschlug sich mehrmals. Er prallte gegen eine Laterne und war unfähig sich zu bewegen. Sein Kopf drohte zu explodieren und er spürte einen Druck hinter seinen Augen, der dieses Gefühl noch verstärkte. Der Ohnmacht nahe, stemmte er sich mit allen Vieren hoch und sah nach vorne. Er war nur noch einen Steinwurf von der Kirche entfernt. Aus dem Inneren strahlte das allzu bekannte grüne Licht. Lucian versuchte aufzustehen, doch seine Beine gehorchten ihm nicht mehr. Kurz bevor er das Bewusstsein verlor, hörte er wieder diese Stimme. Doch diesmal klang sie so, als würde ihr Eigentümer direkt vor ihm stehen. Sie sagte nur ein Wort. „KREBS".

6

William und Claudius waren auf dem schnellsten Weg zu dem Keller gelaufen, in dem Rossoit mit seiner Brut hauste. Nachdem Lucian ihnen noch telepathisch gesagt hatte, welchen Weg sie nehmen sollten, war der Kontakt zu ihm abgebrochen. Die zwei Alten warteten jetzt schon einige Zeit vor dem Gewölbe, auf alles gefasst und mit dem Schlimmsten rechnend. Doch bisher war alles ruhig. Keine wilde Vampirmeute die sich auf sie stürzen und mit links erledigen konnte. Kein Rossoit Tessier. Aber vor allem, und das verwirrte sie endgültig, kein tobender Cedric, der die Bude kurz und klein schlug. Die Gasse war nur von zwei Seiten begehbar und somit gut einzusehen. Der Keller selbst war von außen mit einem schweren Vorhängeschloss und einer noch schwereren Kette gesichert. Aus dem Inneren drangen keinerlei Geräusche, daher gingen die beiden davon aus, dass die Gruppe ausgeflogen war. William hatte vorgeschlagen sich zu beiden Seiten der Tür zu postieren und zu versteinern. Für alle Fälle. Da standen sie jetzt schon geraume Zeit und Claudius schien langsam nervös zu werden. „William … Hey … William!“ „Was willst du, Kleiner? Wir sollten uns ruhig verhalten.“ Claudius klang nun ziemlich unruhig. „Ich glaube, dass das hier eine Falle ist…“ „Wie kommst du darauf?“ „Ich weiß auch nicht, William, irgendwas sagt mir, dass es keine gute Idee war, die Kids in der Kirche alleine zu lassen.“ William war einige Augenblicke still und Claudius fragte sich, was dem alten Mann durch den Kopf ging. „Ralph ist dort. Sein Vater war Laurent Desgardes. Die beiden sind schon in Ordnung. Außerdem halte ich es für unwahrscheinlich, dass die Kirche zweimal am selben Tag angegriffen wird.“ „Das ist es ja, was mich so stutzig macht. Überleg doch mal. Irgendjemand bringt tagsüber Vater Andreas um. Cedric flippt aus und verlässt die Kirche. Der magische Schutz der Fenster ist weg. Wir sind weg. Lucian ist sonst wo. Wir hätten eigentlich gleich ein Schild an die Tür nageln können: ‚Heute freier Eintritt für Bösewichte‘. Der Junge ist gerade mal einen Tag alt und Julie … nun ja, bis gestern war sie auf der anderen Seite, oder?“ „Ich muss zugeben, das ist ein Argument.“ Williams Steinhülle begann zu bröckeln und auch Claudius nahm wieder seine menschliche Gestalt an. „Wir sollten zurückgehen. Wenn Cedric hergekommen wäre um Tessier zu erledigen, dann hätte er es wohl schon getan.“ Claudius nickte und wischte sich den Staub von Kopf und Schultern. Er sah William kurz von der Seite an, während dieser sich ebenfalls säuberte und senkte dann den Blick. „Sag mal, William, wieso wurdest du eigentlich damals verflucht?“ William hielt kurz inne, bevor er die Waffen, die er in der Hand gehalten hatte, in seinem Mönchsgewand verstaute. „Weil ich es verdient hatte." Claudius trat jetzt neben den Alten und sah ihn direkt an. „Das hatte ich auch, aber ich habe dir gesagt, warum. Du machst immer ein Geheimnis aus allem. Cedric hast du es doch auch gesagt." „Nein, Kleiner, Cedric hat es von dem Mann erfahren, der mich verflucht hat und seit vielen Jahren tot im Gewölbe unter der Kirche liegt." Claudius konnte es nicht fassen. „Corvinus?! Du wurdest von Corvinus verflucht?" William nickte. Er hob den Kopf und sah Claudius mit müden, alten Augen an. „Ja, Claudius, er war es. Und ich bin ihm dafür dankbar. Hätte er mich damals nicht zu diesem Leben verdammt, dann hätte man mich gehenkt. Frag mich nicht, Kleiner, ich werde dir nie sagen wofür. Aber eins kann ich dir versichern und danach wirst du mich nie wieder etwas zu diesem Thema fragen: Corvinus liegt da unten und wartet. Er wurde damals von jemandem aus den eigenen Reihen ermordet. Doch eines merke dir, Claudius, mein Junge, der Geist glaubt, was das Auge sieht. Corvinus wird auferstehen und dann wird sich hier einiges ändern…" Claudius sah seinen Freund an und ließ die Worte auf sich wirken. Schließlich fasste er sich ein Herz und stellte die Frage, die ihm schon seit Jahren auf der Seele lag. „William … woher hatte Corvinus' Mörder einen unserer Dolche?" William sah den Jungen mit traurigen Augen an und schüttelte den Kopf. „Du solltest doch nicht fragen…"

7

In den Katakomben, tief unter der Stadt, ging der Kanzler der „Gesellschaft der Vergangenheit" schnellen Schrittes durch die engen Kanalausläufer die zu Demeters

Unterschlupf führten. Michel D´Hullivier hatte nicht viele Vertraute und noch weniger Freunde. Doch wenn er jemanden als Freund bezeichnen würde, dann diese Frau. Demeter war schon einige Jahrhunderte Vampir. Nicht ganz so lange wie er selbst, aber dennoch ziemlich alt und dementsprechend stark und weise. Sie hatte in den alten Tagen mit ihm, Cedric und Corvinus gegen die Dämonen gekämpft und war an dem Tag, an dem der Fürst ermordet worden war, nicht von seiner Seite gewichen. Den Mörder hatte auch sie nicht gesehen und als Corvinus mitten im Kampf zusammengebrochen war, war sie diejenige gewesen, die sich schützend vor seinen toten Körper gestellt und verhindert hatte, dass er weiteren Schaden nahm. Michel vertraute Demeter und er war froh, dass sie auf seiner Seite kämpfte. Ihre jahrhunderte lange Erfahrung im Umgang mit allen möglichen Giften, Tränken, Alchemie und nicht zuletzt schwarzer Magie, machte sie zu einem der gefährlichsten Gegner, die man sich vorstellen konnte. Sie war meistens alleine und schätzte Gesellschaft nicht sonderlich. Wenn sie Besuch empfing, dann war das im Regelfall nur von Michel. Ab und zu wurde auch Lucian bei ihr gesehen. Doch im Endeffekt gab es noch einen regelmäßigen Gast, der beinahe täglich bei Demeter ein und ausging. Michel hatte ihn am Tag vor dem Attentat auf Corvinus zum ersten Mal und danach immer wieder gesehen. Der alte Mönch war bei den Vampiren im Untergrund sehr beliebt, da er gerne Geschichten aus der Oberwelt erzählte und einfach ein netter Kerl war.

„Michel? Was führt dich zu mir, alter Freund?“ Der Kanzler erschrak, als Demeters tiefe, angenehme Stimme an sein Ohr drang. Sie stand zu seiner Rechten, an ein Abflussrohr gelehnt und musterte ihn mit ernster Miene. Michel blickte verlegen zur Seite. „Tut mir leid, Demeter, ich habe dich wohl übersehen. Ich war ein wenig in Gedanken.“ Sie lächelte und legte den Kopf ein wenig schief. Ihre schulterlangen, schwarzen Haare fielen ihr zum Teil ins Gesicht und verdeckten eines ihrer schwarz umrandeten Augen. Michel fühlte eine altbekannte Hitze in sich aufsteigen. Er fühlte sich in Demeters Gegenwart immer ein wenig menschlicher als sonst. „Also … eigentlich habe ich nur eine Frage an dich. Anscheinend ist Rossoit Tessier in der Stadt und hat den Ghoul von Cedric DeMornay getötet. Lucian war hier und hat die Gesellschaft um Hilfe gebeten.“ Demeter kam nahe an Michel heran und ging rund um den Kanzler. „Und jetzt weißt du nicht was du tun sollst, richtig?“ Michel wurde unruhig. „Ich habe einen Eid geleistet. Corvinus war immer für die Stadt da und ich habe ihm geschworen, dasselbe zu tun. Die Stadt und ihre Bewohner zu verteidigen und zu beschützen. Aber ich war lange nicht mehr oben, Demeter, ich habe den Anschluss an diese Welt verloren.“

Demeter kicherte. „Michel … Michel, Michel, Michel … wie sollte ich dir in dieser Angelegenheit behilflich sein? Cedric ist stark und weise. Du bist stark und weise. Steckt die Köpfe zusammen und denkt ein bisschen nach. Ich bin sicher, du kannst ihm helfen. Und, wer weiß, vielleicht vermag er auch dir eine Hilfe zu sein.“ Der Kanzler verstand ihre Worte nicht, hatte aber auch keine Lust nachzufragen. Er wollte sich gerade wieder verabschieden, als die Wände rund um sie zu vibrieren begannen. Demeter zog zwei Kurzschwerter aus ihrem Gewand und Michel tat es ihr gleich und holte sein langes Schwert hervor. Die Erschütterung hielt einige Sekunden an und danach war wieder alles still. Der Kanzler sah Demeter ratlos an, die ihrerseits mit den Schultern zuckte. Sie drehten sich im Kreis und sahen sich um, als plötzlich, mit lautem Geplatsche, Max durch einen der Kanäle angelaufen kam. Der kleine, bucklige Vampir fiel vor Michel auf die Knie und hob den Kopf. „Meister! Etwas Schreckliches ist geschehen! Oh nein, oh nein, oh nein …“ Michel sah zu Demeter und dann zu Max. „Was ist los?!“ Der kleine Mann sah sich um, als würde er einen Verfolger suchen, der nicht da war. Dann blickte er wieder zum Kanzler und begann vor Aufregung beinahe zu weinen. „Ich habe ihn gefunden. Fast tot! Verprügelt, blutig, erstochen und doch noch am Leben!!!“ Michel wurde jetzt langsam nervös. „Wer? Verdammt, Max!“ Er hob den Buckligen am Kragen hoch und hielt ihn in Augenhöhe vor sich in die Luft. „Wer ist fast tot?“ Max schluchzte jetzt und seine Stimme war zittrig. „Der Steinmensch! CLAUDIUS!“

8

Cedric saß nun schon seit über einer Stunde auf der Aussichtsplattform des Kahlenbergs. Er war unfair gewesen. Zu William, zu Julie, zu den anderen und zu sich selbst. Er hatte nicht viele Freunde und seit 24 Stunden waren es wieder zwei weniger. Leons Tod hatte ihn erschüttert, gelähmt und handlungsunfähig gemacht. Die feige Ermordung von Vater Andreas war dann der Tropfen gewesen, der das Fass überlaufen ließ. Zu beiden Männern hatte er über die Jahre hinweg eine innige Verbindung aufgebaut. Leon war sein Diener gewesen, genauso wie der Priester. Doch hatte er auf beide Tode unterschiedlich reagiert. Cedric war immer ein Fels in der Brandung gewesen, aber auch seine Kraft war irgendwann am Ende. Und dieses Ende nahte. Das wusste er und er fühlte es mit jeder neuen Nacht die ins Land zog. Ralph war die einzige Hoffnung die dieser Stadt blieb, wenn er irgendwann einmal nicht mehr da war, um aufzupassen. Doch den Jungen auszubilden, würde Jahre beanspruchen und Cedric war sich sicher, dass ihm nicht mehr soviel Zeit blieb. Cedric hatte die Kirche verlassen und war sich bewusst, dass seine Freunde glaubten, er würde Rossoit suchen gehen. Doch sie hatten alle keine Ahnung, was eigentlich los war. Leon war von Tessier getötet worden, soviel stand fest und er würde dafür büßen. Aber das was heute passiert war, war das Werk eines anderen: *„Early one morning, just as the sun was rising …“* Jack DeMornay war in der Stadt. Seit mehr als 500 Jahren war der Werwolf jetzt schon hinter Cedric her, doch so nahe wie heute waren sie sich lange nicht mehr gekommen. Cedric wusste, dass Jack nicht aufgeben würde, bevor er seinen Neffen tot im eigenen Blut liegen sah.

Mehrere Male hätte der Wolf Cedric um ein Haar erwischt, aber beinahe jedes Mal hatte ein Mann ihm das Leben gerettet. Laurent Desgardes, Ralphs Vater. Er war immer im rechten Moment gekommen und das über Jahrhunderte hinweg. Er hatte Cedric aufwachsen und alt werden gesehen und war selbst nie älter geworden. Cedric hatte das lange nicht verstanden, aber auch nie nachgefragt. Dabei war die Antwort so klar und einfach. Laurent Desgardes war ein Zeitreisender. Und jetzt, so viele Jahre später, war er, Cedric, derjenige der den Sohn von Laurent schützen musste. Das war im Moment nicht wirklich einfach. Vor allem nicht wenn er hier im Wald saß und die Bäume anstarrte. „Dummer, alter Mann … dummer, dummer, alter Mann." Cedric schüttelte den Kopf und erhob sich um zur Kirche zurückzukehren und nach Ralph zu sehen, als sich die Ereignisse überschlugen. Er hörte ein Knacken irgendwo hinter ihm in den Bäumen und drehte sich um. Eine gewaltige Pranke schlug ihm ins Gesicht und warf den Vampir einige Meter zurück. Er fiel eine Böschung hinunter und landete auf der asphaltierten Straße, die zur Aussichtsplattform führte. Cedric stöhnte und drehte sich auf den Rücken. Er strengte seine Augen an und versuchte, in der Dunkelheit etwas zu erkennen, doch sah er den Werwolf erst, als dieser mit erhobenen Pranken aus dem Nichts auftauchte. Im Sprung brüllte er und Cedric wusste, dass es Jack war. Cedric hob die Arme und bekam die Handgelenke des Wolfs zu fassen. Er versuchte sie nach oben zu pressen und so die langen Fangzähne von seinem Gesicht fernzuhalten. Der Vampir mobilisierte seine letzten Kräfte und drehte den Wolf zur Seite. Und dann sah er es.

Mitten im Herzen der Stadt flammte ein grünes Licht auf und er kannte Wien gut genug um zu wissen wo die Quelle war. Er drehte den Kopf zur anderen Seite und sah zwei kleine Lichter die schnell größer wurden. Cedric grinste und sah den Werwolf an. „Tut mir leid, Onkel Jack! Aber ich muss los!" Er zog die Beine an und stemmte sie an die Brust des Tiers. Danach ließ er die Klauen los und stieß den

Werwolf mit den Beinen auf die Straße. Der Autofahrer hatte keine Chance auszuweichen und der Wolf knallte mit voller Wucht gegen die Windschutzscheibe. Cedric nahm sich nicht die Zeit um nach Jack und dem armen Teufel zu sehen, der ihm gerade in die Flanke gekracht war. Er erhob sich und rannte los. Das Licht war wieder weg, doch er wusste, dass in seiner Kirche etwas passiert war, das Folgen haben würde. „Lucian!" Keine Antwort. „LUCIAN!" Cedric rannte nun so schnell, dass er für das menschliche Auge nicht mehr war, als ein Schatten. Seine Gedanken rasten und er verfluchte sich dafür, dass er die Kirche verlassen hatte. „Cedric …" Lucians Stimme hallte in Cedrics Kopf wieder. Er klang schwach. „Lucian, was ist bei euch los?" Lucian klang jetzt, als sei er sehr weit weg. „Cedric … Sie sind in der Kirche!"

CEDRIC – Teil 4

Der Fremde begann Richtung Dorf zu wandern und setzte wieder sein Lächeln auf. „Laurent … Laurent Desgardes.“ Cedric fühlte sich bei ihm sicher und ließ die Ohnmacht endlich zu, die ihn schon die ganze Zeit quälte. Als er einige Zeit später erwachte, lag Cedric in einem weichen Bett. Er war gewaschen und seine Kleidung lag auf einem Sessel. Das war nicht Jacks Haus und das Zimmer wirkte, als hätte eine Frau es eingerichtet. Die Türe wurde geöffnet und die Dame des Hauses trat ein. Sie stellte einen Krug auf den kleinen Tisch neben der Türe und warf einen Blick zu Cedric. Als sie sah, dass er wach war, setzte sie ein strahlendes Lächeln auf. „Laurent! Der Junge ist wach! Komm her!“ Cedric richtete sich auf und sah zur Tür. „Wie …“ Die Frau kam zu ihm und setzte sich an den Bettrand. „Ganz ruhig, mein Junge, mein Mann wird dir gleich alles erklären.“ Sie strich ihm ein paar Haare aus dem Gesicht und irgendwie erinnerte sie ihn dabei an seine Mutter. Der Mann, der ihm in der vergangenen Nacht das Leben gerettet hatte, kam zur Tür herein. Sein zerfurchtes Gesicht machte ihn älter, als er wahrscheinlich war, doch in seinen Augen spiegelte sich eine gewisse Jugendlichkeit wieder, die ihn unheimlich sympathisch wirken ließ. Dieser Mann hatte offensichtlich schon viel erlebt, die Freude am Dasein aber dadurch nicht verloren. Er lächelte. „Guten Morgen, Cedric. Wie fühlst du dich?“ Cedric musste einige Zeit über diese Frage nachdenken, ehe er mit den Schultern zuckte. „Ich … ich bin mir nicht sicher…“ Laurent lachte leise. „Nun, mein Junge, das ist nicht weiter verwunderlich. Du hast eine schlimme Nacht hinter dir und ich fürchte, dass davon noch einige folgen werden. Mein Name ist, wie ich dir schon einmal gesagt habe, Laurent Desgardes und das ist meine Frau, Madleine. Du hast sie ja schon kennengelernt, das hübsche Ding.“ Laurent kniff Madleine in die Seite und zwinkerte ihr zu. Sie kicherte und Cedric musste lächeln. Er rutschte ein wenig zurück, um sich am Stirnende des Bettes anlehnen zu können. Jeder Knochen in seinem Körper tat ihm weh. „Jack, mein Onkel, was… kann es wirklich sein, dass er ein… ich meine, gibt es tatsächlich sowas wie Werwölfe?“ Laurent sah seine Frau mit ernster Miene an und auch Madleine hatte aufgehört zu lachen. „Hör zu, Cedric, hör mir jetzt ganz genau zu. Es gibt Dinge von denen du keine Ahnung hast und ob es dir gefällt oder nicht, du bist da in etwas hineingeraten, das du erst viel später wirklich verstehen wirst.“ Cedric öffnete den Mund um etwas zu erwidern, doch Madleine hob die Hand und bedeutete ihm sanft, weiter zuzuhören. Laurent war aufgestanden und wanderte durch den Raum. „Ich arbeite für eine Vereinigung, die sich zusammengetan hat um die Mächte des Bösen zu bekämpfen. Und glaub mir, mein Junge, die sind zahlreich vertreten, auch und besonders schon in deiner Zeit.“

Cedric wollte fragen, wie Laurent das meinte. In seiner Zeit. Doch er hielt es für klüger jetzt einfach mal den Mund zu halten und den Mann reden zu lassen. „Ich bin aus … nunja … sagen wir mal … von sehr weit her gereist, nur um dich zu retten, Cedric. Wir haben Aufzeichnungen über so ziemlich jede Tötung, die sich in den letzten fünf- bis sechshundert Jahren ereignet hat. Frag mich nicht warum, aber meine Auftraggeber halten dich für etwas Besonderes. Sie meinen, du hast das Zeug dazu, Großes zu vollbringen und das ist wohl auch der Grund, warum sie beschlossen haben, dich zu schützen." Laurent drehte sich am Stand um die eigene Achse und richtete seinen Blick auf Cedric, der jedes Wort gehört aber kein einziges verstanden hatte. Sein Gesichtsausdruck schien dies widerzuspiegeln. „Woher wussten Sie, dass ich in Gefahr war und wie konnten Sie mich finden? Ich habe Sie noch nie zuvor gesehen. Ich verstehe das alles nicht. Wieso ich? Was sollte ich schon vollbringen können, wenn ich nicht mal gegen meinen eigenen Onkel bestehen kann?" Cedrics Augen begannen zu brennen und er musste sich zusammenreißen um nicht loszuweinen. Madleine ergriff seine Hand und legte die zweite tröstend darüber. Laurent kam wieder ans Bett heran und ging davor in die Hocke. Er sah Cedric in die Augen und lächelte wieder leicht. „Du wirst gegen ihn bestehen können und müssen. Später. Sag mal Cedric, weißt du, was Vampire sind?"

KAPITEL 9

KONFLIKTE

1

Jack prallte mit voller Wucht gegen das Auto und durchbrach die Windschutzscheibe. Der junge Mann, der am Steuer saß, verriss das Lenkrad und raste mit dem Werwolf auf der Kühlerhaube die Böschung hinunter, die sich rechts von der Fahrbahn befand. Er war gerade unterwegs gewesen um seine Freundin abzuholen, als das Tier plötzlich von der Seite auf die Straße gesprungen war. Das Fell war alles was er erkennen konnte, während er panisch versuchte, das Auto unter Kontrolle zu bringen. Er hatte keine Ahnung, was genau er da angefahren hatte, doch es war in jedem Fall etwas ziemlich Großes.
Der nächste Waldabschnitt kam immer näher und er wusste, dass seine einzige Chance, den Unfall möglichst unverletzt zu überstehen, war, das Auto vorher zum Stehen zu bringen. Er zog die Handbremse und die Reifen blockierten. Der Wagen rutschte noch einige Meter weiter, ehe er mit einem Ruck zum Stillstand kam. Das Tier wurde durch die abrupte Bremsung von der Kühlerhaube gerissen, überschlug sich mehrmals und blieb schließlich regungslos in der Wiese liegen. Der junge Fahrer war mit der Situation völlig überfordert, wollte sich allerdings vergewissern, was genau er da angefahren hatte und ob das Vieh tot war. Er öffnete die Tür, doch als der Wolf sich zu bewegen begann, sich umdrehte und schließlich aufstand, schloss er sie wieder und sperrte ab. Jack war verletzt, doch das war ihm egal. Er konnte Cedrics Fährte noch immer aufnehmen und wollte versuchen ihn vor der Kirche abzufangen. Unter Schmerzen richtete er sich zu seiner vollen Größe auf und schenkte dem demolierten Wagen hinter ihm noch einen

kurzen, hasserfüllten Blick. Als der Fahrer sah, dass das Tier sich erhob und schließlich auf zwei Beinen vor ihm stand, erlitt er einen Schock. Die Polizeistreife, die ihn einige Stunden später, durch Zufall fand, konnte aus dem Mann keinerlei zusammenhängende Sätze herausholen und brachte ihn in ein Krankenhaus, das er erst nach einigen Tagen wieder verlassen konnte. Die Nacht und das merkwürdige Tier vergaß er sein Leben lang nicht mehr. Er sprach allerdings auch niemals und mit keiner Menschenseele darüber was er gesehen hatte.

Jack rannte los. Seine Gedanken vermischten sich in Wolfsgestalt leider immer mit seinen Instinkten. Seit bald 500 Jahren versuchte er, dieses Problem in den Griff zu bekommen, doch wollte es ihm nicht so richtig gelingen „Dummer, kleiner Mensch in seinem dummen, kleinen Spielzeug. Mein verfluchter Neffe. Ich finde ihn und dann mach ich ihn kalt. Hörst du Cedric? Du kannst dich nicht verstecken. Ich weiß jetzt wo du wohnst und ich werde sie alle töten. Einen nach dem andern. Alle deine kleinen Freunde. Early one morning. Tja, lieber Neffe, so siehts aus. Was machst du so morgens? Sicher nicht dasselbe wie ich! Ich kann am Tag gehen. Ich kann essen. Niemand würde vermuten, dass der arme Mann mit dem fehlenden Auge ein Mörder ist. Warte nur Cedric. Ich komme und ich werde dich erst töten und im Anschluss den Weg für die anderen ebnen. Viele andere. Hungrig und brutal. Sie warten vor den Toren deiner Stadt. Ich habe sie getroffen! Wir werden hier schon noch für Ordnung sorgen. Keine Angst, Cedric! Man wird dich nicht vermissen.“ Er hastete durch den Wald und dachte seine wirren Gedanken. Kein

Laurent diesmal. Der Franzose war tot und konnte Cedric nicht mehr beschützen. Der Tag der Abrechnung war da. Wie der Vater so der Sohn. „Es wird Zeit, Neffe. Vor über 400 Jahren habe ich deinen Vater getötet, weil deine Mutter mich abgewiesen hat. Es wird Zeit, dass du ihm folgst…“

2

Lucian war nach einigen Sekunden wieder zur Besinnung gekommen und sofort Richtung Kirche weitergegangen. Er hatte mit Cedric Kontakt aufgenommen. Obwohl, nein, Cedric hatte ihn gerufen. Nachdem Lucian ihm gesagt hatte, was los war, war das Gespräch abgebrochen. Die Kirchentüre wurde ein Stück geöffnet und jemand kam herausgelaufen. Es war Rossoit. Der Vampir verschwand in einer Gasse und Lucian ging möglichst unauffällig die Treppen zum Haupteingang hinauf. Im Inneren herrschte das reinste Chaos. Teile der Steinwände waren herausgeschlagen, die Fenster immer noch kaputt und die meisten der Kirchenbänke waren zu Kleinholz verarbeitet worden. Direkt am Eingang kniete der Junge, Ralph, und hielt den Kopf von Samira, der Polizistin, in seinen Händen, während er über ihre Haare strich. Gleich dahinter stand Julie, die sich offensichtlich nicht sonderlich darüber freute, dass Ralph sich so sehr um die andere Frau kümmerte. „Julie! Ralph! Wasss issst passsiert?“ Er nahm seine normale Farbe an, um die beiden nicht zu verwirren und ging neben Ralph in die Hocke. „Sssamira … issst sssie …?“ Ralph war überrascht, dass Lucian die Frau kannte, doch wollte er sich darüber im Moment keine Gedanken machen. Er sah zu dem Schattengänger und schüttelte leicht den Kopf „Nein. Zumindest noch nicht. Rossoit hat sie berührt und plötzlich war überall grünes Licht. Dann hat sie geschrieen und jetzt schläft sie. Zumindest hoffe ich das.“ Lucian erhob sich wieder und ging zu Julie. Er berührte ihre Hand und sie ergriff sie.

Die beiden sahen sich an und richteten dann ihre Blicke wieder auf Ralph. „Cedric issst unterwegsss. Wir haben vorhin kurz miteinander gesprochen. Warum war Tesssier hier?“ Er warf Ralph einen verächtlichen Blick zu. „Und warum hast du zugelassen, dass er den Mädchen was antut?“ Julie presste Lucians Hand, doch der ließ sich davon nicht aufhalten. Ralph ließ Samiras Kopf langsam zu Boden und erhob sich dann schweigend. Er sah zu Lucian. „Sag mal, spinnst du oder was? Gestern habe ich noch nicht mal an Vampire geglaubt und heute bin ich plötzlich selbst einer! Denkst du das ist einfach für mich?“ Ralphs Stimme überschlug sich, während er wild gestikulierend auf Julie und den Schattengänger zukam. „Das ist alles eine riesengroße Scheiße hier! Ich hab mir das nicht gewünscht! Meine Freundin wird ermordet, ich fast umgebracht, mein bester Freund versucht mich zu töten und du … du … du Missgeburt … willst mir etwas vorwerfen?!“ Lucian ließ Julies Hand los und spürte einen Druck, der sich in seiner Brust aufbaute. „Hör zu, esss tut mir …“ Ralph drehte sich von ihm weg und hielt eine Hand hoch, „Komm mir jetzt bloß nicht mit diesem ‚Es tut mir leid‘-Schwachsinn! Wenn es einem leid tun sollte, dann Cedric! Wo ist er denn, der große Beschützer? Wieso lässt er uns hier alleine? Ein alter Pfaffe ist ermordet worden! Schön! Das ist tragisch! Aber wieso bleibt er nicht hier und hilft uns, während diese beiden Psychopathen hier einbrechen und uns durch die Mangel drehen?" Julie wusste nicht weiter. Sie sah sich zu der Kirchenbank um, in der noch immer Vater Andreas' Leiche lag. Wie durch ein Wunder waren die Bank und der Körper heil geblieben. Sie drehte sich wieder zu Lucian um und hatte das Gefühl, dass der Schattengänger immer blasser wurde, je länger Ralph ihn beschimpfte. Der junge Vampir schien jetzt völlig außer sich zu sein und Ralph selbst hatte das Gefühl, als hätte sich in ihm gerade eine Schleuse geöffnet, die den ganzen Kummer und die Verzweiflung über das was passiert war, ins Freie ließ. „Ich will das nicht! Ich will mein altes Leben zurück und nicht wie Christopher Lee auf die Jagd nach irgendwelchen Jungfrauen gehen! Verdammt … CEDRIC!!!!"

Ralphs Stimme hallte durch die Kirche und konnte noch viele Straßen weiter gehört werden. „Wieso hilfst du mir nicht?" Er drehte sich jetzt im Kreis und blutige Tränen liefen ihm über die Wangen. „ICH BIN FÜR SOWAS NICHT GESCHAFFEN!! CEDRIC !!! HILF MIR!!!" Er ließ sich auf die Knie fallen und vergrub das Gesicht in seinen Händen. Ralph weinte jetzt, ohne darauf zu achten, dass sich seine Hände und Kleidung rot färbten. Julie wollte zu ihm gehen, doch Lucian hielt sie zurück. Sie blickte ihn an und hatte selbst Tränen in den Augen. Lucian versuchte zu lächeln und schüttelte den Kopf. Sie nickte und ergriff neuerlich seine Hand. Lucian nahm sie in den Arm. So verbrachten sie einige sehr traurige Momente. Der Schattengänger und seine neue Freundin, der Vampir, für die er etwas empfand, dass er mit dem Wort Liebe assoziierte, die Polizistin, die für das Gute kämpfte und nun anscheinend auch dafür sterben würde und der junge Vampir, der sich seiner Existenz immer bewusster wurde. Und je mehr das passierte, umso weniger wollte er sein, was er jetzt war. Als er von zwei starken Armen aufgerichtet und in den Arm genommen wurde, war es ihm egal, zu wem sie gehörten. Er wurde getröstet, beschützt und seine Tränen bedeckten jetzt auch die Kleidung des Mannes, der soeben die Kirche betreten und die kleine Gruppe in ihrem Dilemma vorgefunden hatte. Ralph konnte keinen klaren Gedanken mehr fassen und in seiner Trauer schaffte er es gerade noch ein Wort zu sprechen, ehe er wieder zu weinen begann. „Cedric …“ Der alte Vampir drückte ihn noch fester an sich und auch seine Augen wurden feucht. „Ich bin da, mein Sohn, ich bin da.“

3

Rossoit rannte wieder einmal durch die verschneiten und mittlerweile ziemlich menschenleeren Straßen dieser verdammten Stadt, die ihm jeden Abend größer und furchtbarer erschien. Er wurde nicht verfolgt, zumindest war ihm nichts aufgefallen. Es war noch nicht spät, doch es war offenbar schon wieder sehr kalt, da beinahe keine Menschen mehr unterwegs waren. Warum ging hier eigentlich ständig alles schief? Das war doch bisher auch nicht so gelaufen. Nagut … bisher hatte er auch nicht seinen alten Sire im Nacken gehabt. Abgesehen von seiner lästigen Kleinarmee. Und dann auch noch der junge Desgardes. Er hatte mit Benny einen Glückstreffer gelandet, soviel stand fest. Doch Cedric nannte jetzt auch einen jungen Vampir sein Eigen, der offensichtlich viel zu stark und begabt war. Und Ben? Der war eine tickende Zeitbombe. Noch hörte er darauf, was Rossoit ihm sagte, aber es war nur eine Frage der Zeit, bis er den Aufstand proben und sich gegen seinen Herrn stellen würde. Rossoit gestand es sich nur ungern ein, aber er war mit seiner Weisheit am Ende und seinem Ziel noch immer nicht näher. Der Überfall auf die Kirche hätte fast mit einem Fiasko geendet und seine Suche nach dem Gefäß mit dem Blut des Dämons darin, erwies sich als Puzzle, das von Haus aus zuwenig Teile hatte. Niemand, nicht mal die ältesten Ausgeburten der Hölle, die unter den Straßen der Stadt hausten, waren bereit mit ihm zusammenzuarbeiten oder ihn auch nur in die richtige Richtung zu stoßen. Ein Tag und eine Nacht waren noch übrig, danach war alles vorbei. Er hatte keinen Spielraum mehr. Seit Corvinus damals abgekratzt war, hatte sich hier wirklich Vieles …

Moment mal! Ja, natürlich! Rossoit blieb stehen und schlug sich an den Kopf. Wie konnte er nur so blind gewesen sein. Das hier war schließlich schon lange bevor Cedric hierher kam, die Stadt von Matthias Corvinus gewesen und jeder wusste, dass es irgendwo in der Stadt einen Ort gab, an dem er seine Aufzeichnungen hinterlassen hatte. Er hatte damals mitgeholfen, Phiomet in die Welt der Dunkelheit zu befördern und es war durchaus möglich, dass er auch herausgefunden hatte, wie man ihn wieder zurückbringen konnte. Corvinus war der Schlüssel zum Gefäß und er wusste, wer ihm den Weg zu den Aufzeichnungen zeigen konnte. Rossoits Stimmung stieg wieder ein wenig. Jemand hatte noch einen Gefallen bei ihm offen. Ein Schwert das nichts wert war, gegen eine Information, die ihn endlich zum Ziel bringen würde. Er hatte den alten Mönch auf Bildern gesehen. Seite an Seite mit dem Erzfürsten. Rossoit wäre doch sehr verwundert gewesen, hätte der Alte keinen Zugang zu Corvinus' Archiven gehabt. Er sollte Recht behalten. Doch bis dahin war es an der Zeit, sich um andere Dinge zu kümmern. Der Mönch würde in dieser Nacht sowieso noch in der Unterkunft vorbeischauen. Mal sehen, wie er auf die Nachricht reagieren würde, dass sein Fluch nicht auf das Schwert gewirkt hatte.

Als Rossoit die Gasse zur Unterkunft betrat, bemerkte er, dass das Schloss vor der schweren Holztüre geöffnet worden und die Tür von innen verriegelt worden war. Mit gerunzelter Stirn ging er näher heran und legte vorsichtig ein Ohr an das Tor. Im Inneren konnte er zwei Stimmen hören. Eine davon gehörte Gordon, die andere seiner Gefährtin Mirelle. Rossoit klopfte an das massive Tor und hörte, wie es von innen aufgeschlossen wurde. Gordon öffnete und als Rossoit ihn anlächelte, wich er sofort zurück. Der Meister betrat die fast leere Unterkunft und stellte sich direkt vor Gordon. „Nun, mein Freund, wie siehts aus? Habt ihr den Vater des Mädchens gefunden?" Mirelle blickte verlegen zu Boden und auch Gordon wirkte etwas nervöser als sonst. „Nunja, ja, Herr. Es ist nur … man kommt nicht an ihn heran." Rossoit fühlte, wie Wut in ihm aufkam. Warum funktionierte einfach nichts mehr? „Gordon…" Er versuchte sich zu fassen und ruhig zu bleiben. „Was soll das heißen, man kommt nicht an ihn heran?" Gordon blickte zu Mirelle. „Wir haben seine Spur verfolgt. Was genau passiert ist, können wir nicht mit Sicherheit sagen, aber …" Mirelle trat nun einen Schritt nach vorn und ergriff das Wort. „… aber wir wissen wo er sich jetzt aufhält. Die schlechte Nachricht ist, wir werden dort wohl nicht reinkommen, ohne aufzufallen.“ Rossoit war überrascht. „Und die gute?“ Mirelle lächelte ein wenig verlegen. „Die gute Nachricht ist … dass er dort auch von selbst nicht mehr rauskommt. Soweit wir in Erfahrung bringen konnten, wurde dem Vater letzte Nacht die Nachricht überbracht, dass sein Kind tot sei, keine Ahnung wie die Polizei das so schnell herausfinden konnte. Jedenfalls hat der alte Mann daraufhin vollkommen durchgedreht. Er hat einen der beiden Polizisten, die die Nachricht überbrachten, beinahe krankenhausreif geprügelt und nachdem man ihn überwältigt hatte, wurde er in die so genannte ‚Baumgartner Höhe’ gebracht. Das ist so eine Art Irrenhaus. Da gibt’s keinen Eingang und keinen Ausgang. Wir haben uns die Sache etwas genauer angesehen. Wenn du da reinkommst, dann kommst du wahrscheinlich nie wieder raus. Und so wie’s aussieht, nicht mal, wenn dich jemand rausholen will.“ Rossoit wirkte nachdenklich und nickte. „Dann ist er eben erst mal aus dem Schussfeld. Gut. Wir wollen doch nicht, dass dann auch noch ein wildgewordener Vater, versucht sein totes Kind zu rächen. Wir haben auch so schon genug Mist am Hals.“

Gordon und Mirelle sahen sich an. Sie wussten, dass sie soeben ihr Leben gerettet hatten. Rossoit war mit dem Ergebnis zufrieden und das garantierte ihnen, noch ein wenig weitermachen zu dürfen.

4

Die Türe zur Straße wurde aufgestoßen und ein Schrei hallte durch den Keller. „ROSSOIT!!!“ Mirelle, Gordon und ihr Meister sahen überrascht zum Eingang, wo Ben mit weit aufgerissenen Augen, die drei anstarrte. Er kam langsam und mit verwirrter Miene die Treppen herab und ging auf seinen Herrn zu. „Kannst du mir mal erklären, was das da vorhin sollte?“ Rossoit lächelte milde und ging Ben ein paar Schritte entgegen. Er legte ihm eine Hand auf die Schulter, doch Ben schob sie mit seiner Rechten weg. „Hör auf mit dem Mist, Mann. Du hast gesagt, ich darf Ralph töten, also was sollte das?“ Rossoit verschränkte die Arme vor der Brust und ließ sich seine innere Unsicherheit nicht anmerken, zumindest hoffte er, dass man es ihm nicht ansah. „Ich habe dir gesagt, dass du deine Chance erhalten wirst. Aber heute war einfach nicht die richtige Nacht dazu. Was haben wir denn davon, wenn du im Kampf stirbst, bevor du noch überhaupt weißt, was du alles kannst?“ Ben starrte ihn ungläubig an. „Du denkst also ich bin schwach, ist es das? DU warst doch derjenige der von Ralph durch die ganze Kirche geprügelt wurde, oder nicht? Hab ich es etwa nötig Geiseln zu nehmen? Muss ich mich ins Gesicht schlagen lassen ohne mich zu wehren? Ich denke nicht, oder wie siehst du das?“ Rossoit warf einen Blick zu seinen beiden anderen Kindern, die ihrerseits mit weit geöffneten Augen und etwas betretenem Gesichtsausdruck hinter ihm standen. Das reichte jetzt. Seit jeher war die Hierarchie innerhalb dieser Gruppe von Angst und Gehorsam geprägt. Es wurde Zeit, dass dieser kleine Wichtigtuer beides lernte. Angst zu haben und zu gehorchen. Er drehte Ben den

Rücken zu und lachte leise. Dann holte er aus, drehte sich um seine eigene Achse und traf Ben mit seinem Handrücken ins Gesicht. Teils durch die Wucht des Schlags, teils allerdings auch ob der Überraschung darüber, war Ben unfähig sich irgendwo festzuhalten und wurde gegen eine der Säulen geschleudert, die das Haus über ihnen stützten.

Ben blieb einige Sekunden regungslos liegen, ehe er aufstand und seine Kleidung zu Recht strich. „Du denkst du bist was Besseres Rossoit. Aber in Wirklichkeit bist du nur schwach. Du solltest dir gut überlegen, wen du dir zum Feind machst, stimmts alter Junge?“ Zur allgemeinen Überraschung war der Kerberos aus seiner Ecke zu Ben getrottet und hatte sich vor ihm niedergelassen. Dieser strich ihm über seinen pelzigen Kopf und kraulte ihn hinter den Ohren. Rossoit wurde unglaublich wütend, als er sah, wie das Tier sich schützend vor Ben stellte und mit gefletschten Zähnen in Richtung der Vampire blickte. „Nun gut, mein Sohn, wenn das deine Wahl ist …“ Rossoit wandte sich ab. „Herr …“ „Nicht jetzt, Gordon, sieh zu, dass vor Sonnenaufgang alle da sind. Ich muss noch jemanden treffen.“

Gordon nickte und warf Ben einen verächtlichen Blick zu, der allerdings relativ unbeeindruckt zurück lächelte. Rossoit öffnete die Tür und trat ins Freie. Er ging einige Schritte und blieb dann stehen. Seine Hand hatte er nach dem Schlag in Bens Gesicht zu einer Faust geballt und seither nicht mehr geöffnet. Die Nägel hatten sich ins Fleisch gebohrt und dort Wunden hinterlassen, die bereits wieder verheilten. Es war nicht leicht so zu sein, wie sie waren, das war ihm schon bewusst. Aber Bens Verhalten, war nichts außer Spott und Hohn. Er hörte jemanden husten und sah sich um. Beide Seiten der Gasse waren leer und auch der Abgang zum Keller war wieder geschlossen worden. Dann fiel ihm etwas auf, das er bisher nicht bemerkt hatte. War das Blut? Er hatte Blut übersehen? Rossoit ging näher zu der Wand, die dem Keller gegenüber lag. Er fuhr mit dem Finger auf der dünnen, roten Flüssigkeit hin und her und roch daran. Definitiv Blut. Was war hier passiert und wieso wusste er nichts davon? Als er sich umdrehte um in den Keller hinunterzugehen, stand ein alter Mann in einem Mönchsgewand vor ihm. Rossoit sah ihn überrascht an und lächelte schief. „William! Genau der Mann auf den ich gewartet habe…“

5

Einige Zeit bevor William sich mit Rossoit traf war an derselben Stelle die Situation zwischen ihm und seinem jungen Freund eskaliert. William sah den Jungen mit traurigen Augen an und schüttelte den Kopf. „Du solltest doch nicht fragen…“ Noch ehe Claudius wusste, wie ihm geschah, spürte er, wie etwas seine Haut durchbohrte und sich in seine Gedärme schob. Er sah William an, der ihm gegenüber stand und blickte dann an sich hinunter. Der Steindolch aus Williams Hand, hatte die Kleidung durchstoßen und steckte jetzt in seinem Bauch. Claudius hob den Kopf wieder. „W … William … wieso?“ Williams Augen füllten sich mit Tränen. „Es tut mir Leid, mein Freund, ich habe keine Wahl.“ Er zog den Dolch aus

Claudius' Körper, der sich kaum noch auf den Beinen halten konnte. Der Junge presste seine linke Hand auf die Wunde, doch das Blut floss ungehindert weiter. Er sank auf seine Knie und fühlte wie er schwächer wurde. „Ich … du bist mein Freund! Wieso tust du das?“ William wischte den Dolch ab und ließ ihn in seiner Kutte verschwinden. Er drehte sich zu Claudius, dem jegliche Farbe aus dem Gesicht gewichen war. Der alte Mann packte ihn mit beiden Händen am Hals, zog ihn wieder auf die Beine und drückte ihn hart gegen die verschneite Wand hinter ihm. Claudius spürte, wie ihm die Luft wegblieb. Er ergriff Williams Handgelenke und versuchte ihn wegzudrücken. Der alte Mönch riss Claudius herum und warf ihn wieder auf den Boden. In diesem Moment hatte es wieder zu schneien begonnen und das Blut auf der Straße verschwand langsam unter einer dünnen, weißen Decke. Claudius litt unendliche Schmerzen und konnte jetzt ungefähr nachempfinden, wie sich Jade damals gefühlt haben musste, als sie durch seine Hand ihr Kind verloren hatte. Er hatte jetzt nur noch eine Chance. Die einzige Möglichkeit zu überleben, bestand für ihn darin, das Blut am Fließen zu hindern. Claudius begann sich zu versteinern. Die harte, graue Schicht begann seine Finger und Beine zu überziehen. Ein schwerer Tritt gegen den Kopf stoppte den Vorgang und der Stein bröckelte ab. William stand wieder über ihm und aus seinem Gesicht sprach pure Verzweiflung. „Lass das, Junge, du musst sterben! Ich will das nicht! Ich liebe dich wie einen Sohn, Claudius, verstehst du das nicht? Du warst immer wie mein eigenes Kind.“ Claudius hatte sich auf den Bauch gedreht und robbte vorwärts. Er wollte versuchen die Straße zu erreichen. „Schon damals, als du zu uns ins Kloster gekommen bist …“ William kam von links an Claudius heran und trat ihm hart in die Seite. „… habe ich dir vertraut und gehofft dich eines Tages für unsere Sache gewinnen zu können. Aber du…“ Er trat wieder zu und Claudius spuckte Blut aus. „…musstest ja immer…“ Er trat Claudius in den Rücken und dieser brach zusammen. „…der Gute sein…“ Er trat gegen Claudius’ Gesicht und der Junge verlor endgültig das Bewusstsein. William ging rund um ihn und packte seine Arme. Er schleppte ihn zu der kleinen Brücke, die direkt neben der Gasse war in der Rossoits Unterkunft lag. Nachdem er Claudius auf das Geländer gehievt hatte, liefen dem alten Mann Tränen übers Gesicht. Er legte dem Jungen, den er über so viele Jahre beschützt und gefördert hatte, eine Hand auf die Stirn und sein Gesicht auf seine Brust. „Es tut mir leid, Kris, aber ich kann nicht riskieren, dass irgendjemand uns aufhält. Weder du, noch Rossoit … oder Cedric. Leb wohl.“

Mit diesen Worten zog er noch einmal den Dolch heraus und schnitt Claudius die Kehle durch. Dann warf er ihn über das Geländer. Claudius fiel mit einem leisen Klatschen in den nur leicht zugefrorenen Donaukanal. Dort versank er langsam. William wischte den Dolch erneut ab und steckte ihn ein. Gerade als er sich umdrehte, bemerkte er, wie zwei der Vampire Rossoits, ein Mann und eine Frau in die Gasse bogen und die Unterkunft öffneten. Er zog sich ein wenig in die Schatten zurück und verharrte dort. Er wollte sehen, was da noch passierte. Was sich Williams Aufmerksamkeit entzog war, dass ein kleiner, buckliger Mann aus dem zum Donaukanal führenden Flussarm gelaufen kam, Claudius fand und ohne zu zögern auf den Schultern zu Michel

D´Hullivier brachte. Der Bucklige hatte seinerseits nur gesehen, dass der Steinmensch geworfen wurde. Von wem, würde er erst in zwei Nächten erfahren. Er hatte Claudius immer gemocht und würde alles daran setzen, den Jungen zu retten.

6

Als nun Rossoit mit William in dieser Gasse stand, war ihm nicht wohl in seiner Haut. Der alte Mönch hatte ihn schon kontaktiert, als er noch in Frankreich gewesen war. Er hatte ihm angeboten, das Gefäß mit dem Blut des Dämons zu finden und ihm eine Waffe zu geben, mit der er jeden Vampir töten konnte. Woher er überhaupt davon gewusst und wieso er ihm seine Hilfe angeboten hatte, war Rossoit ein Rätsel und der Alte war ihm irgendwie nicht geheuer. Die Waffe hatte auch nicht so funktioniert, wie er es versprochen hatte. Mal sehen, welche Erklärung er dafür haben würde. William streckte Rossoit die Hand zum Gruß hin und dieser ergriff sie zögerlich. Es war unglaublich welch festen Händedruck dieser alte Mann hatte. „Rossoit Tessier. Schön euch endlich in meiner Stadt gegenüber zu stehen. Der Ausflug nach Frankreich war zwar eine schöne Abwechslung, doch in den eigenen vier Wänden fühlt man sich doch am wohlsten, nicht wahr?" Rossoit ließ sich die Worte kurz durch den Kopf gehen und zog dann seine Hand aus der des Alten. „Wir haben ein Problem, mein steinerner Freund. Das Schwert, das du mir gegeben hast … das … funktioniert nicht richtig."

William machte einen überraschten Gesichtsausdruck. „Hast du es bei dir? Ich muss es mir ansehen, Fehler können passieren. Wie hat es sich denn ausgewirkt?" Rossoit sah den Alten verblüfft an. „Wie es …" Er musste lachen, während Williams Gesicht ruhig und emotionslos blieb. „Wie es sich ausgewirkt hat? Gar nicht, verdammt! Ich habe dem Jungen das Schwert in die Hand gedrückt und er hat damit einer Vampirin ins Herz gestochen. Sie ist umgekippt, so weit, so gut. Und was war dann? Zwei Minuten später steht sie wieder auf und will mir an die Gurgel! Kannst du mir das mal erklären?!"

William blickte sein Gegenüber betreten an und seufzte. „Tja, was soll ich dazu sagen. Das Schwert wurde von meinem Freund Claudius belegt. Ich fürchte, er hat entweder einen Fehler gemacht oder es absichtlich falsch verflucht. Was mich aber wundern würde, da er nicht wusste, wofür ich es brauche." Rossoit sah den Steinernen an und versuchte aus seinem Gesicht eine Lüge herauszulesen. „Was ist mit ihm, diesem … Claudius. Kann er uns gefährlich werden?" William strich sich über den Bart und fixierte Rossoit mit eisigem Blick. Dann schüttelte er leicht den Kopf. „Nein … ganz sicher nicht." Rossoit nickte. „Gut, dann haben wir aber immer noch ein Problem, mein Alter. Du hast mir etwas gegeben, das ich brauche. Genauso wie ich dir. Mein Teil der Abmachung ist erfüllt, deiner ja nun offensichtlich nicht." William ließ die Hände sinken. „Ich kann dir ein neues Schwert machen, wenn du …" Rossoit winkte ab. „Nein, nein, nein, William. Ich habe einen anderen Vorschlag. Nimm das Schwert wieder an dich, ich brauche es nicht mehr. Stattdessen will ich etwas ganz Simples von dir. Eine Information. Ich suche ein Buch. Ein spezielles Buch…" Williams Alarmglocken schrillten. Er kannte Rossoit Tessier nicht sehr gut, aber er kannte die Geschichten, die man sich von ihm erzählte. Tessier war ein Mann der Tat, nicht der Worte. „Ich verstehe. Welches Buch soll das sein?" Rossoit trat so nahe an William heran, dass er ihn hätte küssen können. „Du weißt, welches Buch. Ich bin kein Idiot, William. Führ mich zu den Aufzeichnungen von Matthias Corvinus Hunyadi, Erzfürst der vampirischen Gemeinschaft zu Wien!" Williams Befürchtung wurde wahr. Woher wusste Tessier, dass der Fürst Aufzeichnungen hinterlassen hatte? Egal. Er konnte damit ohnehin nichts anfangen. Der Verstand glaubt, was das Auge sieht. Und so nickte William und sprach den Satz, der beinahe das Ende der Welt eingeläutet hätte. „In Ordnung, Rossoit, folg mir zu den Katakomben…"

7

Cedric hatte Ralph einige Minuten in den Arm genommen und getröstet. Lucian tat dasselbe mit Julie und so war Ruhe eingekehrt in der ehemals so schönen Kirche im Herzen Wiens. Samira lag zwischen ihnen und atmete flach und ruckartig. Cedric hatte sie über Ralphs Rücken hinweg ständig beobachtet, um bei der kleinsten Veränderung ihres Zustandes eingreifen zu können, doch sie schien einfach nur tief und fest zu schlafen. Nachdem Ralph sich einigermaßen gefangen hatte, löste er sich aus Cedrics Griff und ging wieder zu Samira. Er hob sie behutsam hoch und sah Cedric mit kaltem Blick an. „Ich bin vor Sonnenaufgang wieder hier …" Ralph wandte sich zur Tür und machte sich daran die Kirche zu verlassen. „Und was denkst du, wohin du jetzt gehst?" Cedric war neben ihn getreten und hielt sanft seinen Arm fest. „Ich bringe sie in ein Krankenhaus. Sie hat mir nicht nur das Leben gerettet, indem sie auf Benny geschossen hat, sondern ist jetzt auch noch meinetwegen in diesem … diesem Zustand." Cedric sah Ralph mit traurigem Blick an und nahm ihm Samira aus den Armen. „Ich gehe … das bin ich ihr schuldig und ich bitte dich jetzt einfach darum, weil ich es dir nicht befehlen will." Ralph ließ zu, dass Cedric die Frau aus seinen Armen nahm. „Dann lass mich mitgehen. Vielleicht sind sie noch irgendwo da draußen." Cedric warf einen Blick durch die immer noch geöffnete Tür. Es schneite jetzt sehr stark. „Ich nehme ihr Auto und bringe sie in Sicherheit. Tessier und die anderen werden mich nicht in einem Fahrzeug vermuten und falls doch, dann werde ich nicht allein sein. Lucian, du folgst mir."

Der Schattengänger löste sich von Julie und nickte. „Ihr beiden schließt euch JETZT sofort in meinem Turm ein. Ich habe einen Schlüssel, der einzige Ersatz dafür befindet sich im Inneren des Turms. Ihr sperrt ab und öffnet nur, wenn William, Claudius oder ich vor der Tür stehen. Ich bin in spätestens einer Stunde wieder da. Dann sehen wir weiter." Ralph wollte etwas sagen, doch Julie ergriff seine Hand und nickte stumm. Ralph sah sie kurz an und nickte dann ebenfalls. Er trat noch einmal an Samira heran und legte ihr eine Hand auf die Stirn. Sie schwitzte, obwohl ihre Haut kalt war und sie am ganzen Körper leicht zitterte. „Ich habe von ihr geträumt, Cedric … Sie war im Traum irgendein großes Tier. Ein Wolf, glaube ich. Sie hat mir die Kehle durchgebissen. Ich konnte den Schmerz richtig fühlen,

Cedric, was kann das bedeuten?“ Der alte Vampir sah Samira einen Moment lang an und richtete seinen Blick dann wieder auf Ralph. „Ich weiß es nicht, aber ich meine, du solltest darüber nicht zuviel nachdenken. Aus Erfahrung kann ich dir sagen, dass unsere Träume viel über uns und das was uns umgibt aussagen. Allerdings spielt uns unser Verstand auch manchmal Streiche. Merk dir deine Träume, aber lass dich nicht von ihnen leiten.“ Ralph nickte, auch wenn er nicht wirklich beruhigt war. Cedric wandte sich ab und trat aus der Kirche. Julie nahm Ralphs Hand und zog ihn sanft Richtung Wendeltreppe.

Lucian blickte ihnen nach und wusste nicht so recht, was er bei dem Anblick fühlen sollte. Kurz vor der ersten Stufe, blieb Julie mit einem Mal stehen und flüsterte Ralph leise etwas zu. Er ließ ihre Hand los und Julie lief zurück zum Eingang. Sie fiel einem völlig verdutzten Lucian stürmisch um den Hals und presste ihre Lippen an seine Wange. Sie küsste ihn und flüsterte ihm ins Ohr. „Sieh zu, dass du vorsichtig bist, ich will dich in einem Stück zurückhaben.“ Dann ließ sie ihn los und trat einen Schritt zurück. Als sie seinen überraschten Blick sah, kicherte sie und lief wieder zu Ralph. Lucian berührte mit der Hand seine Wange und drehte sich zu Cedric um. Der alte Vampir grinste und deutete ihm mit dem Kopf, dass er kommen solle. Lucian musste ebenfalls lächeln und wandte sich noch einmal um. Julie und Ralph stiegen die Treppe zum Turm hoch, wo sie nach wenigen Augenblicken in der Öffnung an der Decke verschwanden. Der Schattengänger drehte sich um und folgte Cedric nach draußen. Er öffnete die Hintertüre des schwarzen Ford, der vor der Kirche parkte und Cedric legte

Samira sanft auf den Rücksitz. Nachdem er den Schlüssel aus ihrer Manteltasche genommen hatte, schloss er die Türe sanft und setzte sich ans Steuer. Lucian trat an den Wagen heran und klopfte mit besorgter Miene ans Fenster. Cedric startete den Wagen und ließ die Scheibe herunter. „Sorge dich nicht, Lucian, Ralph und das Mädchen sind im Turm relativ sicher und ich denke nicht, dass Tessier heute noch mal wiederkommt." Lucian nickte und lehnte sich halb in das Fahrzeug hinein. „Wasss issst wenn du aufgehalten wirsssst?" Cedric schaltete die Scheinwerfer ein und legte den ersten Gang ein. „Ich kann mir nicht vorstellen, dass unsere Gesetzeshüter bei so einem Wetter auf der Lauer liegen und wenn doch ... dann wird mir schon etwas einfallen. Folge mir unauffällig und halte Kontakt. Wir machen das schon." Lucian nickte, trat einen Schritt zurück und Cedric fuhr los.

8

Als er auf den Ring hinausfuhr, hörte er plötzlich etwas. Eine Melodie, die ihm bekannt vorkam. Er sah auf das Autoradio, doch das war abgeschaltet. Nach zirka einer Minute riss das Geräusch ab, nur um wenige Sekunden später neu zu beginnen. Cedric konzentrierte sich auf die Straße, da das Wetter mittlerweile wirklich schlimm war. Als das Lied leise zum dritten Mal begann, fiel Cedric ein, dass Samira sicher ihr Mobiltelefon eingesteckt hatte. Er griff mit einer Hand nach hinten und stöberte in ihren Manteltaschen, bis er das Handy erwischte. Cedric holte es zu sich in den Fahrerraum und sah auf das Display. „MARTIN BÜRO" schien auf. Er hob ab. „Apparat von

Samira Wächter. Hallo?“ Stille. „Hallo?“ Nach einigen Sekunden meldete sich eine unfreundliche, raue Stimme „Wer ist da?“ Cedric bog auf den Schwarzenbergplatz ein und hätte beinahe eine rote Ampel übersehen. Er trat auf die Bremse und der Wagen kam sehr wacklig zum Stehen. „Wer zum Geier ist da? Geben Sie mir Samira!“ „Sind Sie ein Freund von ihr?“ „Ich bin ihr Chef, verdammt! Geben Sie sie mir!“ „Hören Sie zu, Martin. Samira ist sehr krank. Sie benötigt dringend ärztliche Hilfe. Wenn Ihnen das Wohl des Mädchens am Herzen liegt, dann stellen Sie jetzt keine weiteren Fragen. Sagen Sie mir einfach, wohin ich sie bringen kann, ohne, dass viel Aufsehen um ihren Zustand und dessen Ursache gemacht wird.“ Der Anrufer schien zu überlegen. „Geht in Ordnung, Herr…“ „Nennen Sie mich Cedric.“ „Also gut, Cedric, bringen Sie sie ins Krankenhaus Speising, im 13. Bezirk. Ich kenne dort einige Leute, die schweigen werden, wenn ich sie darum bitte. Ich werde Sie am Haupteingang erwarten.“ „Alles klar…“

Cedric drückte den kleinen roten Knopf und legte das Telefon auf den Beifahrersitz. „Lucian … kannst du mich hören?“ Lucians Stimme hallte in Cedrics Kopf wieder. „Ja. Wasss gibtsss?“ Cedric schlingerte um die Ecke der Prinz Eugen Straße und befand sich jetzt am Gürtel. „Versuch den Kanzler oder Demeter zu erreichen. Die Fenster müssen noch heute Nacht repariert und magisch gesichert werden!“ „Geht klar, Cedric! Einsss noch … ich versssuche schon die ganze Zeit mit William und dem Kleinen Kontakt aufzunehmen. Keiner von beiden antwortet.“ Cedric dachte kurz nach. „Ich weiß nicht, wo sie sind. Seit ich die Kirche heute Abend verlassen habe, habe ich keinen von beiden gesehen oder gehört. Versuch es weiter und wenn du sie erreichst, schick sie zur Kirche.“ „Allesss klar.“

Cedric sah auf die Uhr. Er konnte nicht glauben, dass es bereit 23 Uhr war. Die Ereignisse der letzten Stunden waren ihm vorgekommen, als seien sie allesamt innerhalb weniger Minuten passiert. Er drückte aufs Gas und fuhr viel zu schnell über die glatte und verschneite Fahrbahn. Als er vor dem Spital Speising ankam, stand ein Mann um die Fünfzig in einer dicken Winterjacke, einem Hut auf dem Kopf und einer Zigarette im Mund, vor dem Aufgang zum Empfang. Cedric wusste, dass das Martin sein musste. Samira hatte ihm schon öfters von ihm erzählt und Cedric war davon überzeugt, dass er ein guter Mensch war. Er parkte den Ford vor den Stufen und stieg aus. Martin kam zu ihm herunter und wäre beinahe auf den eisglatten Stufen ausgerutscht. Es hatte mittlerweile wieder so stark zu schneien begonnen, dass es schwer war, weiter als einen Steinwurf zu sehen. Cedric öffnete die hintere Tür des Wagens und hob Samira vorsichtig heraus. Martin war um den schwarzen Ford herumgegangen und hatte an seinem Halfter den kleinen Riemen gelöst, der seine Dienstwaffe festhielt. „Guten Abend … Cedric … wie wäre es wenn Sie mir langsam mal sagen, was hier los ist?“ Cedric drehte sich mit Samira auf den Armen zu ihm um und sah ihn ernst an. „Martin, richtig? Sie müssen mir jetzt einfach vertrauen. Samira ist bewusstlos. Sie ist heute Abend zusammengebrochen und wir wissen nicht genau was ihr fehlt.“ Fischer öffnete den Mund um etwas zu erwidern. „Nein, Martin, nicht hier und nicht jetzt. Nehmen Sie das Mädchen und sorgen Sie dafür, dass sie ärztliche Hilfe bekommt.“ Martin nahm Samira aus Cedrics Armen und sah ihn skeptisch an. „Das ist nicht einfach so passiert, nicht wahr?“ Cedric öffnete die Fahrertüre. „Nein. Und ich verspreche Ihnen, dass derjenige der dafür verantwortlich ist, Rechenschaft ablegen wird.“ Er setzte sich wieder in den Wagen und Fischer trat an die Fahrertür. „Wer sind Sie, verdammt nochmal?“ Cedric schlug die Tür zu und öffnete das Fenster einen Spalt. Ehe er losfuhr, gab er Fischer die Antwort, die er hören wollte. „Ein Freund …“

KAPITEL 10

HINTERHALT

1

William führte Rossoit durch einige enge Gassen des ersten Bezirks, bis sie an einer Litfasssäule stoppten, an der vermoderte Plakate befestigt waren. Der Alte klopfte in einem bestimmten Rhythmus gegen das Metall und nichts passierte. Rossoit sah den Mönch skeptisch von der Seite an und schüttelte den Kopf. Er hatte eindeutig zu viele schlechte Filme gesehen. Gerade, als er William fragen wollte, ob es ihm Spaß machte, ihm die Zeit zu stehlen, hörte er ein mechanisches Rattern, wie von einer Kette. Kurz danach klickte es zweimal und die Litfasssäule öffnete sich an einer Seite. Ein Vampir trat heraus. Er war etwa einen Meter siebzig groß, hatte pechschwarze Haare, mehrere Piercings im Gesicht und trug einen kunstvoll gestutzten Bart. „William, schön dich zu sehen… wen bringst du uns hier?“ Der Mann hatte einen stark ausgeprägten, italienischen Akzent und die vielen Ausbuchtungen unter seiner schwarzen Lederjacke, deuteten darauf hin, dass er schwer bewaffnet war. „Ich grüße dich, Paolo. Mein Freund … Robert … ich habe versprochen, ihm die Bibliothek zu zeigen.“

Rossoit warf William einen flüchtigen Blick zu und lächelte Paolo dann freundlich an. „Guten Abend, Paolo, ich bin Robert.“ Paolo, einer der Wächter der Kanalisation, wirkte relativ unbeeindruckt und sah Rossoit von oben bis unten an. „Si. William erwähnte das eben. Was macht Ihr hier in der Stadt? Tourist oder geschäftlich hier?“ Rossoit wurde unbehaglich. „Ich … nun ja … mein alter Freund Cedric hat mich eingeladen, hier ein wenig Zeit zu verbringen und ihm ein bisschen zu helfen … bei … der einen oder anderen … Sache.“ Hätte Rossoit noch Schweiß in sich getragen, er hätte ihn jetzt ausgeschwitzt. Er hatte keine Angst, vor nichts und niemandem. Zumindest redete er sich das seit Jahren erfolgreich ein. Aber dieser Vampir, der ihm nicht mal bis zum Kinn reichte, machte ihn unsicher. Sein Auftreten und vor allem seine Art zu sprechen, waren Rossoit mehr als unangenehm „Capisco. Bene. Dann will ich Euch nicht aufhalten, Signore Roberto. William … wir haben hier unten ein kleines Problem. Max hat etwas gefunden, das du dir ansehen solltest. Wenn du deinen Amico in die Biblioteca gebracht hast, wäre es gut, wenn du bei unserem Cancelliere vorbeischauen könntest, capisca?“ William und Rossoit tauschten einen Blick aus, ehe sich der Alte wieder Paolo zuwandte. „Verstanden…“

Paolo legte den Kopf schief und trat aus dem Zugang. Er machte mit der linken Hand eine einladende Geste und deutete auf das Innere der Säule. „Benvenuto al Canale di Vienna, Signore Roberto. Möget Ihr im Geschriebenen finden, was Eurem Geist bis jetzt verschlossen blieb.“ Rossoit verneigte sich leicht und betrat den eigentümlichen Eingang. William folgte ihm und stellte sich neben ihn. Als Paolo von außen die Türe schloss, lächelte Rossoit ihm zu. „Ich danke Euch, Paolo, ich denke das werde ich.“ William warf Rossoit von der Seite einen besorgten Blick zu. Irgendetwas gefiel ihm an diesem Satz nicht. Vielleicht war es auch nur die Art, wie Rossoit ihn aussprach. In seiner Stimme war eine Art der Überzeugung und Selbstzufriedenheit, die den Steinernen unruhig werden ließ. Doch was immer dieser irre Franzose auch vorhatte, es durfte William jetzt nicht interessieren. Der große Plan war kurz vor seiner Vollendung und das hatte jetzt Vorrang. Was Max wohl gefunden hatte? Der kleine Dieb war dafür bekannt, an den unmöglichsten Orten die unmöglichsten Dinge aufzustöbern. Aber wieso sollte das für William von Interesse sein? So standen sie also einige Sekunden in völliger Finsternis nebeneinander und nichts geschah. Plötzlich machte der Boden unter ihnen einen Ruck und das metallene Geräusch setzte wieder ein. Rossoit konnte spüren dass sich der Raum bewegte und zwar abwärts. „Das ist doch wohl alles ein schlechter Scherz, William? Oder willst du mir weismachen, wir fahren jetzt in die Katakomben unter der Stadt, in einem Aufzug, der in einer alten Werbesäule versteckt ist?“ William hätte ob der Aussage am liebsten gelacht, wäre ihm im Augenblick nicht eher nach Weinen zu Mute gewesen.

2

Der Kanzler Michel D´Hullivier und Demeter waren auf dem Weg zur Kirche. Sie bogen um mehrere Ecken der riesigen, verzweigten Kanalisation, bis sie vor einer Leiter standen, die nach oben führte. Demeter drehte sich zu Michel um, der einige Meter vor dem Aufgang stehen geblieben war und nun mit beiden Händen den Griff seines Schwerts umklammerte. Er wirkte ein wenig nervös und schien darüber nachzudenken, ob er hinaufsteigen sollte oder nicht. Demeter ging ein paar Schritte zurück und ergriff seinen Arm. „Komm schon, mein Freund, die frische Luft wird dich nicht beißen.“ Michel lächelte sie gezwungen an. „Ich muss nicht mehr atmen, Demeter, aber danke für den Hinweis.“ Sie stiegen die Leiter hinauf. Demeter ging vor und Michel folgte ihr in respektvollem Abstand. Als sie oben angekommen war, hob sie den Kanaldeckel an, der zur Straße führte. Direkt vor ihr lag in wenigen Metern Entfernung der Eingang der Peterskirche. „Ach du Scheiße.“ Michel, der ein wenig unter ihr wartete, schielte nach oben. „Was ist los?“ Demeter hob den Deckel noch etwas weiter an. „So wie es aussieht, hat Lucian nicht übertrieben. Alle Fenster sind kaputt! Und es schneit wie verrückt!“ Sie grinste nach unten und sah Michels angewidertes Gesicht. „Ich hoffe du hast die lange Unterwäsche angezogen.“ Der Kanzler senkte den Blick. „Das ist nicht witzig…“

Nachdem sich Demeter, so gut es ging, davon überzeugt hatte, dass im Umkreis einiger Meter keine Menschen zu sehen waren, schob sie den Kanaldeckel zur Seite und stieg ins Freie. Als sie sich umdrehte um Michel eine Hand zu reichen, merkte sie dass die Leiter leer war. Sie lehnte sich in den Schacht. „MICHEL! Wenn du weggelaufen bist, dreh ich dir den Hals um!“ Sie hörte ein Geräusch neben sich und sah, wie sich aus dem Nichts erst einer, dann ein zweiter Schuhabdruck im Schnee bildeten. Demeter grinste. „Michel, ich bitte dich. Zeig dich.“ Der Kanzler erschien neben ihr. Er hatte, wie so viele andere Mitglieder der „Gesellschaft“, die äußerst praktische Gabe, sich jederzeit unsichtbar machen zu können. „Ich verstehe nicht, wieso ich mitkommen muss. Das kannst du sehr gut alleine machen.“ Demeter trat nahe an ihn heran und setzte ein unschuldiges Gesicht auf. „Und wenn ich angegriffen werde? Wer soll mich denn beschützen wenn du nicht da bist?“ Der Kanzler verdrehte die Augen und schüttelte den Kopf.

Die beiden Vampire zogen ihre Kapuzen schützend hoch und stapften gegen den Wind auf die Kirche zu. Sie gingen die Stufen hinauf und Michel öffnete das große Tor. Er betrat die Kirche und machte ein Kreuzzeichen. Demeter folgte ihm, jedoch ohne sich auf diese Weise zum christlichen Glauben zu bekennen. Gerade als sie das Tor schließen wollte, fühlte sie Gefahr. Sie drehte sich blitzschnell um und durchsuchte mit ihren scharfen Augen das Schneegestöber. Sie sah, wie irgendetwas Großes hinter einem der angrenzenden Häuser verschwand. Demeter versuchte, etwas zu erkennen, doch da war nichts mehr. Sie drehte sich wieder um und schloss das Tor. Im Inneren des Gotteshauses bot sich den beiden ein Bild der Verwüstung. Michel drehte sich um die eigene Achse und betrachtete die Zerstörungen mit offenem Mund. „Jesus Christus … Das ist Ketzerei allererster Güte. Wer macht so was?“

Demeter sah sich ebenfalls um, doch konnte man ihrem Gesichtsausdruck keine Gefühlsregung entnehmen. „Ja … das ist wirklich ein ziemlicher Haufen Sch…“ „Demeter! Nicht hier. Ich bitte dich…“ Demeter musste lächeln. Michel und die Kirche, das waren zwei Dinge, die man nicht trennen konnte. Der Kanzler ging zu der Bank, in der noch immer die Leiche von Vater Andreas lag. Er bekreuzigte sich noch einmal und kniete sich nieder, um zu beten. Demeter hob die Hände und murmelte leise vor sich hin. Jede einzelne Scherbe auf dem Boden in und vor der Kirche begann zu zittern und leicht zu schweben. Die

Vampirin klatschte leise in die Hände und die Teile fügten sich an ihren alten Platz. Danach sprach sie noch ein paar Worte und die Fenster leuchteten kurz dunkelblau auf. Der magische Schutz war wieder hergestellt. Als sie sich umdrehte und den Kanzler knien sah, wusste sie, dass das eine gute Gelegenheit war etwas zu überprüfen. „Ich gehe und sehe mir die Teleporter an!" Michel hob die rechte Hand und reckte den Daumen nach oben, ohne mit seinem stillen Gebet aufzuhören.

3

Als Jack die Stadt erreichte, wusste er bereits, dass er Cedric nicht einholen würde. Doch das war ihm mittlerweile egal. Vielleicht konnte er ja noch einen seiner kleinen Freunde töten. Während er durch die fast menschenleeren Gassen rannte, rasten irre Gedanken durch seinen Kopf. Der Wolf, auf den er vor den Toren Wiens getroffen war, hatte ihm einiges klar gemacht, dessen er sich bis zu diesem Punkt nicht bewusst gewesen war. Er hatte nie verstanden, wieso er diese vielen Jahre gelebt hatte, ohne zu altern. Wieso er nicht, trotz seines übernatürlichen Alters, irgendwann einfach starb. Es ging einfach nicht. Das war Teil des Fluchs, den er damals im Wald vor seinem schottischen Heimatort, übernommen hatte. Nur zu töten durch eine Silberwaffe, die ihm ins Herz gestoßen wurde oder wenn er den Kopf verlor. Über die Jahre hatte er gelernt, seine Gestalt zu wandeln, wann immer es ihm passte. Der Vollmond spielte dabei keine Rolle. Das war alles Aberglaube, nicht mehr. Cedric. Wie hatte der dumme, kleine Neffe es nur geschafft, nicht nur

Vampir zu werden, sondern auch noch bis zu diesem Tag zu überleben? So oft hatte Jack ihn aufgestöbert und angegriffen, doch immer war irgendjemand da gewesen um Cedric zu helfen. Doch diesmal würde es anders laufen. Der Tod von Laurent Desgardes hatte weite Kreise gezogen und Jack wusste, dass seine Zeit gekommen war. Der Weg nach Wien war beschwerlich und nicht ohne Gefahren gewesen, doch er hatte ihn zurückgelegt. Er war eine Zeit lang neben einem Zug hergelaufen, bis er bemerkt hatte, dass er voller Vampire war. Diese Ausgeburten der Hölle waren ihm immer suspekt und unsympathisch gewesen. Deshalb hatte er dann einen anderen Weg genommen. Das hatte ihn zwar etwas mehr Zeit gekostet, war ihm aber sicherer erschienen. Und dann hatte er den Wolf getroffen. Erst hatten sie sich in die Haare bekommen, doch als Jack klar gezeigt hatte, wer der Ältere und Stärkere war, waren sie ins Gespräch gekommen. Der andere hatte ihm erzählt, was vor knapp sechs Jahren passiert war, als Cedric die Wölfe aus der Stadt verbannt hatte. Sie hatten einen Pakt geschlossen. Jack würde Cedric und seine Helfer beseitigen. Wenn die Wölfe dann über die Stadt herfielen, würde er eine übergeordnete Stellung einnehmen und seinen Lebensabend in Wien verbringen dürfen. So weit, so gut. Jetzt musste langsam gehandelt werden.

Als Jack um eine Ecke bog und direkt vor Cedrics Unterschlupf stand, bemerkte er etwas. Eine Frau betrat die Kirche. Von ihr ging unglaubliche Macht aus. Er trottete einen Schritt nach vorne und im selben Moment drehte die Frau sich um. Ihre Augen begannen, in einer sehr seltsamen Art und Weise fast golden zu leuchten und Jack hielt es für besser, den Rückzug anzutreten. Er war sich sicher, dass sie ihn nicht gesehen hatte und so gab er für diese Nacht auf. Aber er würde wiederkommen, soviel war sicher. Er war seit jeher ein Mann gewesen, der zu seinem Wort stand und er hatte Cedric versprochen ihn endgültig zu töten. Das war eine Frage der Ehre und Jack DeMornay war ein Ehrenmann.

4

Demeter ging in den Keller, in dem zuvor Ralph seine Wandlung vollzogen hatte und sah sich um. Die Passage war unversehrt und schien nicht gewaltsam geöffnet worden zu sein. Wieder summte sie ihr leises Lied und der blaue Kreis, durch den sich Stunden zuvor Lucian mit Julie teleportiert hatte, erschien wieder. Er leuchtete für ein paar Augenblicke hell auf und verschwand dann. Demeter lächelte zufrieden. „Einer gecheckt. Bleibt noch einer." Sie ging die Stiege wieder hinauf und durchquerte die Kirche zur anderen Seite hin. Die Vampirin öffnete eine kleine Türe hinter dem Altar und trat ein. Sie befand sich jetzt in einem geradezu winzig kleinen Raum, der in eine lange, enge und sehr steile Treppe mündete. Demeter stieg eine Stufe nach der anderen hinunter, bis sie sich etwa zehn Meter unter dem Gotteshaus befand. Vor ihr erstreckte sich ein langer Gang, der immer niedriger und enger zu werden schien. Als sie ihn durchquert hatte, war sie endlich am Ziel. Sie befand sich jetzt in einem runden Raum, der wie ein Gewölbe konstruiert war. Wieder begann sie zu summen und direkt vor ihr erschien ebenfalls ein etwas kleinerer, blauer Kreis. Auch dieser Zugang war gesichert und in Ordnung. In der Mitte des Raumes stand ein Sarkophag aus Stein, den Demeter so gut es ging ignorierte. Sie wusste genau wer in seinem Inneren lag. Mit einem Steindolch in der Brust und der Schuld von Generationen auf seinen Schultern. Sie wollte den Raum gerade verlassen, als sie glaubte eine Stimme zu hören. „Verräterin…“ Demeter drehte sich um, doch alles war wie zuvor. Der Zugang war verschlossen, der Sarkophag ebenfalls und außer ihr war niemand hier. Sie wandte sich wieder zum Gehen, als sie die Stimme erneut hörte, diesmal lauter. „Elende Verräterin. DU … WIRST … BEREUEN!“ Diesmal drehte sie sich nicht mehr um. Sie ging schnellen Schrittes durch den engen Gang und die Stufen hinauf. Als sie oben angekommen war, blieb sie einige Sekunden stehen und schloss die Augen. Das war absolut unmöglich. Sie hatte gerade die Stimme von Matthias Corvinus gehört, doch das konnte nicht sein. Er war tot. Erstochen mit einer verfluchten Waffe. Gott weiß, wieso er nicht zu Staub zerfallen war, es war ihr auch egal. Aber tot war er, soviel stand fest. Und Demeter musste es von allen am besten wissen, denn schließlich war sie es gewesen, die ihn ermordet hatte.

Sie verließ den kleinen Raum und ging zu der Bank, vor welcher Michel kniete. Der Kanzler bekreuzigte sich gerade und stand auf. Demeter trat an ihn heran und legte ihm die Hand auf die Schulter. „Ich denke wir können gehen, mein Freund. Hier ist alles wieder beim Alten.“ Ihre Stimme zitterte ein wenig. „Ist alles in Ordnung?“ Michel sah sie prüfend an, doch Demeter winkte ab. „Alles ok, ich war nur ein wenig aufgeregt … ich war ihm schon lange nicht mehr so nahe.“ Michel nickte und warf einen Blick auf die Tür, die zu Corvinus’ letzter Ruhestätte führte. Sein Meister lag da unten und konnte nichts mehr für diese Stadt und die „Gesellschaft“ tun. Oft genug hatte er überlegt, den Dolch zu entfernen, einfach nur um die Hoffnung haben zu können, er würde aufstehen und alles wäre wieder wie früher. Es war jedoch wahrscheinlicher, dass er einfach zu Staub zerfallen würde. Darum ließ der Kanzler alles wie es war, damit der tote Erzfürst, wenigstens als Mahnmal bestehen konnte. „Ich gehe fast jeden Abend zu ihm. Sein Rat fehlt mir…“ Demeter sah Michel an, der ihr im Augenblick sehr Leid tat. Sie hatte es über all die Jahre hinweg nicht geschafft, ihm zu sagen, dass die Wahrheit ganz anders aussah, als er sie sich vorstellte. Corvinus war nicht der gute und weise Mann, als der er sich so viele Jahrhunderte ausgegeben hatte. Er war vielmehr ein grausamer und menschenverachtender Diktator, dessen Plan es gewesen war, die Sonne auf irgendeine Art dauerhaft zu verdunkeln und damit die ewige Nacht einzuläuten. Seine Geschichten von der notwendigen Symbiose mit den Menschen und seine so genannte Güte, waren eine hervorragend gespielte Scharade gewesen. Demeter war durch Zufall hinter all das gekommen und hatte von Anfang an gewusst, dass sie das verhindern musste.

Mit Unterstützung war aufgrund von Corvinus’ allgemeiner Beliebtheit nicht zu rechnen gewesen und so tat sie es alleine. William, der alte Steinmensch, war der Einzige gewesen, dem sie vertraut hatte und so war auch er es gewesen, der den Dolch damals mit dem Fluch belegt hatte, der Steinwaffen für Vampire tödlich machte. Ja, William war ein guter Mann, auf den man sich verlassen konnte. Ebenso wie sein junger Freund, der jetzt schwer verletzt in Demeters Gemächern lag. Sie hatte seine Blutung stoppen können, doch war er immer noch ohne Bewusstsein. Wenn sie es nicht irgendwie schafften, den Jungen zu versteinern, würde er die Nacht wohl nicht überleben.

5

Cedric fuhr über die menschenleere Kärntner Straße ins Herz der Stadt. Die Straße, die tagsüber als Fußgängerzone genutzt wurde, war mittlerweile eisglatt und die Schneedecke schon mindestens zwanzig Zentimeter hoch. Er war jetzt etwas langsamer und vorsichtiger unterwegs als zuvor, wusste er doch, dass zumindest Samira jetzt einmal in Sicherheit war. Wenn sie sterben würde, dann würde die Hölle losbrechen. Bis dahin musste er sich zusammenreißen und auf die achten, die ihr Leben in seine Hand legten. Er bog um ein paar Ecken und brachte das Fahrzeug in dem Moment zum Stehen, als Demeter und Michel die Kirche verließen. Michel hob die Hand und lächelte, während sie die Stiegen zur Straße hinunter gingen. Demeter schien Cedric erst gar nicht zu bemerken, rang sich dann aber auch ein flüchtiges Lächeln ab, ehe sie wieder konzentriert in den Schneesturm starrte. Cedric parkte das Auto ein wenig abseits und ging dann auf seine beiden Freunde zu. „Michel, Demeter, schön euch zu sehen. Wart ihr schon drinnen?“ „Allerdings, mein Freund. Es tut mir leid, was mit Andreas passiert ist. Er war ein guter und treuer Diener. Ich habe ihm die letzte Ehre erwiesen.“ Cedric nickte.

„Demeter hat sich um die Fenster gekümmert und die Zugänge überprüft. Es ist alles wieder in Ordnung. Die Kirche ist wieder sicher.“ Michel wandte sich um und tauschte mit Demeter einen wissenden Blick aus. „Stimmt irgendetwas nicht?“ Cedric wurde ein wenig unruhig, als er sah, dass das freundliche Gesicht der beiden zu einem traurigen wurde. „Claudius ist unten bei uns und er... naja... er ist ziemlich schwer verletzt.“ „Was??!! Wann... wie...?“ Der Kanzler schüttelte den Kopf. „Das wissen wir noch nicht. Max hat ihn heute Abend halbtot aus dem Kanal gefischt. Er kümmert sich jetzt gerade um ihn.“ „Und William? Ist er in Ordnung?“ Michel schüttelte den Kopf. „Ich habe keine Ahnung. Er ist bisher nicht aufgetaucht. Weder hier, noch unten. Man hätte es mich wissen lassen. Ich hoffe nur, dass ihm nicht auch etwas zugestoßen ist.“ Cedric ließ die Worte auf sich wirken. Irgendjemand versuchte, seine Freunde zu dezimieren und das würde solange passieren, bis er ganz alleine da stand. Er rief Lucian in Gedanken. Im selben Moment flitzte der Schattengänger um eine Ecke und blieb direkt neben Cedric stehen, wobei sein Bremsmanöver eine ziemliche Menge Schnee auf Michel schleuderte. „Schon da, Chef! Wasss gibtsss?“

Der Kanzler putzte sich mit grimmiger Miene den Schnee von den Kleidern und Demeter setzte ein schiefes Grinsen auf. „Lucian. Hast du William erreicht?“ Lucian wechselte die Farbe und war jetzt beinahe so weiß wie der Schnee, der die Gruppe aus allen Richtungen umspielte. „Nein. Weder er, noch Claudiusss antworten auf meine Rufe. Ich dachte erssst sssie sssind in der Kirche. Aber da hab ich mich wohl geirrt. Zeit sssich Sssorgen zu machen, oder warten wir damit noch ein bissschen?“ Cedric sah Lucian an und dieser wusste, dass die Zeit für Scherze vorbei war. „Claudius liegt halb tot bei der Gesellschaft in den Katakomben und William ist verschwunden. Die Sache wird langsam ernst, Lucian!“ Mit einem Mal ertönte ein kratzendes Geräusch und der Kanaldeckel, durch den Michel und Demeter zuvor gestiegen waren, wurde von unten beiseite geschoben. Die Gruppe drehte sich gesammelt um und sah zu, wie der Wächter Paolo Rossolini dem Schacht entstieg. Er strich seine Kleidung zurecht und kam mit schnellen Schritten auf sie zu. Er verneigte sich leicht und sah dann in die Runde. „Signori, Signora Demeter …“ Paolo drehte sich zu Lucian um und nickte ihm herablassend zu. „…Serpente, ich bin gekommen, um euch mitzuteilen, dass Signore William mit Eurem Gast in der Bibliothek ist, Signore Cedric. Sie sind jetzt schon einige Zeit dort und ich hoffe, dass er …“ „GAST? Welcher Gast?“ Cedric trat auf Paolo zu, der gut zwei Kopf kleiner war als der alte Vampir. Paolo ließ seine Augen von Cedrics Füßen zu dessen Kopf wandern und warf ihm einen verachtenden Blick zu. „Si?“ Cedric beugte sich hinunter und sah dem Italiener durchdringend in die Augen. „Welcher … Gast!?“ Paolo blickte gelangweilt zur Seite und sah dann wieder sein Gegenüber an. „Mio Dio! Na, Signore Roberto! Der Vampir! Er sagte, er ist ein Gast von Euch, Signore Cedric. Ein Amico. Und Signore William hat das bestätigt, capisce?“ Cedric musste sich sehr zusammenreißen um diesem eingebildeten Kerl nicht auf sein vorlautes Mundwerk zu schlagen. Er sah stattdessen zu Michel und seine Augen begannen rot zu glühen. „William hat uns verraten … Tessier ist bei den Büchern…“ Der

Kanzler schaffte gerade noch ein: „Großer Gott …“ Demeter jedoch hatte es komplett die Sprache verschlagen. Lucian war der Erste der reagierte. Er nahm wieder seine alte Farbe an und rannte los. Während er durch den geöffneten Kanalschacht verschwand, konnten die anderen noch seine Stimme hören. „Dem zieh ich die Ohren lang, wenn er denkt er kann unsss verar…“

6

William und Rossoit liefen durch die verzweigte Kanalisation. Keiner von beiden sprach ein Wort, doch beide wussten auch so, dass sie keine Zeit verlieren durften. Ein Wächter wusste, dass William mit einem fremden Vampir unterwegs war und der Kanzler würde es erfahren. Es war nur eine Frage der Zeit, bis er und Cedric hier auftauchten. Bis dahin mussten sie beide wieder weg sein. Rossoit seinerseits fühlte sich wie ein kleiner Junge, der kurz davor war, ein Geschenk zu bekommen, das alle seine Wünsche erfüllte. Er fühlte wie sein Ego, das in den letzten Tagen einige schwere Schläge einstecken hatte müssen, langsam wieder zu voller Größe wuchs. Als sie ankamen, war aber selbst er überrascht. Vor ihnen erhoben sich mitten in einem riesigen Kanalausläufer, zwei schwere, eichene Tore, die vom Boden bis zur Decke gingen und mindestens fünf oder sechs Meter hoch waren. William sah den Ausdruck auf Rossoits Gesicht und musste lächeln. „Ja, da kann man schon ins Staunen kommen. Hinter diesen Toren liegt das gesamte Wissen dieser Stadt und ihrer heimlichen Regenten. Corvinus hat Jahre in diesen Hallen verbracht und darin auch seine Aufzeichnungen geschrieben. Da fällt mir ein … welcher Teil interessiert dich?“

Rossoit starrte noch immer auf den gewaltigen Eingang zur Bibliothek. „Die … äh … die Dämonenkriege. Um genau zu sein, das Ende der Dämonenkriege.“ William überlegte kurz. Was war denn bitte schön an den Dämonenkriegen für einen Vampir wie Rossoit Tessier so interessant, dass er das Risiko einging hier herunter zu kommen? Er zuckte die Schultern und legte eine Hand auf eine der beiden Klinken. Als er sie herunterdrückte, gab es ein Geräusch, als würde direkt neben ihnen ein vier Tonnen schwerer Stahlträger umfallen. Offensichtlich war lange niemand mehr da drin gewesen. „Na dann … folg mir.“ Der Steinerne schob den Türflügel auf und Rossoit war überwältigt. Vor ihm erstreckte sich eine Halle, die mindestens dreimal so groß war, wie das Innere der Peterskirche. Voll gestopft mit Büchern, Manuskripten und Karten aus allen Epochen. Obwohl es drinnen kein sichtbares Fenster, andere Öffnungen oder irgendwelche Lichtquellen gab, schien der Raum hell erleuchtet zu sein.

In der Mitte war ein riesiger Marmortisch, vor welchem ein einzelner, großer Lehnstuhl stand. Dort musste der Erzfürst gesessen haben, als er das aufschrieb, wonach Rossoit suchte. Seine Neugierde wuchs und er konnte fühlen, dass er seinem Ziel einen Riesenschritt näher gekommen war. William ging voraus und der Vampir folgte ihm, während er sich immer wieder begeistert umsah. Was hier alles an Wissen verborgen war, wussten die Götter. Als sie die Bibliothek durchquert hatten, zog William an einem der

Millionen Bücher und eines der Regale schob sich zur Seite. Dahinter lag ein zweiter, wesentlich kleinerer Raum. Er unterschied sich von dem ersten vor allem dadurch, dass hier wesentlich weniger Bücher standen und, dass er von einem Luster erhellt war, der über der Mitte des Raums angebracht war. Genau darunter befand sich ein kleiner Tisch mit einem einzigen, sehr dicken Buch darauf, auf dessen Einband in goldener Schrift der Buchstabe „C“ prangte. William ging zu dem Buch und öffnete es. Kein einziges Staubkorn erhob sich davon. Er blätterte einige Male vor und zurück und ließ es schließlich mit einem dumpfen Geräusch aufklappen. „Da haben wir es … die Dämonenkriege.“ Rossoit ging zu dem Alten und konnte sein Glück nicht fassen. Gleich auf der ersten Seite war genau das beschrieben, wonach er die ganze Zeit gesucht hatte. Er begann zu lesen und dann fiel es ihm wie Schuppen von den Augen. Er hatte das Gefäß schon gesehen, ja sogar berührt. Was war er nur für ein blinder Idiot gewesen. Er warf einen Blick zu William, der sich ein wenig entfernt hatte und nun irgendetwas in einer anderen Ecke des Raumes stöberte. Rossoit begann wieder zu lesen und versuchte, sich die Worte genau einzuprägen, die da geschrieben standen:

„… und deshalb ist es unabdingbar zu verhindern, dass es geschieht. Zur Wiederholung: Genau 100 Jahre nach seiner Verbannung, also in der Nacht zum siebten November 2006, kann er seine Form wiedergewinnen, in dem sein Blut vergossen wird. Die Frage, wie er das bewerkstelligen soll, ist natürlich legitim, doch dafür hat er sie erschaffen. Im letzten Augenblick, den er in unserer Dimension

verweilen durfte, erschuf Phiomet, durch dämonische Magie, zehn Wesen, die allesamt sein Blut als Basis hatten. Sie sollten seine Kräfte bekommen, jedoch nicht konzentriert, sonder auf sie alle aufgeteilt. Dazu zählen das dämonische Feuer, die Gabe in Gedanken zu lesen und durch sie zu sprechen, sowie …"

Rossoits Gesicht hellte sich auf. Jetzt hatte er gewonnen …

„…sowie die Hautfarbe auf eine Art zu wechseln, die den Wesen erlaubt, sich jedem Hintergrund anzupassen und so beinahe unsichtbar zu werden. Wenn auch nur einer von ihnen in der Nacht zum oben genannten Tag Blut verliert und ein einziger Tropfen Erde berührt, dann ist alles aus. Phiomet kehrt zurück und die Welt ist dem Untergang geweiht. Sollte einer dieser … Schattengänger … einmal zum Problem werden, so hänge man ihm ein Zeichen Gottes um den Hals. Er verfällt sofort in eine Art Starre, in der er ungefährlich ist. Ich darf nicht zulassen, dass der Dämon wiederkehrt um die Menschheit zu unterjochen …"

Der letzte Satz machte Rossoit stutzig, weil er mit allem brach, was er bisher über Corvinus gehört oder gelesen hatte:

„… das ist einzig und allein mir bestimmt. Matthias Corvinus Hunyadi."

7

Lucian rannte durch die Kanalisation und seine Gedanken drehten sich um William. Schon längere Zeit hatte er beobachtet, dass das Verhalten des alten Mannes zunehmend seltsamer wurde. Doch, dass er als Verräter für die Gegenseite arbeitete, hätte wohl niemand vermutet. Der Schattengänger wusste nicht, wie er reagieren sollte, wenn er William finden und feststellen würde, dass Paolo die Wahrheit gesagt hatte. Irgendetwas Großes brodelte unter der Oberfläche der letzten Ereignisse und Lucian wollte an vorderster Front stehen, wenn es zum Kampf kam. Das war er Cedric und seinen Freunden schuldig. Sein Wunsch sollte sich in einer Nacht erfüllen, doch auf andere Weise, als er sich das gedacht hatte. Er bog um einige Ecken und erreichte schließlich sein Ziel. Cedric und der Kanzler würden zumindest noch eine halbe Stunde brauchen, ehe sie zu diesem Punkt kämen. Das war Zeit genug für William und Rossoit zu entkommen. Lucian dachte an Leon und die Art wie er umgekommen war. Jetzt lag Claudius ebenfalls halb tot in irgendeiner Ecke der Katakomben. Sollte William etwas damit zu tun haben, so würde er dafür büßen müssen. Lucian trat langsam an die schweren Eichentore heran und drückte vorsichtig die Klinke hinunter. Der Türflügel öffnete sich und gab ein metallenes, kratzendes Geräusch von sich. Soviel zum Überraschungsmoment. Lucian betrat die Bibliothek und durchquerte sie schweigend. Hier war niemand. Er drehte sich ein paar Mal im Kreis und betrachtete die Wände mit den voll gestopften Bücherregalen.

„William?“ Nichts. „William! Ich weiß, dasss du hier bist. Komm rausss und wir reden darüber. Wenn Cedric kommt, wirssst du dazu keine Möglichkeit mehr haben!“ Noch immer kein Zeichen des Steinernen oder des Vampirs. Er ging weiter, bis er den Marmortisch erreicht hatte. Jemand war erst vor kurzem hier durch gegangen. Die Abdrücke im Staub hatte er zuvor nicht bemerkt. Lucian hob den Kopf und folgte der Spur bis zu einem Bücherregal am anderen Ende der Halle. Die Bücher hatten allesamt eine dicke Staubschicht auf ihren Einbänden. Alle bis auf eines. Es trug den Titel „Geheime Hallen“ und war von einem gewissen Julius J. geschrieben worden. Lucian griff danach und zog es ein Stück weit heraus. Wieder klickte es hinter dem Regal und der versteckte Zugang öffnete sich. Er trat in den Raum und direkt vor ihm stand Rossoit. Der Vampir hatte die Arme hinter dem Rücken verschränkt und lächelte den Schattengänger mit seinem falschen, gütigen Lächeln an. „Lucian! Schön dich zu sehen, mein Freund.“ Lucian sah sich um, doch anscheinend war der Vampir alleine. „Dasss warsss jetzt für dich. Wie du bereitsss gemerkt hassst, fällt esss mir nicht schwer, dich fessstzuhalten und wenn Cedric eintrifft, dann…“ Rossoit winkte ab. „Aaaah, papperlapapp. Bis der alte Cedric hier ist, bin ich schon längst über alle Berge. Eigentlich habe ich nur noch auf etwas gewartet.“ Rossoit ging einen Schritt auf Lucian zu und dieser machte sich bereit, wenn nötig, sofort anzugreifen. „Ach ja? Und worauf?“ Der Vampir machte noch einen Schritt nach vorne und stand Lucian jetzt gegenüber. „Um genau zu sein … auf dich, Gefäß.“
Lucian verstand diese Worte überhaupt nicht, doch hatte er auch keine Gelegenheit mehr darüber nachzudenken.

Jemand schnappte ihn von hinten und zog seinen Kopf zurück. Ehe er sich wehren konnte, warf der Angreifer eine Kette mit einem großen, silbernen Kreuz um Lucians Hals. Grüne Blitze zuckten vor seinen Augen und er verlor sofort das Bewusstsein. Das Letzte was er noch sehen konnte, war das Kreuz. Er wusste, dass es bisher immer von jemand anderem getragen worden war. Jemand, dem er vertraut hatte. Unbewusst sandte er in Gedanken eine letzte Nachricht an Cedric. Bestehend aus nur drei Worten, doch alles sagend: „Verräter ... Gefäß ... Hilfe!"

8

Zur selben Zeit saßen Ralph und Julie in Cedrics schalldichtem Turmzimmer und sprachen über den Traum, in dem Samira Ralph verletzt hatte. Als sie die Türe verschlossen hatten, sagte lange Zeit, keiner von beiden ein Wort. Ralph hatte Julie schließlich gefragt, was für ein Wesen Lucian eigentlich war und sie hatten sich seither von einem Thema zum anderen gehangelt ohne wirklich miteinander zu reden. Erst als Ralph ihr von seinen Träumen erzählte, wurde das Gespräch persönlicher. Julie hatte ihm erklärt, dass es viele Wege und Möglichkeiten gab, Träume und Visionen voneinander zu unterscheiden und wie man sie am besten deuten konnte. Gerade als sie zu der Stelle kamen, an der sich der Werwolf zu Samira verwandelt hatte, und viele Meter unter ihnen, Lucian im selben Moment durch das Kreuz unschädlich gemacht wurde, erhielt Ralph seine erste wirkliche Vision. Es fühlte sich an, als würde jede einzelne Synapse seines Gehirns durchbrennen. Er stand plötzlich in der Mitte eines kleinen

Raums, in dem sich außer ihm auch Lucian und Rossoit befanden. Das nächste Bild zeigte ein gewaltiges Buch mit einem goldenen „C“ darauf. In der nächsten Sekunde sah Ralph, wie William Lucian sein Kreuz um den Hals legte. Lucian schrie vor Schmerz und kippte dann vornüber. Im selben Augenblick zuckten einige grüne Blitze vor Ralphs Augen und er sah seit zwei Nächten das erste Mal wieder den flammenden Kopf des Dämons Phiomet, der ihn so viele Jahre in seinen Träumen verfolgt hatte, ohne sich je zu erkennen zu geben. Ehe er sich auf dem Boden des Turmzimmers wieder fand, sah er noch etwas. Er sah sich selbst, gemeinsam mit Cedric, Julie und Samira. Umringt von mindestens 20 Vampiren, an deren Spitze Rossoit mit dem bewusstlosen Lucian stand. Er hatte eine Art Speer mit einem eigenartigen Griff auf den Nacken des Schattengängers gerichtet und lachte. Rund um sie tobte ein gewaltiger Schneesturm. Sie waren im Freien, auf einer Wiese, die von Bäumen eingegrenzt war. Die beleuchtete, goldene Statue eines Mannes mit einer Geige war direkt hinter ihnen, doch durch die schlechte Witterung, war sie nur schemenhaft zu erkennen. Ralph erkannte den Ort, es war der Wiener Stadtpark. Danach endete die Vision mit einem weiteren Blitz, der allerdings so hell war, dass er die gesamte Stadt in grünes Licht tauchte. Ralph öffnete die Augen und sah, dass Julie mit entsetztem Gesicht über ihn gebeugt war. Er setzte sich auf und lehnte sich an die Wand hinter ihm. Sein Kopf schmerzte. „Was war es, Ralph, was hast du gesehen?“ Ralph rieb sich die Schläfe und schloss die Augen. „Lucian. Er wird morgen Abend sterben…“

CEDRIC – Letzter Teil

Laurent kam wieder ans Bett heran und ging davor in die Hocke. Er sah Cedric in die Augen und lächelte leicht. „Du wirst gegen ihn bestehen können und müssen. Später. Sag mal Cedric, weißt du, was Vampire sind?“

An diesem kalten Morgen, des 24. September 1526, wurde das Weltbild des jungen Cedric DeMornay komplett auf den Kopf gestellt. Er hörte Geschichten über Werwölfe, Vampire, Monster und Dämonen. Laurent erzählte ihm von einer Vereinigung weiser Männer, für die er angeblich arbeitete und den Gefahren, denen sie immer wieder begegnen mussten. Er hatte es zwar mit eigenen Augen gesehen, doch der Gedanke daran, dass sein eigener Onkel zu eben so einem Wesen geworden war, schien ihm so unwahrscheinlich, dass er es einfach nicht glauben wollte. Jack würde wiederkommen und das noch viele Male. Doch davon ahnte der schüchterne Junge mit den traurigen Augen bisher noch nichts. Laurent erzählte von morgens bis tief in die Nacht hinein und Cedric hörte ihm aufmerksam zu. Wann immer er eine Frage hatte, bekam er die Antwort noch ehe er sie ausgesprochen hatte.
Immer wieder kam Madeleine, Laurents Frau zu ihnen und brachte Wein und etwas zu essen. Als die Sonne schon lange untergegangen war und ein strahlend heller Vollmond am Nachthimmel stand, erhob sich der Franzose und wünschte Cedric eine gute Nacht. Ehe er das Zimmer verließ, gab er Cedric noch einen Rat. „Du wirst lange leben, mein Sohn und du wirst dich bis zu deinem endgültigen Tod immer auf mich verlassen können. Wann immer es geht, werde ich kommen um dir zu helfen. Wir werden nicht zulassen, dass dieses Tier dir etwas antut,

bevor du deine Bestimmung erfüllt hast. Also dann, junger Cedric, wir sehen uns.“ Cedric hatte keine Antwort parat, also hielt er es für angebracht, einfach schweigend zu nicken. Laurent erwiderte die stumme Geste und verließ den Raum. Auf dem kleinen Tisch neben dem Bett brannte eine Kerze und warf unheimliche Schatten an die Wand. Cedric hob den Kopf und sah aus dem Fenster, das in die gegenüberliegende Wand eingefasst war. Er sah den Vollmond und ein paar Sterne. Irgendwo da draußen lief sein Onkel durch die Gegend. Vielleicht waren es die Nachwirkungen seiner Verletzungen, vielleicht war Cedric auch einfach nur erschöpft. Doch noch ehe er seinen Gedanken fertig gedacht hatte, fiel er in einen tiefen Schlaf, der von wirren Träumen durchzogen war. Als er am nächsten Tag aufwachte, stand die Sonne bereits hoch am Himmel und füllte den Raum mit wohltuendem Licht. Cedric streckte sich und fühlte sich wesentlich besser als am Abend zuvor. Die Träume über seinen Onkel, Werwölfe und andere schreckliche Dinge, hatte er vergessen. Er setzte sich auf und stellte seine Beine auf den kalten Holzboden. Auf dem Sessel vor seinem Bett, lag frische Kleidung und ein Brief.

Cedric nahm das Kuvert an sich und öffnete es. Er las den Inhalt, der mit schöner roter Tinte geschrieben war, faltete ihn wieder zusammen und verstaute ihn in der Innenseite der Jacke, die ihm zurechtgelegt worden war. Er würde ihn bis zu seinem endgültigen Tode einige hundert Jahre später bei sich tragen und die Worte von Laurent Desgardes niemals vergessen:

„Cedric, mein Sohn! Wenn du diesen Brief liest, sind wir bereits unterwegs um jemand anderem zu helfen, der sich in einer ähnlichen Lage befindet wie du. Wir müssen aufbrechen und haben leider keine Zeit, dir diese Dinge persönlich zu sagen. Dieses Haus und alles was darin ist, gehört jetzt dir. Solange du im Inneren bleibst, kann dir kein Wesen der Nacht etwas anhaben. Wir haben es gegen solche Einflüsse geschützt und du solltest darin relativ sicher sein. Ich weiß nicht, ob Madeleine es dir gesagt hat, aber auch wir werden bald einen Sohn bekommen. Sie ist schwanger und wir freuen uns sehr auf unseren kleinen Ralph. Vielleicht werdet ihr euch eines Tages treffen und wer weiß, vielleicht wirst du ja einmal das für ihn tun können, was ich für dich getan habe. Ich vertraue darauf, dass du die Dinge, die auf dich zukommen, mit Weisheit und Weitsicht angehen wirst. Wir werden uns bald wieder sehen, Cedric, bis dahin wünschen wir dir viel Glück und Gesundheit. Eines noch … vergiss niemals … unter den Blinden ist der Einäugige König. Alles Gute. Dein Freund, Laurent."

KAPITEL 11

RUHE

1

William hastete durch die knöcheltiefen Abwässer dem Ausgang entgegen. Rossoit trug den besinnungslosen Lucian auf seinen Schultern und folgte dem Steinernen. So liefen sie mehrere hundert Meter, ehe sie bei dem Aufzug ankamen, den sie zuvor benutzt hatten, um in die Kanalisation zu kommen. Sie betraten den engen Fahrstuhl und William schloss die Türe. Wieder standen sie in vollkommener Dunkelheit, während sich das Gefährt unter lautstarkem Getöse auf den Weg an die Oberfläche machte. William war ziemlich nervös geworden, bei dem Gedanken daran, was sie gerade getan hatten. „Ich hoffe nur, dass Paolo nicht noch immer auf seinem Posten ist. Es wäre durchaus verwunderlich, wenn er uns einfach so durchlassen würde, mit dem bewusstlosen Schattengänger über der Schulter." Rossoit hatte daran auch schon gedacht, doch sein neu gewonnenes Selbstvertrauen, stärkte seinen Glauben an sich selbst.

„Wenn der Spaghettifresser uns den Weg versperrt, dann werden wir uns den Weg frei machen. Sollte es nötig sein, kann er seinen Kopf unter seinem Arm nach Hause tragen..." William drehte sich ein wenig zur Seite, um Rossoit anzusehen, doch er starrte nur in ein dunkles Nichts. „War es tatsächlich nötig, Lucian so etwas anzutun? Ich denke nicht, dass er sich mit dem Kreuz um seinen Hals besonders wohl fühlt." Rossoit grinste in die Dunkelheit. „Nein, William, das denke ich auch nicht." Der Fahrstuhl kam mit einem Rumpeln zum Stillstand und William drückte die Tür der Litfasssäule auf. Nichts. Kein Wächter der den Zugang im Auge hatte. Es schneite immer noch, doch war der Niederschlag im Laufe der Nacht weniger geworden. Sie traten ins Freie und William war froh, frische Luft zu riechen. Er hatte zwar schon soviel Zeit bei der Gesellschaft verbracht, dass ihm der Geruch der Kanalisation nicht mehr soviel ausmachte, wie am Anfang, doch war er jedes Mal froh, wenn er den Kanal wieder verlassen konnte. Sie liefen weiter durch die verschneite Stadt und kamen schließlich bei Rossoits Unterkunft an. Das Tor war geschlossen, doch die Kette fehlte, was nur heißen konnte, dass die Gruppe wieder hier war. William ging vor und öffnete den Eingang. Als er ins Innere trat, wurde er von ungefähr 30 Vampiren ungläubig angestarrt. Ein Murmeln ging durch den Raum und Ben trat in die Mitte. „Das ist einer von denen! Ich erkenne ihn!“ Rossoit folgte William und Ben sah seinen Meister durchdringend an. „Was soll das werden, Rossoit?! Bringst du sie jetzt zu uns, damit sie uns gleich hier vernichten können?“ Rossoit ignorierte ihn einfach und ging in die Mitte des Kellers.

Er legte Lucian auf den Boden und trat einen Schritt zurück. „Liebe Freunde! Wie ich sehe, sind die anderen jetzt auch endlich angekommen. Ich hoffe ihr hattet eine gute Reise.“ Die Gruppe die erst in der heutigen Nacht in Wien eingetroffen war, verneigte sich leicht und wandte ihren Blick dann wieder auf das reglose Wesen, das zu ihren Füßen lag. Gordon und Mirelle traten vor die anderen und starrten Lucian ungläubig an. „Rossoit, Herr, das ist das Wesen, das Luc getötet und mich im Krankenhaus so zugerichtet hat. Wieso … wie?“ Rossoit lächelte und nickte. „Tja, mein lieber Gordon, das sind eben die Dinge, die wahre Größe verlangen. Er hat sich gewehrt, natürlich, aber im Endeffekt habe ich herausgefunden, wie man seiner Herr wird." William zog sich in eine Ecke des Kellers zurück und verfolgte das Schauspiel schweigend. Dieser Vampir neigte wirklich dazu, ein wenig zu selbstbewusst zu sein. „Freunde! Ich präsentiere euch…" Rossoit machte eine dramatische Geste mit der rechten Hand. „ … das Gefäß!!!" Ein Raunen ging durch das Gewölbe und einige der Vampire gingen ein paar Schritte zurück. Rossoit hob die Hand mit dem Ring. „Ich bitte euch, nun zu schweigen und die Blicke abzuwenden. Wir werden jetzt ein letztes Mal mit unserem Herrn sprechen und die letzten Anweisungen erwarten. Ich verlange absolute Ruhe und totalen Gehorsam. Das gilt auch für dich, Ben!" Rossoit warf seinem Schüler einen strafenden Blick zu und Ben nickte nur abfällig, ehe er sich gelangweilt abwandte. Der Kerberos trottete hinter seinem neuen Freund her und Ben streichelte ihm erneut den Kopf. Rossoit kniete sich, wie schon in der letzten Nacht, vor die kleine Feuerstelle und als der Ring erneut grün zu leuchten begann, wichen alle anderen Vampire soweit zurück, wie sie nur konnten. Nur Ben und der Kerberos blieben direkt hinter Rossoit stehen, wenn auch aus unterschiedlichen Gründen.

2

Cedric, Demeter, Michel und Paolo liefen Richtung Bibliothek. Kurz nachdem sie die Kanalisation betreten hatten, war etwas sehr Beunruhigendes geschehen. Lucian hatte Cedric eine gedankliche Botschaft geschickt, die ein Wort beinhaltete, das Cedric seit knapp hundert Jahren nicht mehr gehört hatte. „Gefäß". Dann hatte er Cedric noch um Hilfe angefleht, ehe der Kontakt abgerissen war. Seither war Lucian nicht mehr erreichbar. Der Schattengänger hatte seit seiner Erschaffung vor genau hundert Jahren kein einziges Mal ein Zeichen der Schwäche gezeigt und niemals um Hilfe gerufen. Lucian musste etwas zugestoßen sein, soviel stand fest. Dass William wahrscheinlich damit zu tun hatte, schmerzte Cedric besonders. Was konnte diesen alten Narren nur geritten haben, mit einem Mörder wie Rossoit Tessier zu paktieren? So viele Jahrzehnte hindurch hatte William erst Corvinus und dann ihm treu gedient. Irgendetwas musste passiert sein, das ihn davon überzeugte das Richtige zu tun. Michel, der die Gruppe anführte, blieb mit einem Mal stehen und beinahe wären die anderen in ihn hineingelaufen. „Was ist los, Michel?!" Demeter trat neben den Kanzler und sah ihn besorgt an. „Die Tore … die Bücher … Gott steh uns bei."

Michel zeigte auf eine Stelle vor ihnen und nun sahen es die anderen auch. Die beiden gewaltigen Eichentüren waren weit geöffnet und aus dem Inneren der Bibliothek quollen dicke Rauchschwaden. Sie rannten weiter und als sie wenige Schritte davor waren, sahen sie genau was passiert war. Die gesamte Bibliothek stand in Flammen. Selbst die gewaltigen Flügel des Tors hatten bereits Feuer gefangen und brannten. Michel sah den Rest der Gruppe an und nahm sein Schwert ab. Er drückte es Demeter in die Hand. „Ich bin gleich wieder da. Es darf nicht verbrennen." Noch bevor jemand etwas sagen konnte, lief der Kanzler mitten in den Flammenherd. Die umstehenden Vampire, ja sogar Paolo, konnten nicht verhehlen, dass Michel sie beeindruckte. Als der Kanzler wenige Momente später wieder vor ihnen stand, hielt er ein dickes Buch in Händen, das nur ein wenig angekokelt zu sein schien. „Corvinus' Vermächtnis! Sein Erbe. Wir müssen es schützen. Wer auch immer das hier gemacht hat, war sich wohl nicht bewusst, worauf er hier verzichtete." Demeter betrachtete das Buch etwas genauer. „Oh, ich denke, das wusste er. Und so wie es aussieht hat er auch nicht darauf verzichtet." Sie berührte mit einem Finger einen Teil des Buches und öffnete es. Dann blätterte sie bis zu der Stelle, die ihr von außen aufgefallen war und stellte fest, dass ihre Vermutung stimmte. „Jemand hat etwas herausgerissen. Michel, welche Stelle fehlt hier?" Es war kein Geheimnis, dass der Kanzler das Buch viele Male gelesen hatte und es so gut wie auswendig konnte. „Die Dämonenkriege … und der Teil über Lucian." Er, Cedric und Demeter waren damals dabei gewesen und waren die einzigen, die wussten, was Lucian wirklich war. Die Tatsache, dass er jetzt verschwunden und wahrscheinlich in der Hand ihres schlimmsten Feindes war, machte die Sache nicht unbedingt einfacher. Paolo blickte den Kanzler ein wenig verwirrt an. „Il Serpente? Corvinus hat über ihn geschrieben?" Michel und Cedric sahen sich kurz an, ehe der Kanzler die Frage stellte, die beiden schon seit Stunden durch den Kopf ging. „Welcher Tag ist heute?

3

Julie hatte Ralph geholfen aufzustehen und sich in den alten Schreibtischsessel zu setzen. Er hatte noch immer ein leichtes Pochen in seinem Kopf, doch die Schmerzen ließen langsam nach. Ralph drehte den Kopf zur Seite und bemerkte einen fertig geschriebenen Brief, der neben einem offenen Kuvert lag. „Julie, sieh mal. Anscheinend hatte Cedric vor jemanden um Hilfe zu bitten, kam jedoch nicht mehr dazu es abzusenden.“ Julie kam interessiert näher und las den Brief an Michel D´Hullivier laut vor:

„Verehrter Kanzler! Die Stunde ist nun gekommen, den Gefallen einzufordern, den ich bei Euch noch gut habe. Die folgenden Worte sind für Euch bestimmt … nur für Euch! Die Vampire von Rossoit Tessier haben heute meinen Ghoul und Freund Leon getötet. Tessier ist in der Stadt, doch ich nehme nicht an, dass er nur hier ist, um meine Freunde zu bedrohen. Ihr wisst welches Datum naht und ich fürchte, es könnte damit zu tun haben. Sollte Lucian zu Euch kommen und um Hilfe bitten, so vergesst unseren Pakt nicht. Er darf nicht wissen, wie wichtig er ist und welches unheilige Blut durch seine Adern fließt. Der Dämon Phiomet hat viele Diener und ich bin davon überzeugt, dass er nicht noch einmal hundert Jahre warten möchte. Sollte es zum Äußersten kommen, so bitte ich Euch hiermit, im Namen des Guten, wieder an meiner Seite zu kämpfen, wie wir es schon viele Male getan haben. Es gibt aber noch ein anderes Problem. Ich hörte von einem Waldläufer, dass sich die Wölfe vor der Stadt sammeln. Einer war vergangene Nacht bei der Kirche, doch habe ich ihn zu spät bemerkt. Wir sollten Augen und Ohren offen halten. Ich vertraue euch, Michel, aber ich weiß auch wie ungern ihr den Untergrund verlasst. Als Ihr damals auf Hilfe angewiesen wart, stand ich an Eurer Seite. Nun erwarte ich dasselbe von Euch. Euer Freund, Cedric.“

Ralph sah Julie verwirrt an. „Kanzler? Wer soll das denn sein?“ Julie faltete den Brief zusammen und steckte ihn in das vorgesehene Kuvert. Sie erinnerte sich an die Geschichten die Lucian ihr erzählt hatte, als sie unter der Kirche auf den Sonnenuntergang gewartet hatten. „Jemand der uns helfen kann.“ Sie verstaute den Brief in der Innenseite ihrer Jacke und gab Ralph einen Kuss auf die Stirn. „Wenn ich weg bin, sperrst du wieder ab. Denk daran, was Cedric gesagt hat. Ich bin bald zurück.“ Ralph hielt ihren Arm fest, als sie zur Tür gehen wollte. „Was soll das? Wo willst du hin?“ „Ich werde den Kanzler suchen und ihm den Brief bringen. Er ist wahrscheinlich die letzte Hoffnung und einzige Hilfe, die uns bleibt. Keine Sorge. Lucian hat mir gezeigt, wie ich in die Katakomben komme, ohne gesehen zu werden.“ Ralph ließ Julie los. Sie lächelte noch einmal und öffnete dann die Tür. „Keine Sorge, Ralph. Es wird schon klappen.“ Als sie weg war und Ralph wieder abgesperrt hatte, fühlte er sich zum ersten Mal einsam. All die Ereignisse der letzten Tage zogen noch einmal an ihm vorbei. Er fühlte sich ein wenig wie ein Fremder, der von seinem eigenen Körper Besitz ergriffen hatte. Die neue Kraft, die er in sich trug, pulsierte in seinen Adern, was eigentlich gar nicht möglich war, denn er konnte seinen eigenen Herzschlag nicht mehr fühlen. Benommen und erschöpft ließ Ralph sich in den Stuhl sinken und schloss die Augen. Er hatte begonnen, sich damit abzufinden, zu einem Wesen geworden zu sein, dass es eigentlich nur in Büchern oder Filmen gab. Aber dieses Nichtstun machte ihn fertig.

4

In Rossoits Unterkunft herrschte eine eisige Stille, als sämtliches Licht gewichen war und nur noch der grüne Schein des Dämonenrings den Raum erhellte. „Phiomet, Herr der Dunkelheit, Geißel des Hades, Bewahrer der …“
„WAS WILLST DU … ROSSOIT TESSIER!“
Die Stimme des Dämons klang um ein Vielfaches stärker und näher als beim letzten Mal und Rossoit musste sich überwinden weiter zu sprechen. „Mein Herr! Ich habe das Gefäß gefunden und durch genaue Recherchen kennen wir jetzt auch den Ort, an dem zuletzt Euer Blut vergossen wurde. Wir werden noch heute Nacht in die zweite Unterkunft wechseln und ruhen … Morgen Abend soll es nach Sonnenuntergang einen schweren Schneesturm geben. Sobald die Straßen leer sind, werden wir das Gefäß zur Erde bringen und es öffnen. Eure Wiederkehr steht kurz bevor, Herr.“ Der Dämon Phiomet schwieg für eine lange Zeit und Rossoits Selbstsicherheit schrumpfte wieder um ein gewaltiges Stück.

„DU HAST GUTE ARBEIT GELEISTET, ROSSOIT. WO IST ER … ICH WILL IHN SEHEN.“

Rossoit runzelte die Stirn. „Ich verstehe nicht …“ Im selben Moment erstrahlte aus der Mitte des Raums ein blendend grünes Licht. Lucians Körper schien von innen heraus zu leuchten und erhob sich einen guten halben Meter über den Boden. Langsam schwebte er so an den vielen staunenden Vampiren vorbei, die sich möglichst weit zurückzogen. Als Lucian bei Rossoit angekommen war, sank sein Körper wieder zu Boden, doch das grüne Leuchten blieb.

„LUCIAN! MEIN SOHN … DU HAST MIR HUNDERT JAHRE LANG GUT GEDIENT, OHNE ES ZU WISSEN. DEIN LOHN SOLL EIN SCHNELLER UND SCHMERZLOSER TOD SEIN. ROSSOIT!!!“

Der Vampir zuckte zusammen. „Ja, Herr?“

„DU WIRST ES SELBST TUN. DU HAST NOCH DIE WAFFE, DIE AUS DEM STAHL GESCHMIEDET IST, DURCH DEN ICH EINST DAS BLUT VERLOR?!“

Rossoit griff an seine Seite und fühlte den Gehstock mit dem Dämonenkopf als Griff. „Ja, Herr.“

„GUT. MACH ES SCHNELL UND LASS IHN NICHT LEIDEN, ODER ICH ZAHLE DIR JEDEN SCHMERZ, DEN ER FÜHLT, TAUSENDFACH ZURÜCK.“

Rossoit nickte und seine Stimme klang jetzt wesentlich leiser. „Ja… Herr.“

Das Licht um Lucian verblasste und erlosch schließlich ganz. Rossoit kniete noch immer vor der Feuerstelle und als das Glühen des Rings schwächer wurde, wollte er bereits aufstehen, als eine Stimme die Stille zerriss: „HEY! Was ist mit Desgardes und den anderen!?“ Ben war noch vorne getreten, den Kerberos an seiner Seite und starrte, ohne mit der Wimper zu zucken, in das grüne Licht. Rossoit biss die Zähne zusammen. Das war’s. Ben war ein Fehlgriff und wenn alles erledigt war, würde er ihn beseitigen. Zu seiner Überraschung, begann der Ring noch einmal stark zu leuchten und Phiomet sprach erneut:

„WER BIST DU?!“

Ben strich dem Kerberos mit einem selbstgefälligen Lächeln über den Kopf, doch Rossoit sprach vor ihm. „Niemand, Herr, er ist nur ein…“

„SCHWEIG, TESSIER! ICH HABE NICHT DICH GEFRAGT! NUN, JUNGE?“

„Mein Name ist Ben. Und ich bin der Meinung, dass die Freunde dieses…“, er deutete mit dem Kinn abfällig auf Lucian, „… dieses Dings, uns nicht einfach so dabei zusehen werden, wie wir ihn aufschlitzen.“ Rossoit wollte aufstehen und Ben alle Zähne ausschlagen, doch das Knurren des Kerberos, ließ ihn weiterknien.

„WENN SIE SICH DAZWISCHENSTELLEN, DANN STERBEN SIE MIT IHM! ROSSOIT, DER JUNGE KÄMPFT AN DEINER SEITE. ICH VERLANGE, DASS DU AUF IHN ACHTEST. WENN ICH MEINE MACHT ZURÜCKHABE WIRD ER UNS EIN GUTER KRIEGER SEIN.“

Rossoit konnte es einfach nicht fassen. „Ja … Herr…“ Der Ring nahm seine alte Farbe an und der Raum wurde wieder heller. Ben reichte seinem Meister eine Hand und Rossoit zog sich daran hoch. Er sah Ben wütend in die Augen, doch dieser lächelte süffisant zurück. Rossoits Stimme war nur noch ein Flüstern. „Was denkst du eigentlich wer du bist?“ Ben sah in die Runde und bemerkte, dass die anderen Vampire miteinander tuschelten, während sie auf Rossoit deuteten. Er kam noch etwas näher an Rossoits Gesicht heran und flüsterte zurück. „Sollte es dich nicht eher interessieren, was sie denken, wer du bist? Die Dinge ändern sich, mein Freund. Wenn du nicht aufpasst, hat bald gar keiner mehr Angst vor dir.“ Er pfiff kurz durch die Vorderzähne und der Kerberos trat neben ihn. „Dann wird's langsam eng für dich … Meister.“

5

Als Cedric kurz vor Sonnenaufgang die Kirche betrat, hatte er bereits mit dem Erzbischof telefoniert. Da er einige Male im Dienste der Kirche gekämpft hatte, war dieser zwar über den Tod von Vater Andreas sehr betroffen, sagte jedoch bereitwillig zu, einen neuen Priester auszusenden, der die Messen in der Peterskirche übernehmen würde. Danach hatte Cedric auf der Außenseite des Gotteshauses ein Schild angebracht, das Renovierungsarbeiten ankündigte, und die Kirche von innen abgeschlossen. Er trat an die Leiche des ermordeten Paters und trug sie in eine der zahlreichen Gruften unter der Kirche. Der Bischof hatte versprochen, in zwei Tagen jemanden zu schicken, der Vater Andreas abholen und beerdigen würde. Bis dahin war der Körper in der Dunkelheit und Kälte der Gruft gut verwahrt. Ehe er die Grabkammer schloss, bekreuzigte er sich und ging wieder nach oben. Er betrachtete die Fenster und konnte den magischen Schutz fühlen.

Seit er ein Vampir geworden war, konnte er, wann immer Spuren von Magie in seiner Nähe waren, ein angenehmes Kribbeln auf der Haut fühlen. Er hatte keine Ahnung, woher es kam, oder wieso er es spüren konnte, doch diese Fähigkeit hatte ihm in manchen Situationen schon sein Leben gerettet. Als er so durch die Kirche ging und sich die Verwüstungen der letzten Nacht ansah, fühlte er, wie eine große Traurigkeit von ihm Besitz ergriff. Er setzte sich in eine der letzten noch intakten Kirchenbänke und vergrub das Gesicht in seinen Händen. Es war nur noch ein Tag übrig und er hätte beinahe darauf vergessen. Phiomet würde aus der Zwischendimension, in die sie ihn einst verbannt hatten, alles versuchen um zurückkehren zu können. Lucian war das Verbindungsglied und befand sich jetzt in den Händen von Cedrics ehemaligem Schüler, der an Verschlagenheit und Brutalität nur schwer zu überbieten war. Cedric konnte eins und eins zusammenzählen. Rossoit hatte immer einen ausgeprägten Machtdurst gehabt und da käme ihm ein Pakt mit einem Dämon wohl gerade Recht.

Leon war tot, Claudius war es beinahe und William hatte sich als Verräter entpuppt. Die Dinge standen im Augenblick wirklich nicht gut. Bevor Cedric die Kanalisation verlassen hatte, war er noch mit Demeter zu Claudius gegangen. Sie hatte es nach einiger Zeit mit ein paar Zaubereien geschafft, seine Steinhülle wachsen zu lassen und so konnte der Junge kein Blut mehr verlieren. In diesem Mantel heilten seine Wunden auch viel besser und schneller, als es bei seinem menschlichen Körper der Fall gewesen war. Doch bis morgen Abend würde er auf keinen Fall wieder fit genug sein, um zu kämpfen. Das Feuer in der Bibliothek hatte beinahe alle Bücher vernichtet, was den Kanzler sehr geschmerzt hatte. Michel hatte es nicht ausgesprochen, doch Cedric wusste, dass der Kanzler insgeheim ihm dafür die Schuld gab, was passiert war. Er hatte den Brief mit dem Hilfegesuch noch nicht abgeschickt und würde es wohl auch nicht tun. Cedric hatte diesen Krieg mit der Erschaffung Rossoits begonnen und er würde ihn zu Ende bringen, ohne noch mehr unschuldige Leben mit hineinzuziehen. So saß Cedric also in dem Gebäude, das über so viele Jahre hinweg, sein Zuhause gewesen war und kränkte sich über die unnötigen Verluste, den Verrat, der an ihm begangen worden war und seine Ohnmacht, einfach zusehen zu müssen, wie sich der Untergang der Menschheit mit großen Schritten näherte. Es hatte wieder zu schneien aufgehört und die klirrende Kälte ließ erste Vermutungen aufkommen, wie die nächste Nacht werden würde. Die Nacht, in der alles entschieden werden musste. Die Nacht, in der Cedric DeMornay seine Augen zum letzten Mal schließen sollte.

6

Als die ersten, sanften Sonnenstrahlen bunte Flecken durch die schönen Mosaikfenster der Kirche warfen, stand Cedric auf und ging zu der Wendeltreppe, die in seinen Turm führte. Einen Moment lang hatte er daran gedacht, einfach sitzen zu bleiben und zu warten bis die Sonne die Kirche mit Licht durchflutete. Sein viel zu langes Leben wäre beendet und alles würde einfach von ihm abfallen. Der Gedanke an Claudius, Samira und vor allem Ralph, in dessen Schuld er indirekt stand, hinderte ihn jedoch daran, den leichten Weg zu gehen. Der alte Vampir würde den Richtigen nehmen, wie er es schon so oft zuvor getan hatte. Er wusste nicht, ob er stark genug war, um das Gute noch einmal zum Sieg zu führen, aber er würde bis zum Schluss kämpfen, um es herauszufinden. Cedric stieg die steilen Stufen hinauf und klopfte dreimal leicht an die Tür des Turmzimmers. „Wer ist da?“ Ralph war aufgestanden und stand nun einen Meter vor der Tür. „Ich bin es, Ralph, mach auf.“ Der Schlüssel drehte sich im Schloss und Cedric drückte die Klinke herunter. Als er den Raum betrat, stand Ralph mit besorgtem Gesichtsausdruck vor ihm und ein Blick genügte, um den Grund dafür zu erkennen. „Wo ist das Mädchen?“ Cedric schloss die Türe hinter sich und setzte sich an seinen Schreibtisch. Der Brief fehlte. „In Ordnung, ich kann es mir denken. Was meint sie, was das bringen wird?“ Ralph trat neben den alten Vampir und setzte sich einfach neben den Tisch auf den Fußboden. „Was ist hier los, Cedric? Wieso ist dieser Lucian so wichtig und warum versucht dein ehemaliger Schüler, mich und die anderen zu töten? Was hat mein Vater mit all dem zu tun? Erklär mir, wer diese Samira ist.“ Cedric starrte auf seinen Schreibtisch und sah dann zu dem jungen Vampir, der vor wenigen Tagen noch ein zufriedener Student ohne Probleme gewesen war. Er erhob sich und setzte sich neben Ralph auf den Boden. Cedric lehnte sich mit dem Rücken an die Eingangstüre und wischte sich ein paar Haare aus dem Gesicht. „Du solltest ein wenig schlafen, Ralph. Fühlst du dich kein bisschen müde?“ Ralph sah Cedric erwartungsvoll an und schüttelte stumm den Kopf. Es war schlichtweg gelogen. Je näher der Tagesanbruch kam, desto mehr verlangte es ihm nach einer weichen Matratze. Doch er wollte jetzt endlich wissen, was los war. „Nun gut, mein Sohn. Wir haben Zeit, bis die Sonne untergeht. Vor knapp 500 Jahren wurde ich beinahe von einem Werwolf getötet. Ich kannte ihn als Mensch …“ Cedric blickte zu Boden und überlegte kurz, ob er Ralph mehr von Jack erzählen sollte, doch hielt er es für besser den Jungen nicht noch mehr zu verunsichern. „… er war ein … Bekannter aus meinem Dorf. Jedenfalls lernte ich in dieser Nacht einen Mann kennen, der mein Leben rettete und dauerhaft veränderte…“ Und so sprachen sie die ganze Nacht über Ralphs Vater, Rossoits Erschaffung, Corvinus, die „Gesellschaft“, die Steinernen, Samira und Phiomet. Endlich wusste Ralph, wer das Flammenmonster aus seinen Träumen war und weshalb sein Vater ihn darin immer wieder vor ihm warnte. Die Tatsache, dass sein Vater Cedric vor fünfhundert Jahren das Leben gerettet hatte, erschien Ralph unmöglich, doch er wunderte sich mittlerweile nicht mehr über solche Dinge. Er würde Cedric ein anderes Mal danach fragen, was das zu bedeuten hatte. Als die Sonne viele Stunden später wieder unterging, erschien Ralph vieles klarer und sein Groll darüber, dass Laurent ihn und seine Mutter so früh verlassen hatte, verwandelte sich in Verständnis. Vor allem jedoch, wurde ihm bewusst, dass er mitten in einem Krieg steckte, der seit Jahrhunderten tobte, großteils ohne, dass die Menschheit ihn direkt mitbekam. Er sprach mit Cedric über seine Träume, die ihn während der Verwandlung gequält hatten. Sie versuchten einen Weg zu finden, Lucian zurückzuholen, bevor Rossoit sein Blut vergießen konnte. Und sie sprachen über Samira. Dass sie vor einigen Jahren von Vampiren angegriffen worden war und dabei ihren

Verlobten, sowie ihr ungeborenes Kind verloren hatte. Ralph empfand tiefe Schuld, bei dem Gedanken daran, dass sie jetzt selbst vielleicht im Sterben lag, weil sie versucht hatte, ihm zu helfen. Sie schien auf jeden Fall noch eine Rolle in dieser Geschichte zu spielen. Ralph hatte Cedric von seiner Vision aus dem Stadtpark erzählt und der alte Vampir hatte Ralphs Bitte, nach einigem Zögern nachgegeben, sie am kommenden Abend im Krankenhaus aufsuchen zu dürfen, um mit ihr zu sprechen. Sie tranken, über den Tag verteilt, einige Liter Blut, aus alten, wunderschönen Flaschen. Ralph bemerkte, dass er Gefallen an dem Geschmack der lebensspendenden Flüssigkeit fand.

Gleichzeitig schwor er sich, dafür nie ein Menschenleben zu nehmen. Er sollte dieses Versprechen an sich selbst einige Zeit später brechen.

7

Als Samira am Morgen des sechsten November die Augen öffnete, wusste sie erst nicht wo sie war. Die Ereignisse der letzten Nacht waren sehr weit entfernt und die Polizistin konnte sich nur dunkel daran erinnern. Sie wollte sich umdrehen und krümmte sich vor Schmerzen, als sie wieder dieses Brennen in ihrer Lunge verspürte. Samira blieb liegen und sah sich um. Neben ihr standen einige Geräte, die unablässig piepten und in ihrem Arm befand sich eine kleine Nadel mit einem Schlauch, der zu einem Infusionsbeutel führte.
Das war eindeutig ein Krankenzimmer, doch wer hatte sie hergebracht? Sie hatte Schmerzen in Armen und Beinen.

Ihr Kopf dröhnte und die Lunge schien permanent unter Feuer zu stehen. Samira schloss die Augen und versuchte, sich zu konzentrieren. Sie war zur Kirche gefahren und hatte jemanden schreien gehört. Als sie hinein gegangen war, stand da dieser Junge, Ralph und der andere Kerl wollte mit einem Schwert auf ihn losgehen. Sie hatte geschossen und den Angreifer an der Schulter erwischt. Die Wunde war rasch verheilt, also war ihr sofort klar gewesen, dass er ein Vampir sein musste. Danach ging alles recht schnell. Jemand hatte sie von hinten gepackt und das Einzige was sie noch wusste war, dass ihr Körper sich angefühlt hatte, als würde er in Flammen aufgehen. Und grünes Licht.

Wenn sie die Augen schloss, hatte sie noch immer das Gefühl als würde sie in grünem Licht baden. Die Tür zu Samiras Zimmer ging auf und Martin Fischer trat ein. Er hatte einen Becher dampfenden Kaffee in der Hand und eine Zeitung unter seinem rechten Arm. Sein Gesicht war unrasiert und bleich. Insgesamt machte er den Eindruck als hätte er die ganze Nacht nicht geschlafen, was auch der Wahrheit entsprach. „Guten Morgen, Martin." Fischer erschrak so sehr, dass ihm der Kaffee aus der Hand fiel. Er lief zu Samira und nach einer kurzen Schrecksekunde fiel er vor ihrem Bett auf die Knie und umarmte sie stürmisch. „Gott, Kind, was bin ich froh, dass es dir gut geht." Samira kam vor Schmerzen fast um, doch sie brachte es nicht fertig, den Mann wegzustoßen, der ihr viele Jahre wie ein Vater gewesen war. „Ja, Martin … ich weiß … aber wenn du mich weiter so drückst, kann sich das schnell ändern." Er ließ sie los und richtete sich wieder auf. „Es tut mir …

na ja … du weißt schon. Samira, wie fühlst du dich?“ Sie ließ sich die Frage kurz durch den Kopf gehen, ehe sie mit einem gequälten Lächeln antwortete. „Ziemlich beschissen, Martin. Wie bin ich hier her gekommen?“ Fischer setzte sich an das Fußende des Bettes und sah sie besorgt an. „Das ist eine wirklich gute Frage, die ich eigentlich dir stellen wollte. Wer ist dieser Cedric?“ Oh, das war nicht gut. Fischer hatte Cedric kennengelernt und wollte jetzt logischerweise eine Erklärung für das, was letzte Nacht passiert war. „Er ist … das ist ein wenig kompliziert, Martin. Man könnte sagen, er passt auch auf mich auf. Allerdings auf eine andere Weise, als du das tust. Er war derjenige, der mir in der Nacht das Leben gerettet hat, in der David starb. Ich werde dir das alles irgendwann erklären, aber …“ Die Türe wurde geöffnet und eine Krankenschwester um die 40 kam mit einem offensichtlich wesentlich jüngerem Arzt ins Zimmer. Sie bemerkte den verschütteten Kaffee auf dem Fußboden und warf Fischer einen bösen Blick zu. „Oh, Entschuldigung! Ich mach das gleich sauber.“ Er sprang auf und ging zum Waschraum, um Papier zu holen. Der Arzt stellte sich neben Samira und betrachtete die Geräte. Danach drehte er sich zu ihr und notierte etwas auf seinem Klemmbrett. „Raus mit der Sprache, Doc, was ist los mit mir?“ Der Arzt sah sie über seine Brille hinweg an und lächelte. „Um das rauszufinden sind wir hier, Fräulein Wächter.“ Den restlichen Tag verbrachte Samira mit Röntgen, Blutabnahmen und in einer CT Röhre.

Fischer leistete ihr zwischen den Untersuchungen Gesellschaft und blieb den ganzen Tag bei ihr. Als sie am Abend völlig erschöpft in ihr Zimmer gebracht wurde, bekam sie von der Krankenschwester eine Spritze, die ihre Schmerzen beinahe in Sekundenschnelle verschwinden ließen. Samira schloss die Augen und genoss einfach den ersten Moment des Tages an dem ihr nichts wehtat. Fischer begleitete die Schwester aus dem Raum und schloss die Türe. „Was haben Sie ihr gegeben?“ Die Schwester sah ihn mitleidig an und hob dann die Spritze vors Gesicht. „Morphium. Eine Tagesdosis. Der Doktor hat gesagt, wir wollen es ihr so angenehm wie möglich machen.“ Fischer sah sie an und musste mehrmals schlucken, ehe er antworten konnte. „Was soll das heißen, so angenehm wie möglich? Was fehlt ihr?“ Der junge Arzt war um eine Ecke gebogen und zu ihnen gekommen. „Herr Kommissar. Zu Ihnen wollte ich gerade. Wir haben die ersten Ergebnisse.“ Fischer spürte einen Kloß in seinem Hals. „Was ... was fehlt Samira?“

Der Arzt nahm die Brille ab und hielt Fischer eine Mappe hin. „Fräulein Wächter leidet an einer sehr seltenen Art von Lungenkrebs. Sie hat Metastasen, die sich über den gesamten Körper erstrecken. Es ist ein Wunder, dass sie überhaupt noch lebt und bei Bewusstsein ist.“ Martin Fischer spürte einen Stich in seiner Brust, als er die Mappe an sich nahm. Er sah Röntgenbilder vor sich und wusste, dass der Mann nicht log. Spinnenartiges Gewebe zog sich durch den kompletten Körper und in Höhe der Lunge, war ein weißer Fleck, der beinahe den gesamten Brustkorb ausfüllte. Mit Tränen in den Augen sah er den Arzt an. „Wie lange noch...?“ Der Doktor setzte sich seine Brille wieder auf. „Das kann ich nicht sagen. Ich habe noch nie einen lebenden Menschen mit solchen Verwucherungen gesehen. Vielleicht ein paar Tage, maximal eine Woche. Allerdings nur bei medizinischer Versorgung und absoluter Bettruhe." Fischer nickte. „Ich danke Ihnen..." Der Arzt berührte seine Schulter. „Hat sie Familie?" Der Kommissar schüttelte den Kopf. „Dann bleiben Sie bei ihr, wenn Sie können. Sie braucht Sie jetzt. Und vor allem braucht sie Ruhe."

8

Julie ging durch die tropfenden Gänge unter der Stadt, ohne auch nur einen Vampir zu treffen. Immer wieder wich sie einzelnen Sonnenstrahlen aus, die durch Kanalgitter oder andere Öffnungen hindurch schienen. Sie hatte sich verlaufen. Sie musste sich einfach verlaufen haben. Die Sonne stand schon ziemlich hoch und sie konnte sich ungefähr ausrechnen, dass es um die Mittagszeit sein musste. Gerade als sie wieder umkehren und den Weg zurück suchen wollte, hörte sie hinter sich eine knorrige Stimme. „Was verschlägt so ein hübsches Ding in eine so hässliche Umgebung?" Julie drehte sich um, bereit dem Angreifer einen Schlag auf die Nase zu verpassen. Als sie jedoch den kleinen, buckligen Mann sah, der vor ihr stand, wusste sie nicht ob sie lachen oder sich ekeln sollte. „Nicht doch, nicht doch, ich habe nicht vor dir etwas anzutun. Ich muss nur ein bisschen aufpassen. Seit letzter Nacht laufen hier sehr merkwürdige Leute herum, die Lucian entführen und Bücher anzünden und so was."

Max, der Diener des Kanzlers versuchte zu lächeln, doch irgendwie gelang ihm nur ein schiefes Grinsen. Julie blickte ihn skeptisch an. „Aha … nun … ich suche den Kanzler Michael.“ Max fiel wie auf Stichwort vor ihr auf die Knie „Oh, mein Meister. Michel heißt er. Bitte! Richtig aussprechen. Oje oje.“ Julie wäre am liebsten weitergegangen, doch das Wort „Meister“ hatte sie hellhörig gemacht. „Ich verstehe. Dann ist … Michel … also dein Meister ja? Das trifft sich gut! Ich habe eine Nachricht und du wirst sie ihm zu bringen.“ Max rappelte sich wieder hoch und warf einen Blick auf das Kuvert in Julies Hand. „Der Meister ist im Augenblick sehr beschäftigt. Ich denke nicht, dass er…“

Julie trat auf Max zu und ließ ihre Augen rot glühen. Sie hielt den Brief vor sein Gesicht. „Das war keine Bitte! Es geht um den Dämon, der heute Nacht auferstehen und uns alle vernichten soll. Also nimm den Brief und zisch ab!“ Max war ein wenig zurückgewichen. Schließlich nahm er den Brief aus ihrer Hand, verneigte sich viel zu tief und lief davon. Julie machte ein verdutztes Gesicht, als er hysterisch kichernd um die nächste Ecke verschwand. Das war einfacher gewesen als sie gehofft hatte.

9

Rossoit und seine Leute hatten etwa eine Stunde vor Sonnenaufgang den Keller geräumt und waren in die zweite Unterkunft umgezogen, die er vor ihrer Ankunft gemietet hatte. Es war auch ein Keller, allerdings war er durch ein Stiegenhaus zu betreten und daher besser von der Straße abgeschirmt, was ihm eigentlich nur Recht war. Außerdem war der Raum früher von einer Band genutzt worden, um darin zu proben. Er war komplett schalldicht, hatte keine Fenster und bot jede Menge Platz. Die Gruppe hatte sich eingerichtet und William stand mit Rossoit am Eingang. Ben hatte sich in eine Ecke gelegt und las in einem der alten Bücher, die Rossoit gehörten. Der schnarchende Kerberos diente ihm als Kopfpolster. Mirelle und Gordon unterhielten sich mit einigen der Neuankömmlinge und die restlichen Vampire legten sich langsam aber sicher zur Ruhe. Rossoit war angespannt. Eigentlich hatte er vorgehabt, die Sache erst am nächsten Abend vor Mitternacht zu veranstalten, doch aufgrund der letzten Geschehnisse, hatte er beschlossen, keine Zeit mehr zu vergeuden. Er sah auf eine Uhr, die an der Wand befestigt war. Es war jetzt genau acht Uhr morgens, am sechsten November 2006. Sie hatten also noch knapp 16 Stunden Zeit, ehe sie das Ritual durchführen würden. Zeit zu schlafen und sich auf alles vorzubereiten.

Auch wenn Ben sich mit seiner letzten Vorstellung, endgültig als nicht tragbare Gefahr für Rossoits Stellung in der neuen Weltordnung erwiesen hatte, war er nicht im Unrecht. Cedric und seine Musketiere würden auf jeden Fall noch einmal versuchen dazwischen zu pfuschen. Die Frage war nur, ob sie das Leben des Schattengängers aufs Spiel setzen würden oder nicht. Rossoit lächelte. Er kannte Cedric und wusste, dass der Alte viel zu weichherzig war. Während William sich versteinerte, sah er Rossoit von der Seite zu, wie dieser seine Pläne sponn. Dann betrachtete er die anderen Vampire und schließlich fiel sein Blick auf Lucian, der wie ein Gepäckstück verschnürt, noch immer regungslos in einer Ecke lag. Der Steinerne bereute zutiefst was er getan hatte. Rossoit hätte ihm helfen sollen, Cedric aus dem Weg zu räumen, damit der Weg zu Corvinus' Gruft frei war, doch das hier war Wahnsinn. Dieser Verrückte wollte einen Dämon beschwören und dazu musste er Lucian töten. Er hatte damals bei den Kriegen nicht viel von Phiomet mitbekommen, doch in Gesprächen mit Corvinus und Cedric, hatte er Dinge über ihn erfahren, die ihn davon überzeugten, dass diese Erweckung verhindert werden musste.

William hatte Vieles getan, auf das er nicht stolz war. Doch der Mord an Claudius hatte ihn geschmerzt, auch wenn es notwendig gewesen war. Er hatte Fragen gestellt, die William nicht beantworten durfte. Doch jetzt auch noch dabei mitzuhelfen, die Welt an den Abgrund zu bringen, war zuviel. Als der Abend anbrach und William als erster wieder handlungsfähig war, hatte er eine Entscheidung getroffen. Er schlich zu Lucian und zog ein Messer aus seinem Gewand. Damit öffnete er ein Glied der Kette an der das silberne Kreuz befestigt war. Wenn jemand an der Kette zog oder sie sich irgendwo verfing, würde sie einfach abfallen. Er ging leise und vorsichtig wieder zu seinem Platz zurück und setzte sich hin. Dann begann er stumm zu beten. Der Kerberos grunzte und schloss das Auge, das er nur einen Spalt geöffnet hatte, als William durch den Raum gegangen war. Er hatte genug gesehen, seufzte zufrieden und schlief wieder ein.

KAPITEL 12

DER STURM

1

Ben erwachte aus einem unruhigen Schlaf und sah sich um. Der Rest der Gruppe schlief noch, doch er fühlte, dass die Sonne bereits untergegangen war. Der alte Mann, den Rossoit mitgeschleppt hatte, saß in einer Ecke und bewegte sich nicht. Rossoit selbst lag in dem einzigen Bett, das in dem Keller stand und schlief ebenfalls noch. Ben erhob sich und der Kerberos, der den Tag schlafend bei ihm verbracht hatte, schmatzte kurz, ehe er sich umdrehte, um weiterzuschlafen. Der Vampir ging durch den Raum und als er die Türe öffnete, die in das dunkle Stiegenhaus führte, hörte er eine leise Stimme neben sich. William saß noch immer zu seinen Füßen und hatte den Kopf erhoben. „Wo willst du hin, Junge?" Ben sah auf den Alten herab. „Ich wüsste nicht, was dich das angeht." Der Steinerne erhob sich mühsam und sah Ben mit traurigem Blick an. „Es tut mir leid. Wir waren damals dabei, als er dich mitgenommen hat. Wir hätten dich retten können." Ben lachte leise auf und wandte sich zum Gehen um. „Danke, dass ihrs nicht getan habt..." William blickte zu Boden und setzte sich wieder hin. Ben trat aus dem Keller und ging durch den Flur. Als er den Gehsteig betrat, bemerkte er zwar nicht wie kalt es war, aber anhand der bereits jetzt menschenleeren Straßen und den dicken Eisschichten auf den Scheiben der geparkten Autos, konnte er es sich ungefähr vorstellen. Es war absolut windstill, was so gar nicht zu der Wetterprognose passte, von der Rossoit gesprochen hatte. Ben kannte jedoch die alte Bauernweisheit, die sich schon oft bewahrheitet hatte. Es war die sprichwörtliche Ruhe vor dem Sturm. Er hatte am

Vorabend einen Plan gefasst. Ein Typ wie Rossoit war einfach zu schwach und unfähig, um eine Machtposition unter einem Dämon zu bekleiden. Sogar Ralph hatte es fertig gebracht, ihn durch die komplette Kirche zu prügeln. Jemand musste handeln und wer war dafür besser geeignet als Ben?! Er sah sich um. Der Parkring. Schlauer Schachzug. Direkt gegenüber ihrer neuen Unterkunft lag der Stadtpark. Dort war die Erde, auf die das Blut des Dämons fallen musste. Dagegen konnte man wohl nichts machen, aber Ben hatte vor, Rossoit mit der menschlichen Zivilisation untergehen zu lassen. Und dazu brauchte er die Hilfe eines Mannes, vor dem Rossoit sich fürchtete. Ben ging los und stand etwa zehn Minuten später vor den Toren der Peterskirche.

Er stieg die wenigen Stufen hinauf und klopfte mit geballter Faust gegen eines der beiden schweren Holztore. Einige Augenblicke vergingen, in denen sich nichts rührte. Vielleicht war der alte Vampir auch gar nicht zu Hause? Rossoit hatte Ben von Cedric erzählt und irgendwie war er gespannt darauf, ihm gegenüberzustehen. Gerade als er sich abwenden und wieder gehen wollte, klickte das große Schloss in der Türe und der Eingang wurde geöffnet. Ein großer Mann mit langen, schneeweißen Haaren stand vor Ben und sah ihn mit ernster Miene an. „Ja?" Ben lächelte und zeigte sein strahlend weißes Gebiss. Der Alte bemerkte die beiden Reißzähne und sein Blick wurde noch ein wenig finsterer. „Wer bist du und was willst du hier?!" Cedric machte einen Schritt aus der Kirche, doch Ben blieb stehen wo er war. „Sie sind Cedric, nehme ich an? Mein Name ist Ben, doch das tut jetzt nichts zur Sache." Cedric wusste, wer Ben war und was er in der Kirche mit Rossoit gemeinsam veranstaltet hatte. Seine Augen glühten ganz leicht und er musste sich sehr zusammenreißen, um nicht auf den jungen Vampir loszugehen. „Bist du deines kurzen Lebens bereits überdrüssig, dich hierher zu trauen?“ Cedric ballte die Fäuste, doch Ben blieb weiter unbeeindruckt. „Wollen Sie mir weiter drohen oder lieber hören was ich zu sagen habe?“ Er legte den Kopf schief und Cedric konnte nicht fassen, mit welcher Arroganz dieser Junge vor ihn trat. „Wir beide wissen, was heute Nacht im Stadtpark passieren wird und ich bin gekommen um Ihnen zu helfen.“ Cedric machte eine Geste mit der Hand um Ben zu deuten, weiter zu sprechen.

„Rossoit ist wahnsinnig. Er will einen Dämon beschwören um die Welt zu vernichten und da mache ich nicht mehr mit. Er hat Angst vor Ihnen, Cedric und ich denke, dass Sie der Einzige sind, der ihn aufhalten kann.“ Cedric ließ die Worte auf sich wirken. „Wer sagt mir, dass Rossoit dich nicht geschickt hat um mir das zu erzählen? Was sollte ich für einen Grund haben dir zu glauben?“ Ben ging nun ein paar Schritte auf Cedric zu, bevor sie sich von Angesicht zu Angesicht gegenüber standen. „Gar keinen. Aber wenn Sie mir nicht glauben, dann werden wir nach Mitternacht keine Gelegenheit mehr haben darüber zu diskutieren.“

Cedric überlegte kurz und nickte dann. Ehe er zurück in die Kirche ging sagte er noch einen Satz: „Hör zu, Ben. Richte Rossoit etwas von mir aus. Ich werde da sein und ich rate ihm, vorbereitet zu sein. Ein Sturm zieht auf und ich werde dafür sorgen, dass er euch alle zum Teufel weht…!“

2

Julie hatte den restlichen Tag im Keller der Kirche verbracht und geschlafen. Als sie aufwachte, war es bereits 19 Uhr. Die Glocken hoch oben im Turm läuteten und Julie stand aus dem Bett auf, in dem Ralph zuvor geschlafen hatte. Nachdem sie sich die Kleidung glatt gestrichen hatte, stieg sie die Stufen hinauf und betrat das Gotteshaus. Cedric stand am Eingang und sprach mit jemandem. Sie führten ein ruhiges Gespräch, doch Julie glaubte, in Cedrics Stimme eine gewisse Anspannung zu hören. Hinter einer Säule versteckt, versuchte sie mitzubekommen, worum es ging, doch konnte sie nur noch einen Satz von Cedric hören, ehe der andere sich verabschiedete: „Ein Sturm zieht auf und ich werde dafür sorgen, dass er euch zum Teufel weht…!“

Der Fremde ging und Cedric warf das Kirchentor mit einer derartigen Wucht zu, dass die gesamte Kirche zu beben schien. Julie trat vor und kam auf Cedric zu. Sie bemerkte, dass der alte Vampir zitterte und ergriff seine Hand. Er sah sie überrascht an und lächelte wieder so freundlich wie immer. „Na? Alles in Ordnung? Was hat der Kanzler gesagt?“ Sie sah verlegen zu Boden und schüttelte den Kopf. „Ich bin nicht bis zu ihm gekommen. Nachdem ich mich verlaufen hatte, ist ein kleiner Buckliger aufgetaucht und hat den Brief an sich genommen.“ Cedric nickte. „Dann wollen wir hoffen, dass Max seinem Meister treuer ist, als manche meiner Diener.“ Julie sah sich um. „Wo ist Ralph?“ „Er ist unterwegs, um den letzten Krieger für heute Abend zu rekrutieren. Wir werden auch zu viert nur wenig

Chancen haben, doch einer mehr ist besser als einer weniger.“ Cedric griff in seinen Mantel und zog das kleine Mobiltelefon aus der Tasche, das er von Samira bekommen hatte. Er sah auf das Display. Es war jetzt viertel nach sieben und Ralph hatte sich noch nicht gemeldet, seit er vor zwei Stunden weggefahren war. „Komm Julie. Wir haben noch einiges zu erledigen.“

Ralph hatte kurz vor 18 Uhr den schwarzen Ford vor dem Krankenhaus geparkt in dem Samira lag. Die ganze Fahrt über hatte er nachgedacht, was er sagen sollte, doch jetzt wo er kurz davor war die Frau zu treffen, wusste er noch immer nicht, wie er ihr erklären sollte, warum er gekommen war. Er stieg aus und warf die Autotür ins Schloss. „Stehen bleiben, Junge.“ Ralph hörte, wie hinter ihm eine Waffe durchgeladen wurde. „Ich bin nicht hier um…“ „HALT DEN MUND! Woher hast du das Auto?“ Ralph wollte sich umdrehen. „DENK nicht mal dran, Junge. Also? Woher?“ Ralph überlegte kurz, wie er jetzt vorgehen sollte, entschied sich dann aber dafür, erstmal ruhig zu bleiben. „Hören Sie … ich habe dieses Auto von jemandem bekommen, der sich sehr um dessen Besitzerin sorgt. Ich muss dringend zu ihr. Es geht um Leben und Tod.“ Der Mann mit der Waffe schien zu überlegen. Schließlich hörte Ralph, wie die Pistole wieder gesichert wurde. Er drehte sich um und stand einem unrasierten Mann gegenüber der ihn skeptisch betrachtete. „Fischer mein Name. Martin Fischer. Ich bin…“ „Samiras Chef, ja. Cedric hat mir von Ihnen erzählt.“ Fischer kam etwas näher und sah Ralph verdutzt an. „Cedric. Dieser Name fällt mir jetzt schon etwas zu … aber… ich kenne Sie, mein Junge.

Sie sind doch derjenige, der vor zwei Tagen aus seiner Wohnung verschwunden ist. Samira hat den Fall untersucht. Sie … ich dachte Sie wären tot?“ Ralph begann zu verstehen. „Herr Fischer, Martin, Sie müssen mir jetzt vertrauen. Ich muss dringend mit Samira sprechen. Hier sind Dinge am Werk, die Sie nicht verstehen würden.“ Fischer starrte ihn immer noch an. „Nein, mein Freund. Erst kommt dieser Cedric hier an und überreicht mir meine beste Mitarbeiterin, meine Freundin, in halbtotem Zustand und verschwindet dann einfach wieder. Und jetzt kommen Sie, ein für tot befundener Vermisster, was weiß ich was, und wollen mit ihr reden? Verdammt, sie liegt da oben im Sterben! Ich will jetzt auf der Stelle wissen, was hier gespielt wird!“ Ralph trat einen Schritt auf Fischer zu und ließ seine Augen rot aufleuchten. In Fischers Gesicht spiegelte sich Unglauben und Angst wieder. „Wie gesagt, Martin, Sie müssen mir jetzt einfach vertrauen…“

3

Fischer ging voraus und Ralph folgte ihm bis zu dem Aufzug der in das Stockwerk führte, auf dem Samira untergebracht war. Sie bestiegen den Lift, Fischer drückte einen Knopf und die automatischen Türen schlossen sich. Der Kommissar sah Ralph vorsichtig von der Seite an, doch dieser blickte weiter gerade aus. „Na los, Martin, fragen Sie schon.“ Fischer fühlte sich ertappt und wurde ein wenig rot. „Was … was sind Sie?“ Ralph lächelte. „Was denken Sie denn was ich bin?“ Fischer sah nun ebenfalls wieder gerade aus. „Na ja, entweder Sie haben einen sehr schweren Fall von Bindehautentzündung oder…“ Ralph musste jetzt lachen. Er mochte den zerknitterten Kerl. „Ich bin ein Vampir, Martin, so wie Cedric. Es ist ok, wenn Sie mir nicht glauben. Vor einer Woche hätte ich es selbst noch nicht geglaubt.“ Die restliche Fahrt sagte keiner mehr ein Wort. Als sich die Fahrstuhltüren öffneten, sah Fischer Ralph noch einmal an. „Sie verscheißern mich, nicht wahr?“ Ralph drehte sich zu ihm um und sah ihn mit ernster Miene an. „Sehe ich so aus, als wäre mir nach Scherzen zumute?“ Sie stiegen aus dem Lift und gingen einen langen Gang entlang, bis sie vor Zimmer 605 stehen blieben. Ralph öffnete die Tür und drehte sich noch einmal zu Fischer um. „Darf ich zuerst alleine mit ihr reden?“ Fischer wollte etwas erwidern, doch etwas an der Art des Jungen sagte ihm, dass er keiner von den Bösen war. „Ich warte hier vor der Türe. Mach keinen Scheiß, Junge, sonst erschieß ich dich … wenn das bei dir überhaupt was nützt.“ Ralph lächelte wieder. „Nein, Martin, tut es nicht. Es wird aber auch nicht nötig sein.“ Dann ging er hinein und schloss leise die Tür. Fischer setzte sich auf einen Stuhl an der gegenüberliegenden Wand und versuchte, in der Zwischenzeit eine logische Erklärung für das zu finden, was er gerade gesehen und gehört hatte. Es sollte ihm nicht gelingen.

Ralph stand in dem dunklen Zimmer. Die einzige Lichtquelle, waren die Lämpchen an den Geräten neben Samiras Bett. Er holte sich einen Stuhl von dem kleinen Esstisch der in einer Ecke stand, platzierte ihn neben Samiras Kopf und setzte sich hin. Ihre Hände lagen auf ihrer Brust und sie atmete kurz und stoßartig. Die Stirn war schweißnass und sie war viel blasser als am Abend zuvor.

„Samira … kannst du mich hören?“ Samira öffnete blinzelnd die Augen und drehte den Kopf in seine Richtung. „Hey … ich habe mich schon gefragt, wann du hier auftauchst.“ Ihre Stimme klang sehr leise und belegt. „Ich habe von dir geträumt, Ralph. Wir haben wohl noch etwas zu erledigen, bevor ich schlafen kann, was?“ Sie begann zu husten und verzog gleichzeitig das Gesicht, ob der Schmerzen die jeder Atemzug ihrer Lunge beibrachte. Ralph musste sich sehr beherrschen. „Es tut mir leid, was er dir angetan hat. Du hast versucht mir zu helfen und…“ Samira lächelte ein wenig und ergriff seine Hand. „Schon gut, Kleiner. Du bist einfach viel zu nett für einen deiner Art. Sowas kommt nicht oft vor und da muss ja jemand auf dich aufpassen, oder?“

Ralph lächelte auch, doch hier zu sitzen und zu sehen, wie diese Frau langsam starb, brach ihm beinahe das Herz. „Heute Nacht wird etwas Schreckliches geschehen, wenn wir nicht etwas unternehmen.“ Sie nickte. „Ich weiß … wie gesagt, ich habe von dir geträumt. Und von diesem anderen Kerl, der mir das hier angetan hat.“ Sie deutete auf ihre Brust und die Geräte neben dem Bett. „Cedric hat mir einmal das Leben gerettet und trotzdem habe ich ihn immer für das verflucht, was er ist. Man ist nie zu alt um dazu zu lernen. Es gibt Vampire, ok. Aber sie sind nicht alle gleich. Cedric und du … ich denke ihr seid die Guten und ich will verdammt sein, wenn ich sterbe ohne ein paar von den anderen mitzunehmen.“

Samira versuchte sich aufzusetzen und Ralph stützte sie. Sie deutete ihm, näher zu kommen und flüsterte ihm zu:

„Am Ende des Ganges ist das Schwesternzimmer. Hol Morphium. Am besten alles was du finden kannst. Ich ziehe mich inzwischen an.“ Ralph nickte und stand auf. Ehe er das Zimmer verließ, rief ihm Samira noch etwas hinterher: „Schick mir Martin herein. Wir werden seine Hilfe brauchen.“ Fischer kam wenige Sekunden später durch die Türe. Samira redete lange mit ihm und beide erhoben mehrmals die Stimme. Als Ralph nach etwa einer halben Stunde wieder ins Zimmer gerufen wurde, stand Fischer vor dem Fenster und starrte in die Dunkelheit. „Ich will nur, dass ihr wisst, dass ich mit dem Ganzen absolut nicht einverstanden bin.“ Samira stand recht wacklig neben ihrem Bett und band sich gerade den zweiten Stiefel zu. Sie warf Ralph einen Blick zu und dieser nickte. Er öffnete die Hand und brachte mehrere Tablettenfläschchen zum Vorschein. Samira lächelte zufrieden. „Das weiß ich Martin und ich danke dir dafür. Lasst uns fahren.“

4

Cedric hatte einige Waffen aus den Kellern geholt und auf dem Boden der Kirche ausgebreitet. Da fanden sich Bögen, Äxte und einige Klingenwaffen wieder, die er über die Jahrhunderte gesammelt hatte. Julie hatte ebenfalls in den Kästen und Truhen gestöbert, die über die Räumlichkeiten des Gotteshauses verteilt waren und unter anderem Handgelenksschienen und einen Halsschutz aus Leder gefunden. Sie legte sich die Sachen an und sie passten wie angegossen. Als sie zu Cedric stieß, war dieser ebenfalls neu eingekleidet. Er hatte so etwas wie eine Rüstung aus dickem, tiefschwarzem Leder angezogen. Dazu trug er

Handschuhe, die ihm beinahe bis zum Ellenbogen reichten. Sein Haar hatte er zu einem Zopf zusammengebunden. Er wirkte irgendwie wie ein dunkler Ritter, der in die Schlacht zog. Julie trat an ihn heran und sah ihn mit ihren großen Augen an. Cedric band sich gerade die Handschuhe und sah zu ihr hinab. „Du musst nicht mitkommen, Julie. Die Chancen, dass wir das heute überleben sind relativ gering und ich …“ Julie klopfte dem großen Mann so gut es ging auf die Schulter und lächelte ihn an. „… wenn das heute Abend schief geht, dann sind wir sowieso alle tot. Was macht es also für einen Unterschied, wo ich bin, wenn die Welt untergeht?“ Cedric zog an der Schnur, die das Leder zusammenhielt und der Handschuh ächzte unter der Kraft des Vampirs. „Na ja … da hast du wohl Recht.“

Im selben Moment klingelte endlich Cedrics Handy. Er lief zu der Bank, in die er es gelegt hatte, nachdem er den Mantel abgelegt hatte und drückte auf die grüne Taste. „Ralph? Hallo Junge! Und wie sieht's aus?“ Cedric hob eine Augenbraue und Julie stieg ungeduldig von einem Fuß auf den anderen. „Was? Was? Was sagt er? Macht sie mit?“ Cedric lauschte noch immer Ralphs Stimme. „Ist das dein Ernst? In Ordnung. Ja. Ja, ok. Wir kommen raus.“ Er beendete das Gespräch und legte das Handy wieder dorthin woher er es zuvor genommen hatte. Cedric wirkte irgendwie ziemlich verdutzt, als er die Kirche durchquerte und auf den Eingang zuging. Julie lief neben ihm her und wurde immer ungeduldiger: „Jetzt sag schon, Cedric! Was ist? Kommen sie oder nicht?“ Cedric öffnete das Eingangstor und zeigte nach draußen. Julie schob sich an ihm vorbei und blieb wie angewurzelt stehen.

Sie hatte mit vielem gerechnet, aber damit nicht. Vor der Kirche parkte der schwarze Ford von Samira mit laufendem Motor. Links und rechts davon standen Samira und Ralph. Hinter ihnen befand sich ein weiteres Fahrzeug mit Martin Fischer am Steuer und hinter diesem standen ungefähr 15 Einsatzwägen der Polizei mit eingeschaltetem Blaulicht. Cedric und Julie standen einige Augenblicke einfach nur da und betrachteten ungläubig das beeindruckende Schauspiel. Ralph sah sich um und winkte dann den beiden Vampiren zu, die immer noch im Eingang der Kirche verharrten. „Was ist, Leute? Können wir?!“ Cedric und Julie holten noch die Waffen aus der Kirche und verstauten sie in Samiras Wagen. Dann setzten sie sich hinten in das Auto und der eigenartige Convoy setzte sich in Bewegung.

Es war jetzt 22.30 Uhr und es hatte zu schneien begonnen.

5

Als Ben die Unterkunft betrat, war die komplette Gruppe versammelt und zum Aufbruch bereit. Es war bereits 23 Uhr und Rossoit kam mit wutentbranntem Gesicht auf ihn zu. „Wo warst du?!“ Ben griff in die Innenseite seiner Lederjacke und holte ein Päckchen Zigaretten heraus. Er zündete sich eine an und blies Rossoit den Rauch mitten ins Gesicht. „Zigaretten holen … und du?“ Rossoit kochte vor Wut. „Alles klar, Freunde, wir gehen los! Gordon! Mirelle! Ihr tragt das Gefäß! William, du gehst mit mir. Der Rest folgt uns. Bleibt zusammen und seid vorsichtig!“ Er ging an Ben vorbei, ohne ihn auch nur im Geringsten zu beachten und rempelte ihn absichtlich an. Ben wartete bis alle den

Raum verlassen hatten und ging dann als Letzter hinterher, den Kerberos an seiner Seite. Als sie die Straße betraten, wehte schon ein recht rauer Wind und es schneite jetzt fast so stark wie am Vorabend. Rossoit drehte sich um und wartete bis alle aus dem Haus gekommen waren. „Hat jeder noch Blut getrunken?“ Die Gruppe nickte stumm und alle versuchten sich irgendwie gegen den starken Wind zu schützen. „Na gut! Dann los!“ Die Ringstraße war leer. Nicht ein einziges Auto fuhr über die sonst sehr stark befahrene Straße und so waren sie in weniger als fünf Minuten am Ziel. Rossoit ging voraus und führte die Gruppe zu einer großen Wiese, die von Bäumen umringt war. An einem Ende des Platzes stand hell beleuchtet die goldene Statue des Wiener Komponisten Johann Strauß. Sie war die einzige Lichtquelle im Park, da die Laternen, ob des Sturms anscheinend allesamt ausgefallen waren. Gordon und Mirelle legten Lucian in die Mitte der Wiese und entfernten sich dann von ihm.

Rossoit und William standen direkt neben dem Schattengänger und Rossoit hob beide Hände. „Freunde! Bevor die nächste Stunde um ist und die Welt nie mehr dieselbe sein wird, möchte ich euch noch ein paar Worte sagen!“ Der Wind hatte sich mittlerweile zu einem ausgewachsenen Schneesturm gesteigert und Rossoit musste schon beinahe schreien, um gehört zu werden. „Ich danke euch, jedem Einzelnen von euch, für eure Hilfe und dass ihr für mich und unsere Sache mehr als einmal alles riskiert habt. In etwa 45 Minuten, wird alles was ihr bisher gekannt und gewusst habt, keine Gültigkeit mehr haben! Die Welt wie ihr sie jetzt kennt, wird aufhören zu existieren

und wir, die wahren Kinder der Nacht werden…"
Rossoit brach ab und sah verwirrt aus. Die Vampire begannen unruhig zu murmeln und sahen sich nervös um. Nur Ben stand neben dem Kerberos in der hintersten Reihe und lächelte zufrieden. Sein Plan hatte offenbar funktioniert.

Aus allen Richtungen, rund um den gesamten Stadtpark, waren plötzlich Sirenen zu hören und Blaulichter zu sehen. Es sah so aus, als würde die Polizei die Anlage komplett einkreisen und an den Ausgängen blockieren. Von überall her leuchteten Scheinwerfer auf die Wiese und tauchten die gesamte Umgebung in ein eigenartiges Licht, das sich schwer tat, die dichte Schneemauer zu durchbrechen, die der Sturm verursachte. „NEIN!" Rossoit war jetzt stinksauer und schrie, während er von einem Ende der Wiese zum anderen lief. „NEIN! NEIN! NEIN!" Plötzlich sah er etwas.

Zwischen all den Lichtern bemerkte er ein Paar Scheinwerfer, das schnell größer wurde. Er wich zurück und riss die Augen auf, als ein dunkles Auto durch die Umzäunung des Parks brach und quer durch die Anlage raste. Rossoit lief zu seinen Leuten zurück und stellte sich hinter Gordon und Mirelle die einfach nur auf das starrten, was da auf sie zukam. Das Fahrzeug durchbrach die letzten Büsche, die den Rest des Parks von der Wiese trennten. Der Fahrer riss das Lenkrad herum und der Wagen stellte sich quer, rutschte noch ein paar Meter weiter und kam kurz vor Rossoit und seinen Leuten zum Stehen. Vier Türen gingen auf und Cedric, Ralph, Samira und Julie stiegen schwer bewaffnet aus. Ralph nickte Ben zu und dieser winkte grinsend zurück. Cedric warf als Erster seine Autotür zu und legte die gewaltige Streitaxt, die er in der Hand hatte, über seine rechte Schulter. „Guten Abend, Herrschaften." Rossoit blickte in die Runde und wusste nicht, was er tun sollte. Irgendwie war keiner seiner Freunde in unmittelbarer Nähe. Selbst Gordon, der gerade noch vor ihm gestanden hatte, war zu den anderen gegangen. Da waren sie also. Rechts Vampire, links Vampire und Rossoit in der Mitte. Einige Meter vor ihm am Boden lag der besinnungslose Lucian und direkt hinter dem Schattengänger stand William. Samira die als Letzte ihre Tür geschlossen hatte, griff ins Innere ihres Mantels und holte die beiden Waffen mit den Behältern heraus. Endlich hatte sie Gelegenheit, die Erfindung ihres Vaters einzusetzen. Sie entsicherte die zwei Kanonen und der Inhalt der Magazine begann zu blubbern, während vor den Läufen kleine blaue Flämmchen aufloderten. Samira legte eine der Waffen auf das Dach des Autos und griff wie automatisch in ihre Manteltasche. Sie holte ein Päckchen Zigaretten heraus und sah es einen Moment lang an. Dann öffnete sie es, nahm eine heraus und warf den Rest weg. Sie ließ ihr Benzinfeuerzeug aufschnappen und zündete die Zigarette an. Dann nahm sie einen tiefen Zug, öffnete mit einer Hand das Fläschchen mit den Morphiumpillen und leerte sich eine Menge davon in den Mund. Ralph drehte sich kurz um und sah sie kauend mit einer Zigarette im Mund. Er legte den Kopf ein wenig schief, doch als sie ihn anlächelte und den Daumen nach oben reckte, beließ er es dabei.

6

Rossoit sah sich um. Seine Vampire schienen irgendwie nicht so recht zu wissen, was sie von der neuen Situation halten sollten. Der Kerberos hatte sich erhoben und begann Kreise um die Wiese zu ziehen. Er hatte Cedric wieder erkannt und erinnerte sich daran, dass er seinetwegen vor einigen Nächten große Schmerzen gehabt hatte. Rossoit trat nun nach vorne und stellte sich zwischen Lucian, William und Cedrics Vier-Mann-Armee. Er stemmte die Hände in die Seiten und lachte viel zu gespielt auf. „Cedric! Meister! Schön, dass Ihr gekommen seid. Wir haben noch ein wenig Zeit und wenn wir schon so nett versammelt sind, können wir doch auch ein wenig über alte Zeiten plaudern.“ Ben spürte regelrecht die Angst, die von Rossoit ausging. Ja, er konnte sie förmlich riechen.

Cedric schien es ähnlich zu gehen, denn er lächelte immerwährend, ohne auch nur ein Zeichen von Schwäche zu zeigen. „Ach Junge. So viele Jahre und du hast dich kein bisschen verändert. Was du hier vorhast ist reiner Selbstmord. Ich hoffe das ist dir klar. Dämonen brauchen keine Generäle oder Partner an ihrer Seite. Nur Handlanger. Dumme Kerle wie du einer bist, die ihnen das bringen, was sie haben wollen.“ Rossoit verging das Lachen und er versuchte jetzt möglichst einschüchternd zu wirken. „Ich habe den Ring von Laurent Desgardes! Hier siehst du? JA! Da staunst du kleiner Ralph, was? Ich habe ihm die Kehle durchgeschnitten, deinem feinen Vater und er hat wie ein Hund um sein Leben gewinselt!“ Ralph fühlte, wie sich eine unbändige Wut in ihm sammelte, doch Cedric drehte ihm kurz den Kopf zu und sein Blick war Grund genug, sich noch ein wenig zu beherrschen. „Oh ja, Cedric! Einige Tode gehen auf mein Konto! Der dumme, alte Leon hat geweint wie ein Baby als der gute Gordon hier ihm den Kopf abgeschlagen hat!“ Rossoit deutete auf Gordon, doch dem waren anscheinend die großen Sprüche ausgegangen. Er wagte es nicht einmal, Cedric anzusehen. „Und jetzt … und JETZT! Jetzt bringe ich noch deinen kleinen Lucian hier um die Ecke. Mal sehen was du dagegen tun willst!“ Rossoits Gefährten waren wieder ein wenig näher gekommen und begannen damit, Cedric und die anderen langsam einzukreisen. Samira, Ralph und Julie drehten sich in alle Richtungen, um die Vampire besser beobachten zu können.

Nur Cedric blieb ruhig stehen und sah Rossoit mit steinerner Miene an. „Ich werde dich aufhalten, Rossoit, dir den Ring wegnehmen, deine Freunde und zum Schluss dich töten. Dein Dämon wird heute nicht auferstehen, das werde ich verhindern.“ Rossoits Augen begannen nun rot zu glühen und blutiger Speichel tropfte ihm aus dem Mund, als er zu schreien begann. „Wie stellst du dir das vor?! Wir machen euch im Handumdrehen fertig! Du denkst du hast eine Chance, Cedric? Wir sind über 30!!! Ihr seid zu viert!! Wie soll denn das gehen?!“ Plötzlich hörte Rossoit direkt neben sich eine leise, krächzende Stimme. „Also eigentlich ist es hauptsächlich eine Frage der Organisation.“ Rossoit fuhr herum doch da war niemand. Er drehte sich verwirrt im Kreis. „Wer ist da?! Zeig dich!!!“ Mit einem Mal tauchten rund um Rossoits Gruppe ungefähr 20 Vampire aus dem Nichts auf. Allesamt schwer bewaffnet und direkt neben Cedric wurden Michel D´Hullivier, Demeter und Paolo sichtbar. Die drei nickten Cedric zu und zogen ebenfalls ihre Waffen. „Wie gesagt, Franzmann …“ Rossoit blickte neben sich und sah einen hässlichen Mann mit Buckel, der ihn schief angrinste. „… alles eine Frage der Organisation.“ Max huschte an ihm vorbei und postierte sich an der Seite des Kanzlers. Er holte aus seinem Gewand ein wunderschönes und kunstvoll geschwungenes Doppelschwert. Rossoit war ob der neuen Situation außer sich und hatte im Moment keine Ahnung, wie er darauf reagieren sollte. Cedric, Ralph, Samira und Julie waren ebenfalls überrascht, was die neue Wendung betraf. Was keiner von ihnen bemerkte, war der große, schwarze Wolf, der seit einiger Zeit in den Büschen lauerte und die ganze Szene aus sicherer Entfernung beobachtete.

7

Rossoits Augen glühten jetzt durchgehend rot. Er sah auf die Uhr, die auf einem der umstehenden Gebäude angebracht war. Ihm blieben noch zwanzig Minuten, ehe er Lucian töten konnte. Und dann geschah etwas, womit keiner gerechnet hatte. William kniete sich zu Lucian auf den Boden und hob seinen Kopf an. Rossoit fauchte ihn an: „Was machst du da?“ Der Steinerne sah zuerst ihn und dann Cedric an. Der alte Vampir tauschte mit seinem ehemaligen Freund einen langen Blick und nickte dann. William nahm das silberne Kreuz auf Lucians Brust in die Hand und warf Rossoit einen letzten verachtenden Blick zu. „Etwas dass ich von Anfang an hätte tun sollen.“ Er riss an der Kette und das geöffnete Glied gab nach. Lucian erwachte aus seiner Ohnmacht und sah sich verwirrt um. William stieß ihn von der Seite an. „LAUF!“ Lucian reagierte blitzschnell, passte seine Farbe der Umgebung an und verschwand einfach. Von einem Moment auf den anderen brach die Hölle los. Rossoit war jetzt nicht mehr zu halten und stürmte mit einem Brüllen auf William los, das sogar den heulenden Sturm übertönte. Die Vampire des Kanzlers setzten sich ebenfalls in Bewegung und auch Rossoits Gefolgschaft erwachte nun endlich aus ihrer Lethargie. Die Vampire fielen übereinander her und ein Kampf brach aus, wie es ihn in Wien zuletzt vor 100 Jahren gegeben hatte. Der Platz war derselbe nur die Umstände waren ein wenig anders.

Cedric und Ralph liefen gleichzeitig los. Ralph führte ein Schwert, das er von Cedric bekommen hatte. Es hatte einen silbernen Griff und eine Schneide, die in tiefem Rot erstrahlte. Noch ehe sie William erreichen konnten wurden beide umgerissen. Ben hatte sich auf Ralph geworfen und Cedric wurde von Gordon und Mirelle gleichzeitig attackiert. Julie wich vor drei Vampiren zurück, die sie als Mitglieder aus Rossoits alter Familie erkannte. Einer davon, sein Name war Gabriel, grinste Julie an, während die anderen beiden, Sophie und Alfred sie von zwei Seiten her einkreisten. Samira hob die Waffen in Augenhöhe und drückte an einer davon einen kleinen Knopf. Im Inneren der Kanone wechselte die Mechanik auf ein zweites, verstecktes Magazin mit 9mm Patronen, die aus Stein geformt und von Claudius verflucht worden waren. Sie zielte, so gut sie konnte und feuerte. Mit einem schmerzerfüllten Aufheulen bäumte Mirelle sich auf und ließ von Cedric ab. Gordon sah seine Frau tot in den Schnee fallen und schlug Cedric brüllend mit beiden Fäusten ins Gesicht. Dieser fing einen der Schläge mit seiner Hand ab und brach die von Gordon an mehreren Stellen. Dann schlug er ihm mit der Faust auf die Nase und brach ihm auch diese. Der Vampir ließ Cedric los und taumelte ein wenig zurück. Rossoit hatte William erreicht und ihn zu Boden geworfen. Der Steinerne versuchte irgendwie, an einen seiner Dolche zu kommen, doch Rossoit war über ihm und drückte ihm beide Arme in den kalten Schnee. Seine Augen schienen förmlich zu brennen. „Du hast zum letzten Mal jemanden betrogen!“ Rossoit senkte den Kopf und biss William direkt in die Halsschlagader. Der Alte wollte schreien, doch kam nur ein leises Röcheln aus seiner Kehle, das im allgemeinen Lärm unterging. Rossoit trank noch ein wenig von ihm und ließ dann ab. Zufrieden beobachtete er, wie das Blut des Mönchs den Schnee rot färbte. Cedrics Stiefelabsatz traf ihn mitten im Gesicht und schlug ihm einige Zähne aus. Rossoit kippte rückwärts um und fiel zu Boden. Cedric kniete sich zu William und hielt seinen Kopf ein wenig hoch. Der Alte sah den Vampir mit blassen und feuchten Augen an. Mit seinem letzten Atemzug formte er noch vier Worte. „Es…tut...mir…leid“ Cedric sah William an und nickte. „Leb wohl, alter Freund.“ William versuchte zu lächeln und starb.

8

Rossoit kroch auf allen Vieren rückwärts von Cedric weg, doch der Vampir hatte sich bereits erhoben und ging entschlossen auf ihn zu. Julie war noch immer von den drei

Mitgliedern ihrer einstigen Familie umringt. Sie hob das kurze Schwert, das sie sich ausgesucht hatte und schwang es unbeholfen hin und her. „Kommt mir nicht zu nahe, sonst…“ Gabriel, der Mittlere, lachte auf. „Sonst was?“ Plötzlich materialisierte sich hinter ihm Lucian. „Sonst könnte es sein, dass ich dir den Kopf von den Schultern drehe!“ Gabriel fuhr herum und Lucian packte seinen Schädel mit beiden Händen. Er verstärkte den Griff und riss ihm einfach den Kopf ab. Danach wandte er sich den beiden anderen zu, die viel zu überrascht waren, um zu reagieren und tötete sie blitzschnell auf ähnliche Art und Weise. Julie ließ das Schwert fallen und rannte zu ihm. Sie fiel ihm um den Hals und drückte sich fest an ihn. „Ich bin so froh, dass es dir gut geht!“ Lucian grinste sie an. „Was hast du gedacht? Dass ich dich alleine lasse?!“ Julie sah in seine schwarzen Augen und lächelte. Samira stand hinter dem Ford und feuerte aus allen Rohren. Sie verschoss Steinmunition und wenn ihr einer der Vampire zu nahe kam, feuerte sie aus der anderen Waffe.

Gordon stürmte, nachdem er sich von Cedrics Gegenwehr halbwegs erholt hatte, auf Samira zu. Als er etwa fünf Meter vor ihr war, zog sie am Abzug und aus der Waffe schoss die grüne Flüssigkeit aus dem Behälter, die sich sofort an der kleinen Flamme am Ende des Laufs entzündete. Gordon fing Feuer und verbrannte unter viel Geschrei. Das Napalmgemisch konnte nicht mal mit Wasser gelöscht werden und so blieben seine Versuche, sich im Schnee zu wälzen, erfolglos. Ralph prügelte sich immer noch mit Ben, der ohne Pause und mit immer mehr Kraftaufwand auf ihn einschlug. Er hatte im Sturz sein

Schwert verloren und suchte nun mit der rechten Hand im Schnee danach. Ben holte noch einmal weit aus, doch diesmal hatte er etwas in der Hand. Es war ein Stück Holz, das er irgendwie zu fassen bekommen hatte. Ben rammte es Ralph ins Herz und dieser konnte sich nicht mehr bewegen. Er sah und hörte alles, was um ihn herum geschah, doch seine Muskeln waren wie betäubt. Ben stand auf und wischte sich die Kleidung sauber. Er griff nach Ralphs Schwert und ging vor ihm in die Hocke. „Ich möchte, dass du das siehst und dabei nicht abgelenkt bist.“

Samira trat ein wenig zurück um dem brennenden Gordon nicht zu nahe zu kommen. Sie berührte mit dem Rücken einen Busch und … Moment mal. Das war kein Busch. Sie drehte sich um und sah nur noch ein aufgerissenes Maul mit riesigen, dolchartigen Zähnen auf sich zukommen. Jack, der Werwolf, hatte sich ein wenig zu weit nach vorne gewagt und konnte nicht zulassen, dass diese Frau seine Position verriet. Er schlug seine Zähne in ihr Schlüsselbein und durchtrennte den darunter liegenden Knochen. Samira schrie auf und Ralph wusste, dass ihr etwas zugestoßen war. Er war jedoch noch immer gepfählt und konnte nichts unternehmen. Nachdem der Werwolf sie gebissen hatte, zog er sich wieder in die Büsche zurück. Das Mädchen wäre ein willkommener Leckerbissen gewesen, doch Jack hatte genug gesehen und wollte so schnell wie möglich verschwinden. Er würde auch heute Abend nicht zum Zug kommen und wenn das Ganze so weiterging, würde sein Neffe diese Nacht wahrscheinlich ohnehin nicht überleben. Er verließ den Stadtpark und rannte zwischen zwei vor dem Ausgang postierten Polizeiautos davon. Samira brach zusammen und blieb reglos im Schnee liegen. Demeter, Michel und Paolo kämpften Rücken an Rücken und schlugen einen Vampir nach dem anderen in die Flucht oder den Kopf ab. Mitten im Kampf ließ der Kanzler schließlich sein Schwert sinken. Er hörte die Stimme seines Meisters in seinem Kopf: „Michel, mein Sohn, du musst sofort zur Kirche zurückkehren. Der Fluch der auf mir lastet kann heute Nacht gebrochen werden. Ich bin nicht tot! Aber ich brauche deine Hilfe! Michel! Hilf mir." Der Kanzler sah sich kurz um und bemerkte dann Demeters besorgten Blick. Er steckte das Schwert in die Scheide und wandte sich zum Gehen. „Michel! Was soll das?! Bleib hier!" Er blieb kurz stehen und warf einen Blick zurück. „Ich habe geholfen so gut es ging. Meine Schuld ist beglichen." Mit diesen Worten verschwand er und Demeter blieb mit Paolo zurück. Die Reihen lichteten sich langsam. Max der kleine, bucklige Dieb, schlug sich ebenfalls hervorragend und hatte schon einige Vampire erledigt. Er gesellte sich zu Demeter und Paolo. „Wo ist mein Meister?!" Demeter sah ihn kurz an. „Das wüsste ich auch gern, Max. Ganz ehrlich."

9

Der Sturm hatte nachgelassen und die Schlacht war beinahe geschlagen. Die übrig gebliebenen Männer des Kanzlers kämpften noch immer mit einigen sehr hartnäckigen Vampiren. Demeter, Paolo und Max liefen gerade hinter einer kleinen Gruppe her, die erfolglos versuchte zu entkommen und Lucian tötete die letzten übrig gebliebenen Vampire, die sich auf ihn und Julie stürzten. Rossoit war bis zu der Büste eines Malers namens Hans Makart gerobbt, doch jetzt gab es keinen Ausweg mehr. Er sah wieder auf die Uhr an der Fassade des Hauses. Es war eine viertel Stunde nach Mitternacht. Er konnte immer noch … der Ring! Rossoit hob seine Hand und stellte mit Entsetzen fest, dass er den Ring verloren hatte. Cedric stand nun mit erhobener Streitaxt über ihm. Er sah Rossoit an, der zitternd vor ihm kauerte und seinen endgültigen Tod vor Augen hatte. „Ich hatte gehofft, wir könnten uns das sparen doch…“ Cedric fühlte einen Schmerz durch seinen Körper fahren und ließ die Axt fallen. Er blickte an sich hinab und sah die Klinge seines eigenen Schwertes, das er Ralph gegeben hatte, aus seinem Brustkorb ragen. Cedric brach auf seine Knie und schlang die Hände rückwärts um seinen Körper, im Versuch den Griff zu fassen zu bekommen und das Schwert von hinten aus sich herausziehen zu können. Ben trat ihm auf beide Handgelenke und sie brachen. Dann zog er das Schwert aus Cedrics Körper. Der alte Vampir fiel kniend nach hinten und sah zum letzten Mal den Sternenhimmel. Er hörte Stimmen, die ihm sagten, dass es in Ordnung sei und er sich nicht sorgen musste. Eine einzelne, blutrote Träne löste sich aus seinem Auge und tropfte in den Schnee. Cedric lächelte, als Ben die Axt zur Hand nahm und über seinen Kopf hob. Er sah den jungen Vampir an und hatte sein Schicksal akzeptiert. „Ich … ich verzeihe dir.“ Ben sah ihn einen Moment lang überrascht an und grinste dann irre. „Ich danke dir!“ Er ließ die Axt herabfahren und trennte Cedrics Kopf von seinem Körper.

Lucian sah als Erster was passiert war und wollte sofort zu Ben stürmen, doch Julie hielt ihn zurück. „Wir müssen hier weg, Lucian! Du bist noch immer in Gefahr und ich weiß nicht, wozu der Kerl fähig ist.“ Lucians Augen füllten sich mit Tränen doch er gehorchte. Da bemerkten sie Ralph, der immer noch zusammengekrümmt und bewegungsunfähig am Boden lag. Sie liefen zu ihm und Lucian zerrte an dem Pfahl, der sich ohne Widerstand aus Ralphs Brust löste. Ralph machte ein röchelndes Geräusch und schloss für einen Moment die Augen. Lucian half ihm auf und der Vampir nickte dem Schattengänger dankbar zu. Dann rannte er los. Ralph stürzte sich von hinten auf Ben und riss ihn einfach um. Dieser war zu überrascht um zu reagieren. Ralph prügelte wieder und wieder auf ihn ein. Rossoit nutzte die Gunst der Stunde um hier schleunigst abzuhauen. Er hatte versagt, doch er würde nicht hier sitzen bleiben und auf seine Bestrafung warten. Der Vampir erhob sich und lief einige Meter ans andere Ende der Wiese. Als er die Bäume erreichte, meinte er ein Geräusch hinter sich zu hören. Er drehte sich um, doch da war nichts. Rossoit kicherte leise.

Er schien langsam echt den Verstand zu verlieren. Als er seinen Blick wieder nach vorne richtete, sah er den Kerberos. Das Tier stand mit grün leuchtenden Augen vor ihm und fletschte die Zähne. „Geh mir aus dem Weg, du stinkender Köter!“ Rossoit machte einen Schritt nach links und der Kerberos folgte seiner Bewegung. Er knurrte und kam ein wenig auf den Vampir zu. Speichel tropfte dem Tier aus dem Maul und die Haare an seinem Nacken sträubten sich. Irgendwo aus dem Dickicht erklang die

Stimme Phiomets: „Du hast versagt. Leb wohl…“ Rossoit hörte die Worte und machte noch einen Schritt zurück. Der Kerberos setzte zum Sprung an und Rossoit drehte sich um. Er wollte loslaufen, doch das Gewicht des Tieres riss ihn zu Boden. Der Vampir wollte sich auf den Rücken drehen, um sich wehren zu können, doch der Kerberos biss ihn in den Hinterkopf. Seine messerscharfen Krallen bohrten sich in Rossoits Rücken und zerfetzten ihn regelrecht. Der Vampir schrie auf, verstummte jedoch, als seine Kehle durchgebissen wurde. Bevor der Kerberos ein letztes Mal seine Zähne in ihn schlug, ging Rossoit ein letzter Gedanke durch den Kopf, den er nicht mehr zu Ende denken konnte. Nach einigen Sekunden ließ das Tier von dem Vampir ab und trottete zurück ins Unterholz. Rossoit Tessier war tot.

Ben versuchte, irgendetwas zu fassen zu bekommen, womit er Ralph stoppen konnte. Endlich fühlte er etwas zwischen seinen Fingern. Etwas Kleines, Metallenes. Er versetzte Ralph einen Kniestoß in den Magen und wandte schnell den Blick nach rechts. Das war der Ring, den Rossoit getragen hatte. Ben fuhr mit einem Finger in die Öffnung und er passte. Er erinnerte sich an eine Stelle aus dem Buch, das er gelesen hatte und wiederholte das Wort, das sich in seinem Kopf festgebrannt hatte: „LUMAFERNUM!“

Aus dem Ring schoss ein gleißender, grüner Blitz und traf Ralph genau in die Brust. Er wurde einige Meter zurückgeschleudert und blieb regungslos liegen. Ben nutzte die Gelegenheit und sprang auf. Jetzt galt es, keine Zeit zu verlieren, da die Übermacht mittlerweile auf der anderen

Seite lag. Der Ring war eine mächtige Waffe, soviel war klar, doch Ben wusste keinen der anderen Zauber mehr, von denen er gelesen hatte und so hielt er es für klüger, den Rückzug anzutreten. Er pfiff laut durch seine Vorderzähne und als er den Kerberos aus dem Wald hasten sah, begann auch er zu rennen. Lucian sah Ben und das Tier vom Kampfgeschehen weglaufen, doch war er selbst gerade mit einigen Vampiren beschäftigt. Er schickte eine gedankliche Nachricht an Max und der kleine Bucklige nahm die Verfolgung auf. Ben warf einen Blick zurück und bemerkte den humpelnden Vampir, der überraschend schnell aufholte. Er warf dem Kerberos einen Blick zu und dieser bremste sich ein. Sie schlugen einen Haken und liefen in weitem Bogen wieder zurück. Direkt auf das Kampfgeschehen zu. Max wechselte ebenfalls die Richtung. Plötzlich stieß der Kerberos sein Geheul aus und direkt neben dem schwarzen Ford, der immer noch auf der schneebedeckten Wiese stand, öffnete sich ein grün glimmendes Hadestor. Ben sah den Kerberos noch einmal skeptisch an und gemeinsam sprangen sie durch die Öffnung. Als sich das Tor schloss, entstand ein gewaltiger Sog, der einige der umstehenden Kämpfer hineinzog und schließlich auch den Ford ins Rollen brachte. Der Wagen rollte rückwärts darauf zu und kippte zur Seite. Demeter und die anderen Umstehenden, hielten sich an Bäumen oder aneinander fest, um nicht ebenfalls hineingezogen zu werden. Samiras Auto landete auf dem Dach, überschlug sich noch mal und fiel schließlich ebenfalls in die grüne Öffnung, die sich gleich darauf mit einem Zischen schloss. Ben und der Kerberos waren entkommen und hatten Wien den Rücken gekehrt … vorerst.

Wenige Minuten später war alles vorbei. Eine Handvoll der Gefolgsleute Rossoits war davongelaufen, der Rest von ihnen war tot. Der Stadtpark glich einem Schlachtfeld aus einem der Kreuzzüge. Überall lagen Leichen und der Schnee hatte sich rot gefärbt. Ralph erholte sich langsam von dem magischen Angriff und rappelte sich wieder hoch. Er sah, dass auf dem gesamten Gelände kein einziger feindlicher Vampir mehr war, der noch aufrecht hätte stehen können. Julie und Lucian gingen auf ihn zu. Demeter und Max ebenfalls.

Die wenigen, übrig gebliebenen Ritter des Kanzlers sicherten das Gebiet und Paolo kam mit einer blutüberströmten Samira in den Armen zu ihnen herüber. Ralph nahm sie dem Italiener ab und betrachtete ihre Wunde. „Sie ist gebissen worden. Was machen wir jetzt?" Demeter sah sich die Wunde genauer an. „Das war keiner von uns. Sieht nach einem Wolf aus." Ralph und die anderen sahen sich an und Demeter schlug vor, Samira vorerst in einem Krankenhaus unterzubringen. Dann fiel Ralphs Blick auf den toten Körper von Cedric. Er übergab Samira vorsichtig an Lucian und trat im Anschluss an den Leichnam von Cedric DeMornay heran. Sein Kopf war weg. Ralph sah sich um, doch konnte er ihn nicht ausmachen. Er griff in Cedrics Tasche und holte das Handy heraus. Er wählte eine Nummer. „Martin? Wir sind hier fertig. Samira muss sofort wieder ins Krankenhaus und der Park sollte, nun ja, gereinigt werden. Bitte tun Sie's einfach, ich erkläre ihnen morgen alles. Samira geht es gut, keine Sorge. Ja, danke!" Er legte auf und hob Cedrics Überreste vorsichtig auf. Ralph wollte weinen, doch das war jetzt nicht angebracht. Es gab zu viel zu tun. Dann gingen sie schweigend los und betraten noch im Stadtpark die Kanalisation.

EPILOG

DER KÖNIG UNTER DEN BLINDEN

Als Ralph, Julie und Lucian kurz vor vier Uhr früh die Kirche betraten, war alles anders. Das Gotteshaus wirkte riesig und leer. Sie schlossen die Türen hinter sich ab und keiner sprach ein Wort. Cedrics Leichnam wurde in der Kanalisation aufgebahrt und wartete unter einem Kanalgitter auf den Sonnenaufgang. Der Kanzler war verschwunden und seit dem Kampf nicht mehr aufgetaucht, doch Demeter und der Rest der Gesellschaft wartete auf den Tagesanbruch und erwies Cedric die letzte Ehre. Lucian hielt Julies Hand und Ralph trug das Schwert mit der roten Klinge in der einen und Samiras Waffen in der anderen Hand. Sie hatten die Polizistin schwer verletzt ins Krankenhaus gebracht und Ralph hatte sie in die Notaufnahme getragen. Er hatte mit dem diensthabenden Arzt gesprochen und Samira wurde sofort in den OP gebracht. Es wäre ein Wunder, würde sie die Nacht überleben.

Sie gingen zur Mitte der Kirche und legten die Waffen in eine der Bänke, als im selben Moment ein Schrei durch das Gotteshaus hallte. Ralph griff nach seinem Schwert und lief in die Richtung, aus der der Schrei gekommen war. Lucian bedeutete Julie stehen zu bleiben. Sie nickte und der Schattengänger folgte Ralph. Sie standen vor der Türe, die zu Corvinus' letzter Ruhestätte führte. Ralph und Lucian sahen sich an und nickten gleichzeitig. Der Vampir trat gegen die Türe und sie zerbarst in viele kleine Teile. Als sie die Treppe hinunterliefen, sahen sie wie am Ende des Ganges ein starkes, blaues Licht aufschien. Lucian war versucht schneller zu laufen, doch hielt er mit Ralph Schritt, um den Jungen nicht alleine zu lassen.

Sie erreichten den kleinen, runden Raum und konnten nicht fassen was sie da sahen. Der Teleportzugang hatte sich gerade wieder geschlossen. Der Kanzler Michel D'Hullivier lag auf dem Boden und hatte den Steindolch in der Brust, mit dem Corvinus damals niedergestreckt worden war.

Der große Steinsarkophag war leer. Ralph und Lucian sahen sich besorgt an. Nach allem was Cedric über den Erzfürsten erzählt hatte, wussten die Beiden, dass er ein unglaublich starker und mächtiger Vampir war. Die einzige Hoffnung die ihnen im Moment blieb, war, dass Corvinus tatsächlich so weise und gütig war, wie es die Geschichten erzählten. Sollte er jedoch den Kanzler erledigt haben und alleine durch den Zugang verschwunden sein, dann standen sie vor einem ziemlich großen Problem. Vor allem jetzt, da Cedric nicht mehr hier war. Während Lucian und Ralph sich darauf vorbereiteten, den Kanzler aus seiner Starre zu befreien, stand plötzlich Julie im Raum. „Jungs?"

Ralph und Lucian drehten sich um und sahen Julie, die einen Mann durch den engen Gang führte, der ein wenig zu humpeln schien. Seine Kleidung war nass und ein wenig zerschlissen, die Haare fielen ihm wirr ins Gesicht. Er trat hinter Julie in den Raum und richtete sich zu seiner vollen Größe auf. Julie lief zu Ralph und Lucian und strahlte übers ganze Gesicht. Ralph sah den Fremden skeptisch an und blickte dann zu der blonden Vampirin. „Wer ist das?" Julie drehte sich um und der Mann hob den Kopf. Unter seinen Haaren kam eine schwarze Augenklappe zum Vorschein. Jack DeMornay lächelte breit und nickte Ralph freundlich zu. Julie ergriff Lucians Hand. „Er ist ein Freund!“ Ralph sah sie kurz an und wandte dann den Blick zu dem Neuankömmling. „Wer sind Sie?“ Jacks Blick fiel auf den regungslosen Kanzler. „Mein Name ist Jack! Cedric hat mich gebeten zu kommen, um ihm bei ein paar Dingen behilflich zu sein. Offenbar bin ich zu spät.“ Er setzte ein trauriges Gesicht auf und Ralph bemerkte überrascht, dass der Mann Cedric in gewisser Weise ähnelte. „Ja … offenbar. Cedric ist tot.“ Jack seufzte. „Ich verstehe. Nun ja. Das Wetter wird gerade wieder schlechter. Wenn ich hier bleiben dürfte, könnte ich Ihnen ein wenig zur Hand gehen, ehe ich die Rückreise antrete. Die Kirche scheint ein paar Reparaturen vertragen zu können. Cedric war ein Verwandter von mir und schätzte mein technisches Geschick. Sein Tod schmerzt mich sehr und ich würde ihm gerne einen letzten Dienst erweisen.“

Er ging einen Schritt auf Ralph zu und streckte ihm die Hand hin. Sein Lächeln gab blendend weiße Zähne preis. „Wir waren entfernt verwandt, müssen Sie wissen. Sie können mir vertrauen!“ Ralph sah Jack an und ergriff die Hand mit skeptischem Blick. „Das werden wir sehen, Jack. Willkommen in meiner Stadt.“

FORTSETZUNG FOLGT …

WIEN BLUTET

ZWISCHEN DEN FRONTEN

Phiomet ist verbannt, doch der Kampf um Wien und das Schicksal der Menschen geht weiter. Ralph muss sich kurz nach seiner unfreiwilligen Ernennung zum neuen Hüter der Stadt gegen mehrere Feinde auf einmal beweisen. Doch die größte Bedrohung ist die, die er nicht sieht. Schlimmer noch als der Feind in den eigenen Reihen, oder der wieder auferstandene Fürst, dessen Blutdurst nach 100 Jahren Schlaf furchtbare Folgen hat, ist die Bedrohung, die eigentlich schon beseitigt ist. Die Zeit arbeitet bereits zum zweiten Mal gegen Ralph und seine Freunde ... diesmal jedoch auf andere Weise als bisher.

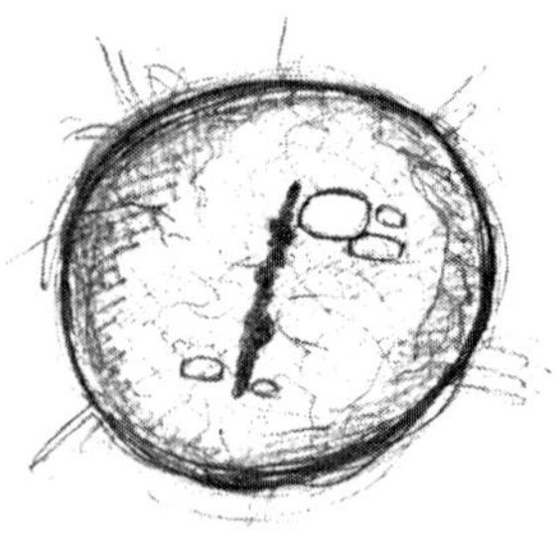

Erhältlich ab 2008